나는 일상을
여행하기로 했다

일러두기
일부 표준어가 아닌 단어는 저자의 개성을 살리기 위해
그대로 두었습니다.

나는 일상을
여행하기로 했다

리밍 에세이

Manus
To be Honest

프롤로그

"진짜 일본에서 살자고?"

남편이 일본 회사로 이직 준비를 할 때, 나는 그런 남편을 말리기보다는 응원하는 편이었다. 좌절하면서도 계속 도전하는 모습에 진심이라는 생각이 들었기 때문이다. 대기업에서 점점 규모가 작은 기업으로 눈을 돌리는 남편을 보며 약간 멈칫했지만, 잘될 거라고, 분명 너의 진심을 알아주는 회사가 나타날 거라고.

그런데 정말로 그런 회사가 나타나자 나는 생각이 많아졌다.

면접에 붙었는데…라는 말만 반복하던 남편에게 몇 번이나 되물었는지 모른다. 조건이 안 맞으면 안 가면 되는 거잖아, 라는 말은 소용없었다. 당시 지푸라기라도 잡는 심정이었다는 걸 모르는 바 아니었지만, 그 돈으로, 그것도 해외에서 생활이 가능할까? 게다가 나는 일본어를 배운 적도, 배우고 싶다는 생각도 해 본 적 없었다. 연애하는 동안 그리고 결혼 후에도 남편의 일본어 공부는 멈출 줄 몰랐지만, 줄곧 나랑은 전혀 상관없는 일이라 여겼으니까. 나는 그냥 일본에 가서 놀고먹는 게 좋았던 사람이었을 뿐.

언젠가 다른 나라에 살게 된다면 그건 일본일 거라는 이야기를 나눈 적은 있지만, 막상 현실이 되니 눈앞이 깜깜해졌다.

나는 변화를 좋아하지 않는다. 어릴 적부터 익숙하고 안정적인 환경을 원했고, 그 환경이 조금이라도 흐트러지면 심한 스트레스를 받았다. 새로운 일 앞에서도 실패가 두려워 생각만 하기 일쑤였고 그러다 아무것도 시도하지 못한 채 좌절한 적도 많았다. 도전, 용기, 실천. 이런 단어는 나와 어울리지 않는다고 생각했다.

남편은 달랐다. 천성이 조심스럽고 소심한 성격임에도 실수나 실패를 두려워하지 않고, 늘 도전하고 변화를 시도했다. 안정적인 생활에 익숙했던 나는 그런 남편이 이해가 가지 않았지만, 이제는 안다. 현실에 안주할수록 불안을 느끼는 사람이라는 걸. 성장하길 원했고, 달라지길 바랐다. 자신이 어디까지 할 수 있는지 한계를 시험해 보고 싶다고도 했다. 그러기 위해서는 더 넓은 세상이 필요했고, 우리를 둘러싼 환경을 바꿔야만 했다.

생각해 보면 두려움에 아무것도 시도하지 못하는 내가 남편을 막을 이유는 어디에도 없었다.

두려웠지만, 어쩌면 나도 달라질 수 있지 않을까? 하는 기대와 설렘을 가지고 이곳에 왔다. 그리고 남편의 말은 모두 사실이었다. 새로운 환경이 주는 긴장감은 정말로 나를 변화시키는 원동력이 되었고, 나와 우리를 되돌아보는 계기가 되었기 때문이다.

물론 해외 생활은 힘들고 어렵다. 고생을 사서 한다고 해도 할 말이 없다. 누가 시켜서 하는 일도 아니고, 살면서 꼭 겪어야 할 과정도 아니니까. 하지만 온전히 우리의 고민과 선택으로만 이루어진 이 결정에 후회는 없다.

나는 그동안 망설였던 일을 이곳에서 하나씩 해나갔다. 베이킹, 뜨개질, 블로그, 글을 쓰는 일까지. 새로운 일을 시작하면서 새로운 사람을 알게 되고, 그게 다시 새로운 일로 이어지니, 살면서 가장 신기하고 재미난 경험을 하는 중이다. 그리고 기록 중이다. 이곳에 오지 않았더라면 하지 않았을 생각과 던지지 않았을 질문, 다신 없을 지금 이 순간들을.

이 책을 통해 해외 생활에 관한 정보는 아마도 얻지 못할 것이다. 다만, 나같이 변화와 도전을 두려워하는 사람도 해외에 살고 있다는 것, 그것만은 꼭 기억해 주길 바란다.

Contents

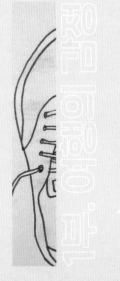

장물 아홉의 발 시작, 처음

어쩌다 해외 생활

인생 최대의 고민. 그리고 결정

사실 내가 외국에서 살게 될 거라고는 꿈에도 상상하지 못했다. "나중에 꼭 일본에서 살 거야"라는 남편의 말에 어느 정도 동의는 했지만 진지하게 고민해 본 적은 없다. 그런데 지금, 막연했던 환상이 완전한 현실이 되었고, 현실에서의 나는 생활비 계산부터 하고 있다.

모험이다.

이직할 직장의 연봉은 현재 받는 연봉의 반도 안 된다. 그러니까 새로운 일을 새롭게 시작해야 하는, 말 그대로 맨땅에 헤딩

해야 하는 상황인 거다. 그래서 더 고민이 됐다. 아마 남편은 수없이 고민했을 거다. 한동안 풀 죽어 한숨만 쉬는 남편이 안 쓰러웠지만, 그렇다고 선뜻 '가자!'라고 하지 못했다. 몇 번이나 그 말이 입안에서만 맴돌았는지.

정말 쉽지 않은 거다.

걱정이 많다.

제일 먼저 언어. 나는 일본어를 모른다. 현실에 닥치니 이제 글자를 외우고 있는 정도. 그리고 돈. 한국 생활을 완전히 청산하는 게 아니니 이중으로 나갈 고정비에, 아직 와 닿지 않는 그곳의 물가. 이것도 어디까지나 막연한 걱정일 뿐이다. 현실에 부딪히면 생각보다 더 최악이 될 수도.

남편은 걱정도 되지만 기분 좋은 두근거림이 크다고 했다. 아마 반대했으면 평생 날 원망했을지도 모르겠다.

언젠가 다시 한국으로 돌아올지도 모르지만, 나중에 '그때 일본에 가서 살아볼걸'이라는 후회를 하지 않기 위해 우리는 이 기회를 잡아보기로 했다.

2018.01.16.

일본에 오기 넉 달 전에 쓴 글이다. 메일함에 있는 걸 알면서도 모른 척 다시 열어보기까지 2년이라는 시간이 걸렸다.

지금 나는 2018년 1월, 과거의 나와 마주 앉아 있다. 당시 모든 게 걱정이었던 내 모습이 떠오른다.

아홉 평 오피스텔 생활을 끝내고 새 아파트로 입주한 지 1년이 채 안 된 상태였다. 새집에 어울리는 새 가전과 가구를 들이고, 드레스 룸과 블라인드까지 제작했다. 침대는 침실에, 옷은 옷방에, 식탁은 주방에. 용도에 맞게 분리된 공간에 알맞게 자리 잡은 가구를 보며 이게 사람 사는 집이구나 싶었다. 아껴두었던 새 그릇을 꺼내 진열하며 본격적으로 요리를 해 볼까, 하던 참이었는데.

1년 전부터 남편은 일본 기업으로 이직을 준비하고 있었다. 어느 정도 자리를 잡은 상태에서 이직한다는 게 쉬운 일은 아니니까, 쉽지 않겠다고 생각했지만 정말로 쉽지 않았다. 심지어 한국과 관련 없는 회사여야만 한다니.

외국인을 채용할 계획이 없는 기업의 문을 두드리는 것은 '관계자 외 출입 금지' 팻말이 붙어 있는 문 앞을 서성이는 것과 같았다. 누군가 사정을 딱하게 여겨 문이라도 열어 줘야 기회가 주어지는 일이었다.

나중에야 알았지만, 남편이 일본에 거주하고 있지 않다는 사실도 상당히 큰 걸림돌이었다고 한다. 위험을 감수하고 비용을 들여가면서까지 외국인을 채용할 기업은 어디에도 없으니까.

거절당하는 일이 잦아질수록 문턱은 낮아졌고, 경력과 상관없는 일에도 눈을 돌려야 했다. 조건을 하나씩 포기할수록 낮아지는 연봉은 막연하기만 했던 환상을 되레 또렷하게 만들어주고 있었다.

우선 식탁에 앉아 머리를 맞대고 생활비부터 계산했다. 일본에서는 월세도 내야 하는데…. 관리비, 공과금, 휴대전화, 인터넷, 보험료…. 최소한의 금액을 빼고 남은 숫자를 확인했다. 저축? 말도 안 되는 소리였다. 막막했다. 이직이라는 게 무엇인가. 연봉이든, 근무 환경이든, 복지든, 단 하나라도 지금보다 더 나은 조건이어야만 하는 게 아니던가. 조건은 포기하더라도 그렇게 하기로 했다면 어느 정도 계획이 있어야 하는 게 아닌가. 이직 준비에만 온 신경을 쏟은 남편은 그제야 이 집이 보이는 듯했다.

드러내지 않으려 했지만, 어느새 내 말투는 날카로워졌고 곧 의미 없는 말들이 오갈 것 같았다. 아무 말 없이 종이만 내려다보고 있는 남편을 외면한 채 방으로 들어가 곧장 이불을 뒤집어썼다.

사실 그렇게 화가 났던 건 아니다. 이건 단박에 허락해 줄 수 있는 문제가 아니라는 걸 알게 해주고 싶었다. 새 가전, 가구 그리고 대체 이 집은 어떻게 수습할 건지 나 몰래 세운 계획이라도 내놓길 바랐던 거다. 그때의 나는 남편이 엄청난 일을 벌인 거라는 걸 깨닫고 스스로 포기해 주기를 바라면서도, 한편으로는 한번 가 볼까? 하는 마음이 뒤엉켜 갈팡질팡하고 있었다.

말하는 중간에 방으로 들어가 버렸으니 싸움이 시작될 줄 알았다. 그런데 화도 내지 않고 미동도 없이 앉아 있는 남편. 지금껏 그렇게 축 처진 뒷모습은 본 적이 없었다. 늘 자신감 넘치던 사람이었다. 위로해 주고 싶었다. '어떻게든 되겠지'라고 말해 주고 싶었다. 마음은 굴뚝같았지만 그렇게 말하는 순간 현실이 될 테니 쉽게 입이 떨어지지 않았다. 어떻게 하는 게 옳은 선택인지 알 수 없었다. 삶이 통째로 바뀔지도 모르는 순간, 나는 결정적인 열쇠를 쥐고 있는 사람이 되어 버렸다. 모른 척 눈을 질끈 감고 다시 이불을 뒤집어썼다.

냉전이 시작됐다. 장난기 많던 남편은 사라지고 집안엔 냉랭한 기운만 가득했다. 필요한 말 외에는 오가는 말이 없었다. 솔직한 심정은 그게 아니었는데. 두렵지만 가고 싶은 마음도 있다는 말을 왜 하지 못했을까.

오랜 연애 끝에 결혼한 우리는 이십 대의 대부분을 함께 보냈다. 가치관이 뚜렷해지기 전, 사회생활을 배우고 스스로를 알아가는 시기를 보내면서 무엇이든 함께 했다. 그러면서 각자의 기준과 취향을 찾아갔지만 서로에게 끼치는 영향은 무시할 수 없었다. 시간이 쌓일수록 서로가 서로를 닮아갔기에 생각이나, 하려던 말, 먹고 싶은 음식까지 겹칠 때가 많았다. 그러다 보니 서로에 대해 모르는 게 없다고 생각했던 것 같다. 내 생각이 네 생각이고. 네 마음이 내 마음일 거라는 확신. 그 근거 없는 확신이 우리의 대화를 가로막고 있었다는 걸 알지 못했다.

돌이켜 보면 남편은 꾸준히 자신의 상태에 대해 말하고 있었다. 창의적인 일을 좋아하는 디자이너로서 큰 변화 없이 반복되는 업무는 경력에 아무런 도움이 되지 않고, 아까운 시간만 흘려보내는 기분이라고. 그때 나는 그 말을 심각하게 받아들이지 않았다. 세상에 완벽한 회사가 어디 있으며 행복한 직장인이 얼마나 될까. 대신 너희 회사는 안정적인 게 장점 아니냐며 누구에게나 찾아오는 권태감을 잘 극복해 주길 바랐다. 나 역시 직장 생활을 하면서 숨도 못 쉴 정도로 힘들었으면서 남편이 힘든 건 당연했고, 어쩔 수 없는 일이라 여기고 있었다. 그만둘 수도, 계속할 수도 없는, 이러지도 저러지도 못하는 상황이 지속될수록 남편은 점점 말이 없어졌고 예민해졌다. 그럼에도 계속 버텨주길 바랐던 것 같다. 아니, 알고도 모른 척했을지 모른다. 다들 그렇게 사니까. 그런 게 평범한 삶이니까.

남편이 이를 악물고 버틴 결과는 몸에서부터 나타났다. 어느 날 갑자기 배와 등에 알 수 없는 무늬가 생기기 시작한 것이다. 병원에서는 육안으로 정확한 원인을 알기 어렵다며 피검사부터 해야 한다고 했다. 마침 긴 유럽 출장이 잡혀 있어 걱정되는 마음에 찾은 병원이었다. 급하게 바르는 약이라도 처방받을 수 있을까 했는데 결과를 일주일 뒤에나 알 수 있다니. 가렵거나 통증이 있었던 건 아니지만, 걱정이 되는 건 마찬가지였다. 불과 며칠 사이에 가슴 밑까지 올라온 무늬가 전신에 퍼지는 건 시간문제 같았고, 평생 사라지지 않는다면…. 상상만으로도 끔찍했다.

남편은 고민 끝에 상사에게 상담을 요청했다. 그런데 예상치 못한 반응이 돌아왔다. "혹시, 출장 가기 싫어서 그래?" 조심스럽게 물어도 의심은 의심이다. 결국 자리에서 배를 까 확인시켜 준 남편. 겸연쩍게 웃던 상사. 그동안 보여주었던 성실함과 책임감이 부정당하는 순간이었다. 그 일로 남편은 자신감이 떨어졌고 나는 오기가 생겼다. 왜 이곳 생활에 신물이 났는지 조금 알 것도 같았다. 걱정됐지만 포기하지 말라고, 매번 혼자 도맡았던 일본 출장이 힘들었으니 이번만큼은 다른 사람에게 맡기고 많이 보고, 느끼고, 즐기다 오라고, 그렇게 남편의 등을 떠밀었다.

낯선 환경에 기분 전환이라도 됐던 걸까. 출장을 다녀온 뒤 무늬는 흔적도 없이 사라졌고 남편의 기분도 한결 나아진 듯 보였다. 끝내 정확한 병명은 알 수 없었지만, 아무리 생각해도 원인은 스트레스밖에 없다. 남편은 평소에 스트레스를 잘 받지 않는 성격이지만, 어떤 생각에 한번 사로잡히면 걷잡을 수 없이 가라앉는다. 그걸 발산하지 못하고 참고 있으니 몸에서 사달이 난 것이 분명했다. 그러고 보니 어느새 머리카락도 하얗게 세어있었다.

그 정도로 벗어나고 싶었을까. 그 정도로 내려놓고 싶었을까.

나는 남편의 꿈이 얼마나 간절한지 알지 못했다. 꿈의 크기가 얼마만 한지, 어떠한 형태인지, 왜 그런 꿈을 갖게 됐는지조차 물어본 적 없었다. 첫 직장에서 받은 첫 연봉보다 낮은 연봉을 받고도, 새집을 포기하고서라도 일본에 가서 살고 싶다는 남편을 무모하게만 생각했다. 그 무모함이 간절함을 대신하는 말이었다는 걸 시간이 한참 지난 뒤에야 깨달은 것이다.

나 모르게 그런 상태가 지속된 깃 같았다. 그리다 보면 사람

은 천천히 무너지게 된다. 그 전에 잡아줘야 한다. 그게 나의
임무다.

그렇게 시작됐다
우리의 일본 생활은

일단 당장 필요한 짐만 챙겨 일본에 왔기 때문에 나는 수시로 한국에 드나들며 집 정리를 했다. 가져올 짐, 엄마 집에 놓을 짐, 어머니 집에 놓을 짐을 따로 정리해서 상자를 쌓았다. 어느 정도 정리가 됐을 때 부동산에 가서 블라인드와 식탁, 드레스 룸은 이대로 두고 쓰셨으면 좋겠다는 요청 사항을 남기고 집을 내놨다. 새집이니까, 될 수 있으면 아이가 없는 신혼부부였으면 하는 요청도 잊지 않았다.

새로 산 가전과 가구는 부모님께 드리면 아깝지 않다. 마침 엄마 집에 있는 통돌이 세탁기와 브라운관 TV가 고장 났고, 어머니의 냉장고도 너무 오래됐다. 가전은 서비스 센터에 이전 설치를 신청했고, 정리해 둔 짐과 큰 가구를 옮기는 일은 이삿짐 센터에 부탁했다. 공교롭게도 엄마 집 앞에 소형 이사만 전문으로 하는 이사업체가 있었는데, 사장님은 짐을 옮길 곳이 자신의 사무실 바로 앞이라는 사실에 반색하셨다.

드디어 짐을 옮기는 날. 잡동사니는 아무리 치워도 티가 안나더니 가구 하나가 빠져나가자 그제야 집이 정리되는 듯 보였다. 그렇게 마지막 서랍장이 포장되는 모습을 지켜보는데, 갑자기 사장님이 그러셨다.

"혹시 해외로 이사 가세요?"

어, 귀신이다. 짐만 옮겨 달라고 했을 뿐인데 어떻게 아셨을까. 빈집에 건장한 남자 둘과 있으려니 여차하면 도망가려고 식탁 의자 끝에 앉아 있었는데, 순식간에 긴장이 풀려버렸다. 어떻게 아셨냐는 나의 우문에 사장님은 '해외로 가는 집만 이렇게 이사해요'라는 현답을 주셨다. 맞네, 맞아. 이건 경험이 쌓여야만 할 수 있는 질문이었다.

우리가 일본에서 어떤 삶을 살지는 경험해 봐야만 알 수 있다. 상상으로는 절대 알 수 없는 일이다. 실패한다 해도. 사실 '실패'라는 게 무엇인지도 알 수 없다. 흔히들 말하는 실패라면, 짧게 살아보고 다시 한국에 돌아오는 일쯤 될까. 하지만 그건 남들이 정해 놓은 기준일 뿐. 우리는 가보지 않은 길에 대한 후회를 실패라면 실패라고 여기기로 했으니. 설령 잘못된 길로 들어섰다 해도 그 안에서 또 다른 길을 찾을 것이고, 또 한 번의 경험을 쌓을 것이다. 그러다 보면 언젠가 우리도 사장님처럼 귀신이 되어 있겠지.

이제 와 말이지만 집을 정리하는 일은 글로 쓴 것처럼 빠르게 진행되지 못했다. 하나부터 열까지 신경 쓴 우리의 첫 집을 남에게 넘기는 일이란 미련할 정도로 미련이 남는 일이었으니까.

남편이 새로운 일에 적응하는 동안 한국에서의 일은 모두 내 차지였기에 어디서부터 손을 대야 할지도 막막했다. 다시 사자니 아깝고 이고 가자니 무겁고. 이러지도 저러지도 못하고 널브러져 있는 짐들은 어쩔 줄 몰라 서성이는 내 모습과 똑 닮아 있었다. 끊임없이 나오는 잡동사니에 야반도주라도 한 것처럼 엉망이 된 집을 모른 척하다 보니 두 계절이 지나도록 아무런 진척이 없었던 것이다.

그러다 찾아간 어느 추운 겨울날, 현관문 앞에서 나는 그만 말문이 막혀버렸다. 문을 열자마자 뿜어져 나오던 쾨쾨한 공기. 곰팡이가 분명했다. 아니나 다를까 신발 위에는 눈처럼 하얀 곰팡이가, 창문틀에는 까만 곰팡이가 꽃을 피워 놓았다. 거기다 쓰지도 않은 변기는 어떻고? 오랜만에 짐 정리를 하러 갔던 날, 나는 팔을 걷어붙이고 청소부터 해야 했다. '더 이상 이 집에 미련 갖지 말자' 결심했던 순간이다.

복잡한 일일수록 단순하게 생각하기로 했다. 이사는 이삿짐센터에서, 집은 부동산에서 알아서 해결해 줄 테니 나는 짐만 정리하자. 그 뒤로 모든 일이 순조롭게 진행됐던 것 같다. 무슨 일이든 마음먹기가 가장 어려웠던 거다.

일본에서 맞는 첫 연휴에는 남편이 한국에 왔다. 남은 일을 처리하고 부동산에 가서 인사를 드린 다음 날, 우리는 일본으로 돌아왔다. 그런데 비행기를 탔던 그 짧은 사이에 부동산 사장님이 나를 급하게 찾으셨던 모양이다.

"왜 이렇게 연락이 안 된 거예요. 집 계약하고 싶다는 분들이 계시는데 지금 어디세요?"

필요한 서류를 준비해 나는 곧장 한국에 갔고, 우리의 요구 조건을 전부 수용하겠다는 신혼부부는 이야기가 잘 통했다.

잔금 치르던 날, 간단하게 이야기를 나누고 부동산 앞에서 마지막 인사를 나눴다. 그때 들려오던 신혼부부의 대화,

"안방 화장실은 당신 써. 거실은 내가 쓸게. 우리 세탁기도 두 대 사서 따로 쓸까?"

"그걸 어디에 둬?"

"당신 거는 세탁실에 두고 내 거는 안방 베란다에 두면 되지."

그들에게 내 아쉬운 마음이 보일 리가 있나. 쉽게 발길이 떨어

지지 않는 나의 등 뒤로 종알대는 대화가 희미해져 갔다.

그날의 기억이 아직도 선명하다. 추운 겨울이었지만 내리쬐는 햇살이 따뜻했고, 눈부셨다. 이제 그 집에 다시 들어갈 수 없다. 이 풍경도 오늘로 마지막이다. 쓸쓸했지만 한편으론 후련했다. 이렇게 빨리 해결될 일을 반년이나 미루고 있었다니.

그렇게 시작됐다. 우리의 일본 생활은. 사실 진작 시작된 거나 다름없었지만, 처리하지 못한 집 때문에 줄곧 마음이 한국에 가 있었으니까. 가장 큰 문제를 해결하니 한결 마음이 편해졌고, 어떻게든 여기서 버텨봐야겠다는 의지도 강해졌다. 그 말은 남편이 느끼는 부담감이 더 커졌다는 뜻이기도 하다.

중간에 흔들리는 마음이 왜 없었을까. 우리는 여전히 불안하고 좌절한다. 그리고 어떤 결정은 후회스럽기도 하다. 그렇다고 오지 않았더라면, 그로 인한 후회와 지금 하는 후회의 크기가 같았을까.

일본에 온 뒤 우리는 늘 같은 질문을 하고 같은 대답을 한다.

"여기 온 거 후회해?"

"아니."

LM

22.1.18

나의 첫 일본어

2017년 11월, 남편의 첫 면접이 오사카에서 있었다. 수많은 거절 끝에 드디어 남편에게 관심을 보이는 회사가 나타난 것이다. 일본 초등학생이 메고 다니는 가방, '란도셀'을 만드는 회사였다. 의외였다. 그동안 남편이 하던 일과 직접적인 관련이 없는 일이었기 때문이다. 그런데 이 무모한 외국인 지원자를 사장님은 직접 만나보고 싶어 했다. 나중에 들은 이야기지만 절절한 자기소개서에 감동했다나. 기적이었다. 글로써, 그것도 외국어로 누군가의 마음을 움직였다니.

회사 사정상 교통비를 부담해 줄 수는 없지만, 면접도 볼 겸 회사 구경도 하고, 무엇보다 실무를 직접 해 봐야 중요한 결정에 도움이 되지 않겠냐고 하셨다. 맞는 말이었다. 온라인상으로만 면접을 보고 무작정 해외로 이주할 수는 없었으니까.

이직은 서로 많은 배려와 이해가 필요한 일이었다. 지금 다니는 회사 사정도 있고, 그쪽 회사 사정도 있으니 일정을 잘 조율해야 했다.

드디어 면접 날짜가 잡혔다. 그렇게 우리는 1박 2일 일정으로 오사카에 갔다.

11월 일본 날씨는 우리나라의 초겨울을 떠올리게 했다. 바람이 많이 불었지만, 그리 춥진 않았다. 아마도 우리만 그랬던 것 같다. 바람을 정면으로 맞서고 걷는 한국인 둘 곁에는 옷을 단단히 여미고 고개를 숙이며 지나가는 사람들뿐이었으니까.

호텔에 짐을 내려놓자마자 남편은 옷을 갈아입고 면접 준비를 했다. 이렇게 짧게, 여행이 아닌 일로 일본에 온 건 처음이었다. 나는 당장 밖으로 나가 우동이라도 한 그릇 먹고 싶었지만, 곧 정신을 차리고 남편을 따라나섰다.

회사에서 가까운 전철역에 내리니 하필 파친코가 눈에 띄었다. 아…. 이 동네 괜찮은 건가. 공사 중인 집과 오래된 건물들 사이에 큰 도로가 있었다. 아기자기한 일본의 모습은 어디에도 없었다. 내가 살게 될지도 모르는 동네의 첫 이미지는 한 마디로 삭막 그 자체였다. 한참을 걸었다. 먼 거리가 아니었는데, 낮선 길은 언제나 시간이 배로 느껴진다.

노란색 간판의 주유소가 보이면 그 골목에서 꺾어야 한다고 했다. 주유소다. 골목으로 들어가니 얼마 안 가 회사가 보였다. 우리를 여기까지 오게 한 회사가 여기 있었구나. 남편이 일본에 갈 결심을 하지 않았다면 평생 모르고 살았겠지.

회사 위치를 확인했으니 이번엔 내가 있어야 할 곳을 찾아야 했다. 다행히 근처에 카페가 있었다. 카페에 앉아 같이 커피를 마시다 면접 시간이 되어 남편은 자리를 떠났다.

갑자기 혼자가 됐다. 몇 시간 동안 남편과 연락이 닿지 않을 거라고 생각하니 조금 무서워졌다. 게다가 친구, 가족, 아무에게도 일본에 왔다고 말하지 않았다. 말이 통하지 않는 나라, 낯선 어느 동네로 순간 이동된 기분이었다. 내가 외국 카페에 앉아 혼자 커피를 마시고 있다니. 어색하고 긴장돼서 몸 둘 바를 몰랐지만, 태연한 척 챙겨온 책을 꺼냈다.

친구의 첫 소설책이었다. 이 시간에 읽기 위해 보고 싶은 걸 참고 소중히 들고 온 책이었다. 그렇게 호기롭게 책을 펼쳤는데, 눈치가 보이기 시작했다. 직원이 왔다 갔다 하며 책을 보는 내가 외국인이라는 걸 알게 될까, 하는 쓸데없는 걱정 때문이었다. 마침 커피잔마저 바닥을 보이기 시작했다.

창문을 바라보며 앉아 있어 의식하지 못했는데 카페에는 단체 손님이 많았다. 대부분 식사 후 디저트로 커피를 마시고 있었고, 나처럼 앉아 있던 손님은 둘 정도. 그 사람들마저도 자리를 떴다. 커피잔이 비워진 채 오래 앉아 있는 건 예의가 아닌 것 같고. (앞으로 몇 시간을 더 앉아 있어야 할지 저도 모르겠거든요) 그래서 남편이 가기 전에 커피를 한 잔 더 시키려면 어떻게 말해야 하는지 가르쳐 달라고 했다.

'커피 한 잔 더 주세요' 또는 '커피 리필해 주세요'라고 말하면 될 줄 알았더니, 남편은 테이블 위에 있던 메뉴판을 가리키며 아주 생소한 단어를 알려주었다.

おかわり 오카와리. 같은 음식을 더 달라고 청하는 일

이라는 단어가 일본에는 따로 있었던 거다. 우리가 흔히 쓰는 리필과 같은 뜻이지만, 공짜는 아니다. 보통 100엔에서 200엔 정도 돈을 추가로 지불해야 한다. 가게마다 오카와리가 가능한 곳이 있고 그렇지 않은 곳이 있다고 했다. 그럼, '오카와리 쿠다사이' 하면 되는 거야? 그랬더니, 그것보다 더 정중한 표현인 '오카와리 오네가이시마스'를 알려주었다.

"그냥 쿠다사이 하면 안 되는 거야?" (당시에는 '주세요'라는 말이 '쿠다사이'만 있는 줄 알았다)

"그래도 되는데 되도록 예의 바른 표현을 익히도록 해."

하…. 머리야. 왜 책에서 배운 건 늘 실전과 다를까?

책을 읽는 척, 적당한 때를 기다리다 손을 들었다. 여차하면 메뉴판을 가리킬 생각이었다. 이게 뭐라고. 심장이 터질 듯 두근거렸다.

"오카와리 오네가이시마스."

나의 첫 일본어였다.

기다리고 또 기다리고

무엇이든 첫 경험은 실수가 없어야 한다. 실수가 있었더라도 좋은 기억으로 남아야만 한다. 특히 나의 경우는 그렇다. 나 같은 쫄보, 소심쟁이에게 실수는 깊은 상처가 되어 다시 도전하는 일을 주저하게 만든다. 물론 어릴 때보다는 뻔뻔해졌지만, 상처받지 않은 척하는 것뿐. 여전히 실수는 내게 두려운 영역이다.

'여기서 삐끗하면 내 일본어는 끝이다'라는 극단적인 생각으로 최대한 또박또박 발음했다.

오카와리 오네가이시마스.

성공이다. 내 말을 한 번에 알아듣다니, 감격스러웠다.

가끔 똑바로 말해도 내 목소리가 작았다거나, 상대방의 귀가 먹었다거나 하는 어처구니없는 이유로 '네?'라는 대답을 듣는 순간이 있다. 모국어는 그 순간이 바로 분간되지만, 외국어는 무조건 내 탓부터 하게 된다. 발음이 이상했나? 아니면 억양이 문제였나? 짧은 순간 온갖 생각이 드는 거다. 외국어를 배우려면 실수를 부끄러워하지 않아야 하는데, 이래서 나 일본어 배울 수 있을까?

잔에 커피가 채워지자 그제야 안심이 됐다. 책을 활짝 폈다. 여전히 어깨는 움츠러들었지만.

단편 소설로 이루어진 책에는 등단작 두 편이 실려 있었다. 등단하는 일이 정말 어렵다는데, 글을 읽으며 힘든 시기에 힘이 되어주지 못했다는 미안함과 친구의 책을 읽고 있다는 벅차오름, 그리고 재밌다는 생각이 동시에 들었다. 책장이 벌써 반이나 넘어갔다. 생각보다 면접이 오래 걸리는 모양이었다. 한 시쯤 들어간 것 같은데 시간을 보니 네 시에 가까워지고 있었다. 한두 시간이면 끝날 거라 예상하고 점심도 먹지 않았는데. 아무래도 자리를 옮겨야 할 것 같다. 그런데, 어디로 가지?

다시 책을 읽기가 어려워졌다. 눈치도 눈치지만, 이제는 화장실이 너무 가고 싶었다.

　아…. 그런데 남편에게 '화장실이 어디예요?'라는 말을 물어보지 않았다. 고개를 들어 두리번거렸지만, 구석에 앉아 있어 화장실 표지판이 시야에 들어오지 않았다. 미치겠네. 그냥 영어로 물어볼까. 아니야. 관광지가 아니라 영어가 안 통할 수도 있잖아. 그럼 나 너무 부끄러운데. 지금이라면 번역기를 돌리거나 사전을 뒤져봤을 텐데 그때 나는 왜 그렇게 미련했을까. 그러다 번뜩 일본 편의점에 화장실이 있다는 사실이 떠올랐다. 한 번도 이용해 본 적은 없지만, 분명히 있을 거다. 걸어오는 길에 편의점을 두 개나 보았다. 갈 곳을 정하지 못했지만 지금 그게 중요한 게 아니다. 얼른 가방을 챙겨 계산서를 들고 계산대로 향했다.

　이 카페는 나중에 단골 카페가 되었는데 그제야 계산대 바로 옆에 화장실이 있었다는 걸 알게 됐다. 그리고 일본어로 화장실은 우리가 영어로 말할 때 자주 쓰는 Toilet, 'トイレ토이레' 보다 'お手洗い오레아라이(손을 씻는 곳)'라는 단어를 훨씬 많이 사용한다는 것도 알게 됐다. 우회적인 표현을 많이 쓰는 일본어의 특징이었다. 언어를 공부할 때는 그 나라의 문화를 이해하는 게 중요하다는 말이 와닿는 순간이었다.

걸음이 빨라졌다. 첫 번째 편의점에 화장실이 없으면 어떡하지. 그럼, 두 번째 보았던 편의점으로 가면 되지, 라고 하기엔 거리가 있었다. 두 번째 편의점은 역과 가까운 곳에 있었으니 결국 전철역까지 걸어가야만 했던 거다. 참을 수 있을까. 첫 번째 편의점에 도착했다. 있다. 정말로 화장실이 있었다. 그 순간 더욱 참기가 힘들어졌다. 안에 사람이 있으면 큰일이 날 정도로. 이러다 나 뉴스에 나오는 거 아니냐고.

다행히도 화장실을 이용하는 사람은 나뿐이었다. 우리나라 편의점에도 화장실이 있으면 얼마나 좋을까. 세상을 다 얻은 것 같은 기분이 들자 드는 생각이었다. 이럴 땐 고맙고 미안한 마음에 물이라도 하나 사서 나왔어야 했는데, 다른 생각에 정신이 없었다.

그래서 이제 나 어디 가지?

밖으로 나와 걸어왔던 길을 따라 걸었다. 어디든 역 주변이 가장 번화하니까, 근처에 가면 카페 하나쯤 있겠지 하고는. 하지만 주택가 골목 작은 역 주변에는 아까 보았던 편의점 말고는 아무것도 없었다.

시간은 네 시 삼십 분. 남편에게는 아직도 연락이 없다. 설마 무슨 일이 있는 건 아니겠지? 어디 끌려간 건…? 아니다. 지금 나쁜 생각은 아무런 도움이 되지 않는다.

여기서 더 움직이면 길을 잃을 것 같아 주위를 둘러보았다. 우리나라 아파트처럼 생긴 건물 앞에 놀이터가 있었다. 보통 여섯 시 퇴근이니까 다섯 시 정도면 끝날 거라는 나름 논리적인 계산으로 놀이터 벤치에 앉아 기다리기로 했다. 남편에게는 역 근처 놀이터에 있겠다는 메시지를 남겨 놓았다.

인적이 드문 곳이었다. 간혹 아이를 데리고 온 엄마들이 있었지만, 저녁 준비를 하려는지 금세 자리를 떴다. 반쯤 읽었던 책을 다시 폈다. 날이 춥지 않아 천만다행이라는 생각은 곧 아이고, 추워 죽겠네, 로 바뀌었다. 누가 움직이면 쏜다고 한 것도 아닌데 미련하게 꿈쩍도 하지 않고 처음 자세 그대로 앉아 있었다. 책을 거의 다 읽어갈 때쯤, 이 집 저 집에서 맛있는 냄새가 나기 시작했다. 춥고, 배고프고, 너무 외롭고.

전철역에서 사람들이 우르르 나오는 걸 보니 퇴근 시간이 됐나 보다. 그러길 몇 번, 이거 해도 해도 너무한 거 아니야? 슬슬 짜증과 함께 불안감이 밀려오기 시작했다. 휴대전화는 전원이 꺼져버릴까 마음껏 만질 수도 없었다. 책장이 얼마 남지 않았으니 책을 다 읽고 일어나기로 결심했다. 그때가 여섯 시 삼십 분이었다.

눈에 들어오지 않는 책을 덮고, 어둑해진 거리를 천천히 걸었다. 조명 덕에 조금 밝아졌지만, 골목길은 최대한 빨리 벗어나는 게 좋을 것 같았다. 대로변을 따라 다시 회사 방향으로 향했다. 그러다 회사에 도착하면 문을 박차고 들어가, 거, 좀 너무한 거 아닙니까? 외치는 대신 밖에서 동태를 살필 생각이었다. 물론 그 전에 연락이 오길 바라며 아주 천천히 걷고, 걷고, 또 걸었다.

그 시간에 역을 등지고 걷는 사람은 나뿐이었다. 횡단보도를 건너 신세를 졌던 편의점을 지나 주유소에 다다랐을 무렵, 저 멀리서 나를 향해 뛰어오는 남편이 보였다.

놀이터 그 자리

헐레벌떡 뛰어오는 남편의 모습은 마치 일에 찌든 직장인이 따로 없었다. 급하게 챙겨 입은 재킷, 약간 찌그러진 셔츠. 면접이 아니라 일을 하고 왔니? 정말로 일을 했다고 했다. 면접도 보고, 사람들과 인사도 나누고, 업무가 어떻게 진행되는지 눈으로 확인한 후, 간단한 가죽 재단과 소품 제작을 직접 해봤다고 했다.

다행히도 남편은 영문을 모르겠는 표정이 아니었다. 평소 무슨 일이든 본인이 납득이 가야 일을 하는 성격인데, 사회생활이 어디 그런가. 누가 봐도 말도 안 되는 일을 해야 할 때가 있고, 이해관계 때문에 어쩔 수 없이 해야 하는 일도 있는 법. 그런 일은 누구도 정확한 이유를 말해주지 않기 때문에 넘어갈 줄도 알아야 하는데, 굳이 이유를 찾느라 괴로워한다. 남편에게는 회사 사정이 중요한 게 아니고, 본인이 하는 일을 이해하는 게 중요하기 때문이다. 그래서 어떤 의문이 머릿속에 들어 있으면 답답해서 속이 터질 것 같은 표정이 얼굴에 그대로 드러나는 편이다. 물론 나만 아는 얼굴이다. 그러니까 그런 표정이 아니었다는 건 면접도, 업무도 나름 만족스러웠다는 뜻이었다.

시간이 늦어 관광은 글렀고, 저녁이라도 맛있는 걸 먹고 들어가기로 했다. 호텔 근처로 가서 갈 만한 곳을 찾아다녔다. 금요일 저녁이라 어딜 가나 줄이 길었다. 결국 밥은 포기하고 이자카야에 가기로 했다. 술을 마시는 사람들을 언제까지 기다려야 할지 몰랐지만, 일단 기다렸다. 종일 기다렸는데 이쯤이야. 드디어 카운터 끝에 자리가 났고, 현지인들 틈에 앉아 술잔을 부딪치며 대화를 시작했다.

이야기를 들어보니 그동안 해왔던 일과는 달리 단순 업무가 주를 이루는 것 같았다. 실무를 하게 했던 이유에는 일본으로 이주하면서까지 일할 만한 가치가 있는지 진지하게 생각해 보라는 뜻도 담겨 있었다. 대신 앞으로 진행할 신규 사업에 남편의 능력을 필요로 하는 듯했다. 그때 성과에 따라 연봉은 언제든 올려줄 수 있다고. 회사 측에서는 남편을 채용하고 싶어 하는 눈치였지만, 지금 다니는 회사에 비해 규모가 작고 연봉도 낮아 조심스러워하는 느낌이었다. 그건 남편도 마찬가지였다. 연봉에 대해 어느 정도 예상은 하고 있었지만, 자세히 물어본 적은 없었다. 그래서 구체적으로 얼만데?

놀이터에 앉아 남편을 기다릴 때, 주위를 둘러보며 생각했다. 화장실이 어딘지 물어볼 용기도 없는 내가 정말 여기서 살 수 있을까? 아무리 상상해도 그려지지 않았다. 실감이 나지 않았던 것 같다. 면접을 봤다고 해서 무조건 붙는 건 아니니까, 오랜만에 오사카에 왔다는 사실이 그저 좋을 뿐이었다.

다만 놀이터 그 자리에 앉아 아무도 나를 모르는 곳에서 찾아갈 가족과 친구가 없다는 게 어떤 기분인지 잠시나마 느낄 수 있었다. 그동안 부모님 밑에서 많은 것들을 누리며 살았다는 생각도 들었다. 힘들 때 손 내밀 곳이 없다는 건 이렇게 춥고 외로운 일이겠지.

그런데 의외로 나쁘지 않았다. 약간 설레기까지 했다. 해외 생활을 해 본 적도, 해 볼 생각도 없던 나에게도 이건 기회가 아닐까? 하는 생각과 함께.

응? 남편이 신입사원일 때 받았던 첫 연봉보다도 적은 금액이었다. 진심인 거니? 적잖이 놀랐지만, 더 이상 다른 말을 꺼내

기가 어려웠다. 걱정하면서도 들뜬 표정이 남편의 얼굴에 그대로 드러났기 때문이다. 그토록 원했던 기회를 잡았는데, 그래서 힘이 되어주려고 이곳까지 따라왔는데, 갑자기 찬물을 끼얹을 순 없는 노릇이었다.

그래. 뒷일은 나중에 생각하기로 하고, 오늘은 힘든 하루를 무사히 마친 남편에게 집중하기로 했다. 고생했다며, 대단하다고, 잘되면 좋겠다고 했지만, 정말 잘될 것 같은 이 불안감은 뭘까?

밤이 깊어질수록 이런저런 소리가 뒤엉켜 오히려 아무 소리도 들리지 않았다. 웃고 떠드는 손님들과 음식을 만들어 내느라 바쁜 직원들의 모습이 느린 그림처럼 천천히 움직였다.

앞으로 내가 살아야 할 곳이 이곳인가? 결정된 것도 없는데 왜 벌써 이런 생각을 하는 거지? 그런데 정말 현실이 되면 어떡하지? 그날의 일을 정확하게 기억하는 건 어쩌면 당연한 일인지도 모르겠다.

2017년 11월 30일, 나는 만감이 교차하는 하루를 보내고 있었다.

사는 게 내 뜻대로 될 리 없겠지만, 왜 불길한 예감은 빗나가는 법이 없을까. 파친코가 먼저 보이던, 지원한 곳 중 가장 연봉이 낮은 회사가 있던 그 동네가 결국 우리 동네가 되었다. 살다 보니 처음 내렸던 역 말고 다른 곳에도 역이 있다는 걸 알게 됐다. 역은 꽤 컸고 번화했다. 카페도 몇 개나 있었다.

그때 그 놀이터는 살면서 딱 한 번 가봤다. 그쪽 역을 거의 이용하지 않아 일부러 가지 않으면 갈 수 없는 장소가 되어버렸기 때문이었다.

기억은 희미해지기 마련이지만, 어떤 기억은 더 선명해지기도 한다. 낯선 곳에서 기약 없이 누군가를 기다리는 일은 정말이지 외롭고 고독한 일이었다. 새로운 장소에서 느꼈던 설렘은 잠시였나 보다. 놀이터를 보는 순간, 나는 그 자리에 앉고 싶은 생각이 조금도 들지 않았다.

긴 여행을 떠나려고요

가자, 그래. 가보자. 어떻게든 되겠지.

그때부터 남편은 표정이 밝아졌고, 기다렸다는 듯 빠르게 주변 정리를 시작했다. 이 집만 빼고. 회사 일과 필요한 비자 서류, 일본에서 살 집을 알아보는 것만으로도 정신이 없었을 테다. 소풍을 앞둔 어린아이처럼 들떠 보이는 남편이 약간 얄밉기도, 어이가 없기도 했다. 그래서 나머지는 다 나보고 처리하라는 거지? 어휴. 나도 모르겠다. 정말 어떻게든 되겠지.

어디서부터 손을 대야 할지 감이 잡히지 않았다. 더 정확하게 말하자면 쥐고 있는 것을 놓아줄 용기가 나지 않았던 것 같다. 그래도 내려놓아야지, 어쩌겠는가.

집 다음으로 가장 큰 짐은 차였다. 차부터 처분해야 했다.

이십 대 초반에 만난 우리는 10년 가까이 차 없이 연애했다. 차가 없어도 불편하다고 생각해 본 적 없었고, 다니지 못할 곳이 없었다. 남편에게 차가 생기고 데이트 장소가 주차하기 편한 곳 위주로 바뀌면서 서울 근교로 드라이브를 자주 다녔다. 그것 또한 즐거운 일이었다. 내키는 대로 어디든 갈 수 있었고, 지하철이 끊길 걱정도 없었다. 내가 살았던 서울에서 남편이 살았던 경기도까지 먼 거리는 아니었지만, 대중교통으로 다니기는 힘들었다. 그럼에도 단 한 번도 나를 혼자 집에 보낸 적이 없었다. 전철을 타고 또 버스를 타고 한 시간이 넘게 걸리는 길을 돌려보낼 때마다 미안한 마음이 들었는데 차 덕분에 걱정을 조금 덜 수 있었다.

새 차를 사고는 더 열심히 돌아다녔던 것 같다. 자기 능력으로 산 첫 차라니, 얼마나 뿌듯하고 좋았을까. 남편이 어떻게 여기까지 왔는지, 그동안 얼마큼 노력했는지, 성장하는 과정을 지켜보았기에 나 또한 뿌듯한 건 마찬가지였다. 그 차로 운전을 시작했으니, 나에게도 첫 차나 다름없었다. 애착이 많이 갔던 차였다. 할부도 끝났고 정이 붙을 대로 붙었는데 글쎄, 이 차를 처분해야 한다니. 그동안 집 생각만 하느라 차를 신경 쓰지 못했다.

일본 회사에는 입사까지 6개월 정도 시간을 달라고 했다. 그러니까 이듬해 5월에 이주하는 걸로 하고, 입사 날짜는 상황을 봐서 다시 협의하기로 했다. 생각해 보면 정말 많은 배려를 해주셨던 것 같다. 그런데 말이 6개월이지 우리에게는 2개월의 시간밖에 없었다. 3월이나 되어야 다니고 있는 회사 일이 완전히 마무리될 수 있었기 때문이다. 그 기간 내에 집을 정리하는 건 무리가 있을 것 같고, 마음도 움직이지 않았고, 그냥 당장 할 수 있는 일을 하기로 했다. 차를 처분하기 전에 그동안 가보지 못했던 곳에 가는 것. 갈 수 있는 한 최대한 멀리 가보기로 했다. 차와 함께 떠나는 마지막 여행이랄까.

처음엔 강원도에 갔다. 삼척에 가서 바다도 보고 막국수에 수육도 먹고, 그때 막국수의 메밀 향이 아직도 생각난다. 평창에 가서는 양떼 목장에 들르고, 절에도 가고, 방송에 나와 유명해진 송어회도 먹고, 오리고깃집에도 갔다. 다음에는 한 번도 가보지 못한 남쪽으로 갔다. 섬진강에서 늦은 벚꽃 구경을 하고, 화개장터에도 가보았다. 섬진강에 가면 꼭 먹으라던 참게탕은 생각보다 별로였고, '어리석은 사람이 머물면 지혜로운 사람으로 달라진다'는 지리산은 지금껏 본 산 중 가장 멋있었다. 다음 날엔 광주로 넘어가 담양 대나무 숲에 갔다. 마트에 갔더니 진짜 대나무에 든 술을 팔고 있었다. 대통주는 몇 통 더 사 올 걸 후회가 되기도 했다. 유명한 떡갈비 집에도 가고 돼지갈비도 먹었다. 지금도 그 집 떡갈비가 세상에서 가장 맛있는 떡갈비가 아닐까 생각한다.

짧은 시간에 알차게 다녀온 여행이었다. 주말이었다면 어림없는 경로였다. 여행을 많이 다녔지만, 처음으로 가장 마음이 편했던 것 같다. 처리해야 할 일이 산더미처럼 쌓여 있으면 오히려 현실을 잊기가 쉬워지는가 보다.

바쁘게 사느라 그동안 하지 못했던 일이 많았다. 평일 낮에 어머니 댁에 혼자 있는 강아지 쿠키와 놀아주는 일부터 새로 이사한 동네 주변을 둘러보는 일, 은행 계좌를 살리는 일, 건강검진과 내시경을 받는 일까지.

지금 생각해 보면 스트레스가 만병의 근원이라는 말이 틀린 말이 아닌 것 같다. 과한 스트레스는 반드시 몸 어딘가에 흔적을 남긴다. 그 흔적을 가볍게 넘기다 보면 언젠가 큰 병이 되어 나에게 돌아오고 만다. 그러니까 남편의 몸은 계속해서 멈추라는 신호를 보내고 있었던 게 아닐까. 일을 멈출 나이는 아니었지만, 이왕 이렇게 된 거 중간 점검을 한다고 생각하기로 했다.

하나씩 일을 해결하다 보니 어느덧 5월이 되었다. 그동안 자동차를 팔 적당한 곳을 찾는 일도 빼먹지 않았으니 이제 차를 놓아주러 가기만 하면 됐다. 차에 관련된 물건을 빠짐없이 챙기고 주차장으로 갔다. 남편에게 차에 타기 전에 사진을 찍어

줄 테니 거기 서보라고 했다. 남편은 차를 붙잡고 서운함을 감추지 않았다. 고개를 숙이고 차를 어루만지며 아련한 표정을 짓고 있는 남편의 모습은 지금 보아도 웃음이 난다. 아마 그때부터 실감하지 않았을까. 자신이 엄청난 일을 벌이는 중이라는 걸.

중고차 매장은 대부분 한곳에 모여 있어 가격을 비교하며 돌아다니는 데 어려움은 없었다. 두세 곳 정도 들렀는데 마지막에 들른 곳에서 차를 팔기로 했다. 사장님은 놀라울 정도로 우리 차를 마음에 들어 하셨는데 직접 운전해 보시더니 자신이 꼭 매입하고 싶다고 하셨다. 가격도 예상했던 것보다 후하게 쳐주셨다. 어떤 곳에서는 이런 차는 취급 안 한다며 문전박대를 당했는데.

물건도 필요로 하는 사람에게 가야 유용하게 쓰일 것이다. 덕분에 조금 가벼운 마음으로 차를 보내줄 수 있을 것 같았다.

거래가 진행되는 동안 사장님은 우리에게 해외여행을 가는 거냐고 물으셨다. 연식이 얼마 안 된 멀쩡한 차를 파는 일이 흔한 일은 아니었나 보다.

그러게요, 여행이면 얼마나 좋겠어요.

나도 모르게 마음의 소리가 나올 뻔했다. 그런데, 생각에 따라 여행이라면 여행이라고 할 수도 있겠구나 싶었다. 사장님은 의도치 않게 자꾸 내 마음의 무게를 덜어주시려는 것 같았다. 아무래도 짧은 여행은 아닐 거란 생각에 웃으며 대답했다.

네, 긴 여행을 떠나려고요.

차를 팔러 가는 길은 기억나지 않는다. 집으로 돌아가는 순간만 기억에 남았다. 근처 버스 정류장에서 버스를 기다리며 서로 말은 없었지만, 심경이 복잡했을 거다. 남편은 아마 속으로 울고 있지 않았을까. 나는 이제 시작이라는 생각이 들었다. 현실이 코앞으로 다가왔기 때문이다. 출국을 3일 앞둔 날이었다.

부모님께 허락은 받았어?

일본에 가기로 한 후 남편은 본격적으로 퇴사 준비를 했다. 팀장은 조용히 일하던 직원이 갑자기 퇴사를, 그것도 다른 나라에 가겠다고 하니 충격을 받았는지 인사과에 보고하는 일을 차일피일 미뤘던 모양이다. 하지만 이미 큰 결심을 한 사람에게 그어떤 말이 달콤하게 들리겠는가. 마지막으로 퇴사 의사를 확인한 팀장은 남편을 더 이상 설득하지 않았다. 대신 공감하는 쪽을 택한 것 같았다. 지금껏 한 번도 이야기한 적 없는 속내를 털어놓았던 것이다.

작지 않은 규모의 회사에서 간부 자리까지 오르는 일이 쉽지 않은데 젊은 나이에 이미 자신의 위치는 높고, 아이들은 어리다고. 아무래도 정년까지 버티지 못할 것 같은데 회사를 그만두게 된다면 그때 무엇을 즐겨야 하고, 무엇으로 돈을 벌 수 있을지 고민이 된다고 말이다. 이런 고민 중에 자신보다 한참 어린 직원이 같은 고민을 하고 있었고, 실행에까지 옮겼으니 그 용기가 부럽고 대단하게 느껴졌나 보다.

그렇다고 당장 회사를 그만둘 수는 없고, 남편이 새로운 환경에 적응하는 동안 자신은 좋아하는 일을 찾아보겠다며 다짐하셨다고. 어째 직원을 위한 상담이라기보다 팀장을 위한 동기부여 시간이 된 것 같아 어이가 없었지만, 한편으론 서글프기도 했다. 나에 대한 진지한 고민을 내가 쓸모없어질 때쯤 해야 한다는 현실이.

남편의 최종 퇴사가 결정되고 회사에는 빠르게 소문이 퍼져나갔다. 몇몇은 놀랐고, 몇몇은 아쉬워했고, 몇몇은 그럴 줄 알았다는 반응. 사람들은 해외에서 새롭게 시작할 수 있는 용기를 부러워했고 응원해 주었다. 사직서를 던지는 것과 해외에서 살아보는 것. 누구나 한 번쯤 꿈꾸는 일이지만 쉽게 실행에 옮길 수 있는 일은 아니니까.

많은 질문이 오갔고, 대체로 예상했던 것들이었는데 어떤 질문은 그러지 못해 당황스러웠다.

"그건 그렇고, 부모님께 허락은 받았어?"

간혹 예상치 못한 질문은 허를 찌르기도, 감동을 주기도 하는데 이건 뭐랄까, 듣는 순간 머리가 멍해지고, 다리에 힘이 풀리면서 한 마디로 기운을 쭉 빠지게 했달까. 건너 들은 나도 말문이 막혔는데 남편도 마찬가지였나 보다. "부모님 허락을 왜 받아야 하는데?"라고 묻자, 자신도 똑같이 되물었다고. 중요한 일인 만큼 부모님과 상의할 수는 있어도 결국 결정은 본인 몫 아닌가. 스스로 결정하는 것과 부모님 허락을 받는 것은 완전히 다른 문제인 것이다.

내가 남편이었다면 그 자리에서 한 가지 질문을 던졌을 것이다.

"부모님이 반대하시면 포기하실 건가요?"

그런데 왜 아무도 아내인 나의 의사는 궁금해하지 않는 걸까. 안정적인 생활을 하다 갑자기 연봉을 반으로 줄여가며 해외 생활을 하자고 했을 때 얼마나 많은 아내들이 이를 허락할 수 있을까?

남에게 인정받고자 한 일은 아니었지만, 남편을 따라가기로 한 내 결심이 당연하다는 듯 혹은 아무것도 아니라는 듯 여겨지는 것 같아 서운한 마음이 들었다. 그곳이 어디든 같이 갈 사람은 부모가 아닌 아내인데.

일본에 오니 달랐다. 사람들과 조금씩 이야기를 터 갈 때쯤 단골 화두는 아내인 '나'였다. 그들의 첫 질문은 "아내가 반대 안 했어요?"였던 것이다. 이직 준비를 할 때도 마찬가지였다.

면접에서 개인사를 물어볼 때 가족에 대한 질문을 생각보다 자세히 한다. '느그 아버지 뭐하시노?' 같은 질문이 아니라 같이 살고 있는 가족의 상태를 물으며 이 사람이 회사에 잘 적응할 수 있을지 혹시 곤란한 점은 없는지를 확인하는 것 같았다.

아내는 일본어를 할 줄 아나요? 직장에 다니나요? 일본 생활을 힘들어하진 않나요? 혼자 있을 때 외로워하진 않던가요?

코로나19 때문에 비대면 면접을 보던 어느 날, 문틈으로 새어 나오는 질문을 듣다가 나도 모르게 울컥했다. 괜찮은 줄 알았는데 마음에 구멍이 조금 뚫려 있었나 보다. 그럴 땐 생각지도 못한 상황에서 위로받는 것 같다. 형식적인 질문이라는 걸 알면서도 말이다.

일본에서는 결혼할 때 부모의 지원을 거의 받지 않는다고 한다. 결혼식 비용이 워낙 비싸서 어느 정도 도움을 받기도 하지만, 집을 구할 때는 둘의 상황에 맞춰 시작하는 경우가 많다고.

남편의 상사는 결혼식 비용을 축의금으로 해결했고, 신혼여행은 돈을 모아 1년 뒤에 떠났다고 했다. 그게 자연스러운 일이라 자신들의 처지를 부끄러워하거나 비참해하지 않는다. 부모에게서 독립했으니 둘만의 힘으로 꾸려나가는 걸 당연하게 생각하는 것이다.

우리만큼 부모와 자식 간의 의존도가 높지 않아서일까. 같은 또래의 일본 청년들이 훨씬 어른스럽게 느껴질 때가 있다. 물론 질문 하나로 서로 다른 가족의 개념을 온전히 이해하기는 어렵다. 자라 온 환경과 집안 분위기 역시 모두 같을 수 없고, 서로 중요하게 생각하는 가치 또한 다르겠지만, 그 질문 하나 때문에 두 나라 사이에 좁혀지지 않는 간격이 존재하는 것 같았다.

누군가의 말처럼 인생은 선택의 연속이다. 그 과정에서 가까운 사람에게 영향을 받을 순 있지만, 결국 선택은 내 몫이다. 다른 사람이 내 삶을 대신 살아줄 순 없으니까. 그게 부모라도 말이다. 혹 잘못된 선택으로 먼 길을 돌아간다 해도 우리 삶의 방향은 우리가 정하고 싶다.

몇 년 뒤 남편의 팀장에게서 연락이 왔다.

퇴직 후 작은 사무실을 얻어 그곳에서 그동안 해 보고 싶었던 일을 하고 있다며, 한국에 오면 한번 놀러 오라는 반가운 내용의 문자였다. 미울 때도 많았는데 이제 보니 가장 인간적인 분이 아니었을까 싶다. 치열했던 삶은 잊고 자신과 친해질 수 있는 여유로운 시간을 보내시길, 우리 역시 팀장님의 선택을 진심으로 응원한다.

효율적인 짐 싸기

남편이 일본에서 살 집을 알아보고 필요한 서류를 준비하는 동안 나는 또 다른 고민에 빠져 있었다. 둘이 들고 갈 수 있는 가방 최대 네 개. 무게와 크기는 제한되어 있고, 포기할 수 없는 짐은 많고. 그 안에 무얼 담아야 효율적일까.

해외 이주를 할 때 짐을 옮기는 가장 간편한 방법은 해외 이사 전문 업체를 이용하는 것이다. 버릴 건 버리고, 주변에 나눠줄 짐만 정리하면 쓰던 살림을 그대로 가져갈 수 있으니 얼마나 편하고 좋은가. 대신 가족 단위로 움직이는 경우, 거리가 먼 경우, 사용하던 가전의 전압이 일치하고, 가구가 모두 들어갈 만큼 집이 큰 경우여야 한다. 그런데 우리 상황은 이 중 어느 경우에도 해당하는 게 없었다.

둘이 움직이는 게 자녀가 있는 집보다 수월할 테고, 당일 왕복도 가능한 거리인 데다가, 가전은 가져가 봐야 사용할 수도 없었으며, 집은 침대 하나 놓기에도 벅차 보였기 때문이다.

이런 경우엔 직접 이사하는 수밖에 없다. 가져갈 수 있는 만큼 가져가고 나머지 짐은 국제 택배를 이용해 보내는 것이다. 국제 택배 종류에는 선박과 항공편이 있는데 각각 장단점이 있다. 항공은 비싼 대신 빠르고, 선박은 저렴한 대신 오래 걸린다. 선박의 경우, 지역에 따라 다르겠지만 배송까지 기본 한 달 정도 소요된다고 들었다. 짐이 잊을 만하면 도착한다고 하던데 나는 물건을 보내놓고 쉽게 잊을 수 있는 성격이 못되니까. 하루에도 서너 번씩 경로를 확인하고 흐름이 이상해 보이면 혼자 끙끙 앓고 있을 게 뻔하니까. 무엇보다 뭐가 필요할지 몰라 다 넣어봤을 과거의 내가 몹시 한심할 거 같아 관두기로 했다. 그래서 항공 택배를 선택했다. 비용이 많이 들겠지만, 신경 쓸 일을 하나라도 줄이고 싶었기 때문이다.

우선 없어서는 안 될 물건부터 생각했다. 여권, 신분증, 서류, 도장, 현금, 신용 카드. 가끔 출발하는 날까지 쓰고 챙겨야 하는, 이를테면 고데기나 충전기를 신경 쓰느라 여권을 빠뜨리는 말도 안 되는 일을 저지를 수 있다. 정말이다. 짐만 완벽하게 싸면 뭐 하나. 여권을 챙기는 일은 아무리 강조해도 지나치지 않다.

다음은 도착해서 바로 사용해야 할 물건. 옷, 신발, 속옷, 화장품, 세면도구, 욕실용품, 주방 도구, 식기.

굳이 이런 것까지 챙겨야 하나? 하는 생각이 들면서도 막상 없으면 곤란할 것 같은, 휴지, 조미료, 구급약, 필기도구, 책.

목록을 적는 일은 간단했지만 짐을 챙기는 일은 복잡했다. 모두 잡동사니나 다름없었기 때문이다. 화장품만 해도 종류가 몇 개며 그 외에 족집게, 손톱깎이, 면도기, 빗, 수저 받침대, 주걱, 뒤집개…. 일일이 나열하기도 어려운 물건들뿐이었으니. 공항 검색대를 통과하지 못해 반찬통이며 짐 틈새에 쑤셔 넣은 잡다한 물건들을 직원 앞에 늘어놓는 상상을 하다, 혹 '쓰레기를 정성스럽게 가져가는 건 아닌가' 싶어졌다. 그런데 이걸 다시 장만하자니 잠깐 비웃음거리가 되는 게 낫지, 싶은 거다.

문제는 새로 사기엔 돈이 아깝고 가져가자니 일이 커지는 물건들이었다. 그것들은 대부분 무겁거나 부피가 크거나 공간 활용이 전혀 안 되는 짐이었다. 특히 주방 도구와 식기는 어떻게 해도 부피가 줄어들지 않는다. 튀어나온 손잡이와 깔끔하게 포개지지 않는 냄비는 다른 짐에 방해만 될 뿐. 자칫 옷 사이 끼워 넣은 그릇이 깨지기라도 하면 정말 쓰레기를 챙겨온 게 되는 거니까.

눈 딱 감고 포기하고 싶었지만, 한 번도 쓰지 않은 도마, 프라이팬, 냄비가 왜 그리 많던지. 화장품이나 샴푸도 마찬가지였다. 욕실 수납장에는 그동안 돈과 시간을 들여 정착한 제품들이 포장도 뜯기지 않은 채 쌓여 있었다. 이걸 다시 사면 돈이 얼마야? 낭비 아닌가? 이런 생각이 들면 아쉽지 않은 물건이 없었다. 그렇다고 전부 가져갈 수도 없고, 놓고 가자니 눈물이 앞을 가려…. 결국 챙기기로 했다. 적당히. 그러기로 했는데 어디까지가 적당히 인지 도통 감이 오질 않았다. 그러니까 짐을 싸면서 가장 어려웠던 점은 당장 필요할지도 모를 물건과 현지에서 구매할 수 있는 물건의 경계를 구분 짓는 일이었다. 포기할 건 깔끔하게 포기하고 가져갈 건 확실하게 가져가는 것. 미련 때문인지 그게 잘되지 않았던 거다.

버릴 건 버리고, 나눌 건 나누고, 챙길 건 챙기며, 당장 가져갈 짐과 다음에 가져갈 짐 그리고 택배로 보낼 짐을 정리했다. 머리가 지끈거렸지만 생각해야 했다. 또 필요한 물건이 뭐가 있을까.

2010년 남자친구였던 지금의 남편이 워킹 홀리데이 비자를 받아 도쿄로 출국하던 날, 출국장에 들어가는 모습을 확인하고 돌아오는 길이었다. 한국은 아직 추위가 가시지 않은 봄이었다. 이제부터는 연락할 방법이 없으니, 걱정도 됐지만 잘 도착하리라 믿었다. 당시에는 장기간 해외로 나갈 때 휴대전화를 일시 정지시키거나 해지하는 일이 흔했다. 스마트폰이 대중적으로 보급되지 않았던 시절이었으니 사용할 수 있는 메신저도 없었다. 연락할 수 있는 유일한 방법은 이메일뿐이었다.

그때 일본은 우리가 문자를 사용하듯 이메일을 사용했는데, 웬만해선 휴대전화 번호를 묻지 않는 일본인들은 전화번호 대신 메일 주소를 주고받곤 했다. 그러니까 남편은 도착해서 부동산 계약을 마무리하고, 구청에 전입신고를 한 후 주소지가 확보되면 휴대전화부터 만들 계획이었다. 그러고는 잘 도착했다는 메일을 보내면 됐다. 아침 일찍 떠났으니, 문제가 없다면 하루 만에 다 끝낼 수도 있는 일이었다.

하지만 도착한 날 밤이 되고, 다음 날이 지나도록 남편에겐 연락이 없었다. 그다음 날이 되어서야 연락이 왔던가. 요즘처럼 실시간으로 안부를 주고받는 시대에는 상상도 하기 어렵겠지만, 며칠 소식이 없어도 크게 걱정하지 않던 때가 있었다. 나 역시 단순히 휴대전화를 개통하는 일이 더뎌지는 거라고 생각했다. 그런데 예상치 못한 문제가 있었던 거다.

그날 도쿄에는 항공편이 지연될 만큼 많은 비가 내렸는데 그로 인해 입국심사가 밀려 공항에서 빠져나갈 수 없었다고 한다. 반나절 이상 공항에 묶여 있다 탈출했더니, (탈출했다는 표현 말고 적절한 표현이 생각나지 않는다고 했다) 밤이었단다. 부동산은 이미 문 닫을 시간이 지났고 결국 부동산과의 약속도, 세웠던 계획도 지킬 수 없는 상황에 놓였던 거다. 지금이라면 입국심사를 기다리는 동안 사장님께 상황을 설명하고 근처 호텔을 예약할 수 있었을 텐데 아무것도 할 수 없는 상황이 얼마나 답답했을지.

그래도 갈 곳이 부동산밖에 없다는 생각에 거센 비를 맞으며 부동산에 도착했고, 다행히 사장님은 약속 시간이 지나도록 오지 않는 손님을 기다리고 계셨다고 한다.

겨우 집에 도착한 남편은 짐을 내려놓자마자 한국에 돌아가고 싶다는 생각이 들었단다. 무거운 가방만으로도 힘이 들었을 텐데 비까지 맞았으니 몸도 마음도 천근만근이었을 거다. 하지만 시간이 늦어 전기와 가스는 물론 인터넷도 사용할 수 없었다고.

여차하면 다음 날 돌아갈 생각으로 짐도 풀지 않은 채 모로 누워 눈만 깜빡였다던 남편. 잠이 올 리 없었다. 아무것도 보이지 않는 깜깜한 방. 차가운 바닥에 누워 있으니 눈물이 찔끔 났다고. 그때 가장 절실했던 건 휴대전화도, 인터넷도, 형광등도 아닌, 이불과 베개였다고 한다.

장롱에서 이불과 베개를 꺼내 진공 팩에 넣고 최대한 압축했다. 납작해졌음에도 캐리어를 반이나 차지하는 걸 보며 이게 맞나 싶었다. 부피 큰 짐을 챙기느라 정작 택배에는 무거운 책이나 운동 기구를 넣어 보냈으니, 미련했을지도 모르겠다.

하지만 나는 어떤 상황에서도 차가운 방바닥에 누워 자고 싶지 않았다. 첫날부터 한국에 돌아가고 싶다는 생각이 들면 나도, 남편도 모두 곤란해질 테니 말이다.

드디어 짐이 꾸려졌다. 여행 짐이라기엔 거추장스럽고, 이삿짐이라기엔 단출한 전혀 효율적이지 않은 짐이.

제발 대답할 기회를 주세요. 네?

　출국은 월요일 아침으로 정했다. 가장 싼 날짜의 티켓을 선택하기도 했지만, 주말이라면 공항까지 배웅을 나서겠다고 하실 부모님이 염려됐기 때문이다. 자식을 먼 곳에 보내며 떠나는 뒷모습까지 보아도 모자란 게 부모의 마음이겠지마는, 쓸쓸히 집으로 돌아가실 두 분이 걱정되는 것도 자식의 마음인지라. 무엇보다 다시 못 볼 사람들처럼 눈물 바람으로 헤어지고 싶진 않았다. 그러기에 공항은 멀리 떠나는 사람들이 많은 곳이니까.

　지하철을 타고 공항에 가려 했는데 아빠가 콜밴을 예약해 주섰다. 출근 시간과 겹쳐 새벽에 출발해야 했기에 엄마는 김밥을 싸주겠다고 하셨다. 예전 같았으면 엄마를 생각해서 괜찮다고, 밥 한 끼 굶어도 안 죽는다며 극구 사양했을 텐데 이젠 그러지 않는다. 자식을 살뜰히 챙기는 게 엄마의 기쁨이고 위안이라는 걸 알기 때문이다. 그렇게 해야 엄마 마음이 편하다면. 하지만 출근 준비로 바쁜 와중에 김밥을 말고 있는 엄마를 보니 내 마음이 편치 않았다.

차가 도착했다는 연락에 엄마 아빠는 하던 일을 멈추고 우리를 따라 나오셨다. 캐리어는 아빠와 남편 손에, 내 가방은 엄마 손에, 내 손에는 까만 봉지에 든 엄마의 김밥이 전부였다.

짐을 싣고 차에 올라탔을 때 아빠는 기사님께 잘 부탁한다는 당부를 잊지 않으셨다. 헤어질 시간이 되니 엄마의 눈시울이 붉어지는 게 보였다. 한 번이라도 더 손을 잡고 싶었는데, 문틈으로 작아지는 엄마의 얼굴을 그저 바라볼 수밖에 없었다. 괜찮은 줄 알았는데, 문이 닫히자마자 왈칵 눈물이 쏟아졌다. 남편은 아무 말도 하지 못한 채 눈만 껌뻑이고 있었다. 흘려야 할 눈물이 아직 남았는데, 내가 울면 남편의 미안함이 커질까 꾹꾹 눌러 울음을 삼켰다. 무릎 위 까만 봉지에서 느껴지는 온기를 꽉 붙잡고는.

따듯한 햇살과 푸른빛이 가득한 5월의 어느 날, 다시 오사카에 왔다. 그땐 가을과 겨울 사이였는데, 지금은 봄과 여름의 경계에 있는 것 같았다. 조금 전까지 엄마 집에 있었다는 사실이 꿈처럼 느껴지는 날씨였다.

부동산 사람들과는 난바역에서 만나기로 했다. 한국에서 이미 집을 계약한 상태였기 때문에 다른 문제가 없다면 도착하는 날 바로 입주가 가능하다고 했다.

운전대를 잡은 남자분은 일본인이었고, 옆에 따라온 여자분은 한국인이었다. 그동안 우리가 해야 했던 일을 대신 해주신 분이었다. 이런저런 편의를 생각하면 돈을 들인 보람이 있었다. 하지만 끝날 때까지 끝난 게 아니니 긴장의 끈을 놓을 순 없었다. 모든 게 잘 짜인 사기극일 수도 있지 않을까, 라고 생각하면 말이다.

가는 동안 한국어로 대화하다 보니 조금씩 긴장이 풀리기 시작했다. 그런데 나는 그분의 말을 반 정도만 알아들은 것 같았는데, 머릿속에 자꾸만 이런 생각이 떠올랐기 때문이다. '와, 대단한 사투리다.' 평소 사투리를 접할 일이 많지 않아서 놀란 것도 있지만, 그분 억양이 강한 것도 사실이었다. 경상도 출신이라고 했다. 졸업하자마자 일본에 와서 살고 있다고, 오사카 살기 좋으니 분명 마음에 드실 거라며 환영해 주었다. 일본에 살고 있는 한국인에게 그런 말을 들으니 고개가 끄덕여졌다.

차에서 보는 풍경은 또 다르게 다가왔다. 큰 도로를 지나 작은 골목길로 들어서자, 집에 가까워짐을 알 수 있었다. 상점가 입구에 차를 세우고 집까지 걸어가기로 했다. 지도에서만 보던 그 상점가였다. 커다란 캐리어 두 개를 요란하게 끌고 걸어가니 야채 가게 아저씨가 우리를 뚫어져라 쳐다보았다. 입구에서 집까지 얼마 안 되는 거리였는데 그 시선 때문에 몇 배나 멀게 느껴졌는지 모른다.

드디어 사진과 영상으로만 보던 집이 눈앞에 나타났다. 집에 들어서니 발에 닿는 차가운 냉기만 빼고 모든 게 그대로였다. 화장실과 욕실, 세면대와 싱크대를 둘러보는 일은 오 분도 채 걸리지 않았다. 부동산 직원은 방과 주방을 가르는 미닫이문의 장점을 재차 강조했지만, 사실 단칸방이나 다름없었다. 그 문을 닫고 생활하는 일은 없을 것 같았기 때문이다.

작고 초라해도 앞으로 살아야 할 집이라 생각하니 내 공간이라는 생각이 들기 시작했다. 그러니 모르는 사람들은 어서 썩 나가주었으면 했지만, 한 가지 중요한 일이 남아 있었다. 원본 계약서에 도장을 찍고 나눠 갖는 일.

한국인 직원이 방바닥에 접이식 테이블을 펴고 서류를 꺼냈다. 계약 사항과 지켜야 할 수칙 등 상세히 듣고 질문해야 할 것들이 많았다. 순간 이렇게 복잡하고 어려운 이야기를 한국어로 들을 수 있어 다행이라는 생각이 들었다. 남편이 있어 일본어로도 큰 문제가 없었겠지만, 이럴 땐 머리를 하나라도 더 보태는 게 좋다.

그런데 언제부턴가 나는 도저히 그분 이야기에 집중할 수가 없었다. 시종일관 내 대답을 듣지 않는 것 같았기 때문이다.

부동산 직원은 말끝마다 "맞죠?"라며 동의를 구했는데, 이상하게 대답할 틈을 주지 않는 것 같았다. 내 목소리가 작았나? 한번은 크게 "네"라고 했는데 소용없었다. 나를 무시하나? 기분이 안 좋으신가? 하고 잠깐 생각했지만, 그러기엔 귀찮은 내색이 없으셨고 예의도 바르셨다. 뭐지? 옆에 있는 남편은 이 상황을 전혀 모르는 눈치였다. 가만히 있어 볼까도 생각했지만, 그건 또 예의가 아닌 것 같았다.

나는 "맞죠?"라는 말을 들을 때마다 대답할 타이밍을 찾느라 움찔거렸고 "네, 그렇…" 직원은 내 대답이 끝나기도 전에 다른 말을 했다. 혼란스러웠다. 왜 질문을 하시고는 대답을 듣지 않으시는 걸까. 내내 이런 생각을 하다 중요한 일이 끝나버리고 말았다.

부동산 사람들이 모두 돌아가고 남편과 나 둘만 집에 남았다. 갑자기 남의 집에 와 있는 기분이 들어 방 안을 서성였다. 서성여 봐야 거기서 거기였지만. 차가운 방바닥에 앉아 공항에서 먹고 남겨 둔 김밥을 꺼냈다. 온기는 사라졌지만 맛은 그대로였다. 엄마를 말렸으면 후회할 뻔했지, 뭐야. 결국 이렇게 엄마 말이 다 옳다는 걸 깨달을 거면서. 당분간 못 먹을 음식이라 생각하니 울컥했지만 먹을 수 있음에 감사했다.

그건 그렇고 남편에게 "맞죠?"라고 하는 걸 들었는지 물었더니, "언제?"라고 한다.

일본에 무사히 도착했고 모든 일이 차질 없이 진행됐으니 걱정은 한시름 덜었는데 마음속 한편의 찝찝함은 어쩔 수 없었다.

'맞죠'라는 말이 동의를 구하는 표현이 아니었다는 걸, 몇 년이 지나서야 알게 됐다. 사투리라고 하기엔 어딘가 애매하고, 특정 지역에서 말버릇처럼 사용하는 표현이라고 한다. 상황에 따라 그렇구나. 그렇군. 정말이야? 진짜야? 와 같은 뜻으로 쓰이는데 대답을 바라고 하는 말은 아니라고. 그러니까 그분은 묻지도 않았는데 자꾸 대답하는 나를 이상하게 생각했을 수도 있었던 거다. 같은 언어를 사용해도 이렇게 오해가 생길 수 있는데 다른 언어를 말할 땐 얼마나 조심해야 하는 걸까.

일본에 도착한 첫날, 익숙한 건 엄마의 김밥뿐. 나는 한국어도 낯설고, 일본어도 모르겠는 멍청이가 된 기분이었다.

가전 4만 8천엔

일본의 햇빛은 눈이 부실 만큼 반짝이고, 뜨거웠다. 아직 이곳 날씨에 익숙하지 않은 우리는 5월부터 여름이 시작된다는 걸 알지 못했다. 이런 날엔 계절에 상관없이 양산과 모자가 필수라는 것도.

그늘이라곤 찾아볼 수 없는 난바의 어느 길 위에서 살짝 짜증이 밀려왔다. 삼십 분째 걷는 중이었으니까. 그때 알았다. 나는 길을 헤맬 때 곧잘 화를 낸다는 사실을. 그와 동시에 모든 감각이 현실로 돌아오는 듯했다. 꽉 막힌 도로, 바쁘게 걷는 사람들, 그 틈에서 다시 살아가야만 한다는 걸. 이제부터가 진짜 시작이라는 생각이 들었다.

정식 출근까지 남은 시간은 일주일. 서류상 꼭 처리해야 하는 일만 해결하면 마음이 편할 줄 알았는데 그제야 휑한 집이 눈에 들어왔다. 있는 거라곤 천장에 달려 있던 에어컨뿐. 미니멀 라이프를 추구하는 삶도 이렇게 단출하진 않을 거다. 냉장고, 세탁기, 전자레인지, 전기밥솥. 적어도 이 정도 가전은 있어야 일상생활이 가능하지 않을까.

한국에서 짐 정리를 할 때 가장 고민이 됐던 건 가전이었다. 결혼 후 3년 만에 처음 장만한 가전이었으니 내 눈에 가장 예쁘고 좋은 것들로만 골랐다. 이렇게 빨리 떠나게 될 줄은 몰랐는데. 사용한 지 1년이 채 안 된 물건들을 보며 할 수만 있다면 시간을 되돌리고 싶었다. TV 보고 한숨, 냉장고 보고 한숨, 건조기 보고 한숨. 집안 어디에도 마음 둘 곳이 없었다. 이 중 하나만 가져갈 수 있어도…. 집이 조금만 더 컸어도…. 그런 생각들이 나를 불행하게 만드는 줄도 모르고 끝까지 미련을 놓지 못했다.

사실 가장 먼저 포기해야 할 짐이 가전이었다. 가져가 봐야 놓을 자리도 없을뿐더러 전압이 다른데 무슨 수로 사용한단 말인가.

뭐, 방법이 아주 없는 건 아니다. 변압기를 사용하면 우리나라 가전을 일본에서도 사용할 수 있다. 그런데 소비전력이 많은 가전일수록 용량도, 크기도 큰 변압기가 필요했다. 고데기, 드라이기, 믹서기 같은 제품은 표시된 소비전력보다 두 배에서 세 배 높은 변압기를 사용하지 않으면 안 되는 것이다. 용량이 커질수록 가격도 무게도 만만치 않았는데 동시에 여러 제품을 사용하면 무리가 갈 수 있고, 사용할 때마다 이리저리 옮겨야 하니 변압기 한 개로는 어림도 없을 것 같았다.

심지어 일본은 동부와 서부에서 사용하는 주파수가 달랐다. 동부(대표적으로 도쿄)는 50Hz, 서부(대표적으로 오사카)는 60Hz. 우리나라는 60Hz를 표준으로 하고 있다. 주파수가 다르면 전압이 같아도 제품이 오작동하거나 고장 날 가능성이 있다고 한다. 오사카는 우리나라와 같은 주파수를 사용했지만 언제까지 오사카에 살 수 있을지, 그것 역시 알 수 없었다.

얼마나 더 걸었을까. 길가에 냉장고가 하나, 둘 보이기 시작했다. 전자레인지도 보이고, 세탁기도 보였다. 종류별로 진열되어 있었지만, 어딘가 어수선했다. 크기도, 모양도, 브랜드도 제각각인 중고 가전 매장이었기 때문이다. 곧 떠날 유학생도 아닌데 나는 처음부터 새 가전을 살 생각이 없었다. 집도 좁고, 가지고 있는 엔화도 충분하지 않고, 무엇보다 어떤 물건에도 정을 붙이고 싶지 않았다.

가게는 생각보다 괜찮았다. 심드렁했는데 어느새 나는 눈을 크게 뜨고 이곳저곳 둘러보는 중이었다. 제품에는 제조 연도와 제조회사, 가격표가 알기 쉽게 붙어 있었다. 전체적으로 깔끔한 상태를 보니 주인아저씨 성격이 그대로 보이는 것 같았다. 과하지 않은 친절함도 좋고.

중고 가전을 사려는 사람은 대부분 단기로 거주하는 외국인, 특히 학생이 많기 때문에 우리 같은 손님은 드물 거다. 이십 대 초반의 어린 부부도 아니고, 아저씨의 의아한 눈초리에 어쩐지 부끄러워지려는 찰나 생각을 고쳐먹었다. 우린 외국인이니까. 여긴 외국이니까.

그때 입구에 있던 까만 냉장고가 눈에 들어왔다. 사실 아까부터 신경이 쓰였다. 흰색, 은색, 빨간색, 갈색, 하늘색은 봤어도 까만색은 처음 보는 것 같았다. 가까이 가서 살펴보니 냉장실, 냉동실 외에 별다른 기능도 없고, 표면이 반짝거려 만지는 대로 지문이 묻어났다. 그런데 이상하게 끌렸다. 지문이 묻으면 닦으면 되지, 라고 생각한 순간, 내 키보다도 작은 냉장고에 마음을 빼앗긴 것이다.

지금 와서 생각해 보면 나는 이런 마음이었던 것 같다. 중고로 사는 대신 예쁜 거, 무조건 예쁜 것만 고르자.

늘 그렇듯 마음에 드는 물건은 꼭 하나만 남아 나를 초조하게 한다. 중고품도 예외는 아니었다. 불과 몇 분 전까지만 해도 내게 아무런 영향을 끼치지 않았던 저 냉장고가 갑자기 없어서는 안 될 존재가 되어 내 인생을 뒤흔들고 있었다. 아직 둘러볼 가게가 남아 있었는데 이곳만큼 마음에 드는 곳을 찾기 어려울 것 같았다. 아니, 저 까만 냉장고는 여기에만 있을 것 같았다.

그나저나 정 같은 거 붙이기 싫다고 하지 않았나. 잠시 다른 곳으로 눈을 돌렸다. 그러다 아주 오래돼 보이는 선풍기를 하나 발견했다. 색이 바랜 탓인지 누리끼리한 몸통에 필요한 기능만 있는 선풍기였다. 내가 추구하는 예쁜 거랑은 거리가 먼. 나는 그 앞에서 '곧 여름이니까…'라는 생각으로 서 있었을 뿐인데, 주인아저씨가 그러셨다.

"800엔에 가져가실래요?"

800엔이라니. 우리가 청소하는 조건이 붙긴 했지만, 800엔이라니. 어디를 가도 그 가격에 선풍기를 구할 순 없을 것 같았다.

그렇게 우리는 첫 번째 들른 가게에서 모든 가전을 구매했다. 냉장고, 세탁기, 전자레인지, 전기밥솥 그리고 선풍기. 가격 흥정도 했다. 아저씨는 흔쾌히 선풍기만큼의 잔돈을 빼주셨던 것 같다. 계약금을 지불하고 배송 날짜를 정하고서야 기분이 한결 가벼워졌다.

약속한 날 가전이 도착했고, 하나씩 제자리를 찾아갔다. 싱크대 옆 냉장고, 그 위에 전자레인지, 빨래 바구니 옆 세탁기,

선반 위 전기밥솥. 그럭저럭 괜찮은 선풍기와 선물로 주신 세탁 세제까지. 드디어 집이 집다워졌다. 비록 중고였지만 그래서 흠집이 생겨도, 고장이 나도, 되팔아야 할 상황이 온대도 아쉬울 게 없을 것 같았다. 무엇보다 이 많은 가전을 5만 엔도 안 되는 가격에 샀다는 사실이 놀라웠다. 정확히는 4만 8천엔. 절반이 냉장고 가격이고, 삼분의 일은 세탁기, 나머지는 다 합쳐도 만 엔이 안 됐다.

한국에서 이런 식으로 살림을 장만했다면 조금 우울했을지도 모르겠다. 그런데 여긴 외국이니까, 우린 외국인이니까, 그렇게 생각하면 당연했다. 그리고 그런 생각은 한 번씩 움츠러들 때마다 뻔뻔해질 수 있는 용기를 주었다.

앞으로 이곳에서 겪게 될 모든 일들은 누군가의 말처럼 굳이 겪지 않아도 될 일인지 모른다. 사서 고생일지도 모르고, 시간 낭비, 돈 낭비일지도 모른다. 그런데 그 말을 달리 생각해 보면 누구나 겪을 수 있는 일이 아니라는 뜻이 된다. 용기가 없어서, 나이가 많아서, 언어가 안 돼서, 어쨌든 상황이 여의찮아서 도전할 엄두조차 내지 못하는 경우가 많을 테니까.

나는 이곳에 오지 않았더라면 평생 경험하지 못했을 일들과 느끼지 못했을 감정을 지나는 중이었다. 남편이 아니었다면 나 역시 모르고 살았을 세상이다.

'이거 전부 4만 8천 엔에 샀어요!'

아직도 가족 채팅방에는 내가 찍어 올린 그때의 사진과 흥분이 남아 있다.

중고 가전의 근황 및 뒷이야기를 하자면, 역시 예쁜 건 오래가지 못했다. 특히 냉장고. 요리를 하면서 146리터짜리 냉장고가 충분할 리 없었다. 엄마 김치만으로 꽉 차고, 냄비 하나 넣기에도 벅찬 나의 까만 냉장고. 이런 걸 두고 예쁜 쓰레기라고 하는 건가.

어지간해서는 고장 날 일이 없다는 전자레인지는 3년째에 버튼이 눌리지 않았고, 전기밥솥은 결국 팔아버렸다. 쓰다 보니 3합(일본에서는 밥솥 용량을 합습으로 표시한다)은 1인 가정에 적합하다는 걸 깨달았기 때문이다. 3천 엔에 사서 3년 정도 쓰고 천 엔에 팔았으니, 나름 좋은 거래였다고 생각한다.

현재 살아남은 건 세탁기와 선풍기뿐이다. 유일하게 디자인을 보지 않고 골랐던 제품들만 멀쩡한 걸 보면 아무래도 가전은 좀 신중하게 골랐어야 했나 싶다.

끝을 알 수 없는 시작

결혼이 현실이라는 걸 깨닫는 순간은 언제일까. 사람마다 다르겠지만, 나는 신혼여행에서 돌아온 뒤 캐리어에 담긴 빨랫감을 꺼내는 순간이라고 생각한다.

세탁물을 바구니에 넣어두기만 하면 되는 시절은 갔다. 이제부터는 내가 움직여야 한다. 평소 살림을 도맡아 하는 사람이 집의 진정한 주인이라 생각했던 나는 세탁기 앞에서 정신이 번쩍 들었다. 빨래를 들고는 마치 막중한 임무를 부여받은 사람처럼 어깨가 무거워졌던 것이다. 뭐, 살다 보니 그건 시작에 불과하다는 걸 알았지만.

그렇다면 여행에서 현실로 돌아오는 순간은 언제일까. 결혼과 같을까. 역시 사람마다 다르겠지만, 나는 여행에서 돌아온 뒤 캐리어 바퀴를 닦는 순간이라고 생각한다. 더러운 바퀴를 닦는 일은 하기 싫지만 꼭 해야 하는 일과 닮아서 애써 외면했던 현실을 떠올리게 하기 때문이다. 괴롭지만 한편으론 슬프기도 하다. 여행의 흔적도 함께 지워지는 것만 같아서.

여행에서 돌아오면 남편은 물티슈를 뽑아 들고 캐리어 앞에 쭈그려 앉는다. 그러고는 손바닥보다도 작은 바퀴를 꼼꼼히 닦아낸다. 언젠가 그 모습이 너무 경건해 보여 꼭 의식을 치르는 것처럼 느껴졌다. 여행의 끝을 알리는 의식이랄까. 그렇게 우리는 늘 끝이 있는 여행을 하곤 했다.

캐리어를 바닥에 누이고 챙겨온 물티슈를 꺼냈다. 이 바퀴를 닦으면 여행의 흔적 아니, 한국의 흔적을 지우게 되는 건가. 장소가 바뀌니 습관처럼 해오던 일이 어색해졌다. 아마도 그 순간 끝이 아닌 시작이라는 생각이 들었던 것 같다. 끝을 알 수 없는 시작. 알 수 없어 불안하지만, 안다고 해서 달라질 것도 없는. 우리는 지금 캐리어 바퀴를 닦으며 여행의 시작을 알리는 의식을 치렀다.

가방을 열어 당장 필요한 물건부터 꺼냈다. 식기, 주방 도구, 욕실용품을 먼저 자리에 두고, 여분의 신발과 옷도 꺼내 두었다. 그리고 두루마리 휴지. 휴지는 '굳이 이런 것까지 챙겨야 하나?'라는 목록에 들어있던 첫 번째 짐이었는데 웬걸, 도착하자마자 가장 유용하게 쓰인 물건이었다.

저녁은 편의점에서 도시락을 사 먹거나 외식을 해도 됐지만 이럴 땐 우리나라 라면만 한 게 없다. 하루 종일 긴장했던 탓인지 따뜻하고 칼칼한 국물이 간절했다. 내가 라면을 끓이는 동안 남편은 상자로 무언가를 만들고 있었다.

밥상이었다. 아무것도 없던 방 한가운데 가구 하나가 생겼다. 불과 며칠 전까지 커다란 원목 식탁에 앉아 밥을 먹었는데 상자로 만든 밥상 앞에 앉으니 기분이 묘했다. 그나저나 어디서 많이 보던 장면인데. 그래. 신혼 때. 그때도 차가운 대리석 바닥에 앉아 이렇게 밥을 먹었는데. 그럼 우리는 이곳에서 처음부터 다시 시작하는 셈이 되는 건가. 생각해 보면 화가 날 만도 한데 마냥 웃음이 났다.

그런데 라면 국물 맛이 이상하다. 약품 맛이 난다고 할까. 나는 떠먹자마자 알아차렸는데 남편은 반 이상 먹고 나서야 그런 것 같다고 했다. 수저를 내려놓고 싱크대로 가서 물 냄새를 맡아보았다. 소독을 했던 걸까. 약품 냄새가 진하게 났다. 끓이기 전에는 왜 몰랐지. 아, 남편이 라면 물을 올렸구나. 이런. 아무도 사용한 적 없는 수도를 사용할 때는 물을 한참 흘려보낸 후 사용했어야 했는데 거기까지는 생각하지 못했던 거다.

첫날은 근처 마트를 탐색하는 일 말고 할 수 있는 일이 없었다. 채워야 할 살림 목록을 정리하고, 걸레질을 하고는 이불을 깔았다. 침대 매트리스 위에 깔았던 얇은 이불이라 바닥에 눕는 거나 마찬가지였지만 이것만으로도 감지덕지했다.

공기, 소리, 창문으로 새어 들어오는 빛마저 낯선 방. 튀어나온 뼈가 딱딱한 바닥과 이리저리 합의점을 찾는 동안 남편이 처음 도쿄에 도착했던 날 느꼈을 설움과 외로움의 크기를 떠올려보았다. 덥지도 춥지도 않은 화창한 날, 계획대로 이사를 무사히 마쳤고, '맞죠?'와 약품 냄새 나는 라면 국물 말고는 찜찜한 일이 없었는데도 많은 생각이 드는 밤이었으니까.

남편은 머리 닿을 곳만 있으면 어디서든 쉽게 잠드는 사람이다. 졸리면 삼 초, 아니면 오 초 안에 잠이 든다. 하도 신기해서 옆에서 세어봤다. 그런 사람이 뜬눈으로 밤을 지새우며 이불과 베개를 찾았다는 건 그만큼 춥고 외로웠다는 뜻일 테다.

휴대전화를 개통한 남편은 그 길로 이불 살 곳부터 찾아다녔다고 한다. 여행 책자에 있는 지도를 들고 길을 찾던 시절이니 휴대전화에 지도 앱이 있을 리 만무했다. 노트북에서 가장 가까운 이불집을 검색해 휴대전화로 사진을 찍어 집을 나섰다. 그러다 결국 길을 잃고 말았다고.

남편이 치른 혹독한 신고식을 들을 때마다 '나라면 어떻게 했을까' 하고 상상해 본다. 타고난 계획형 인간인 나는 계획이 틀어지는 게 싫다. 길을 헤맬 자신도 없고, 낯선 사람에게 말을 걸 용기도 없다. 물론 그런 상황에 놓인다면 어떻게든 헤쳐 나갔겠지만, 좌절감에 몸부림치다 남몰래 한국으로 돌아가는 티켓을 끊었을지도 모르겠다. 고작 1년인데, 1년을 버티지 못하고 돌아가는 학생들이 많다는 사실이 이해되기도 한다.

해외로 이주할 때 웬만한 물건은 현지에서 구할 수 있으니 짐을 최대한 줄이라는 조언을 많이 들었다. 그런데 걱정이 많은 나에게는 그 조언이 맞지 않았다. 남편의 일만 보아도 최악의 상황은 언제든 일어날 수 있는 거 아닌가. 심지어 일본은 자연재해도 많이 일어나는 나라다. 우리 힘으로 어쩔 수 없는 일까지 걱정하는 건 쓸모없는 일일지도 모르지만, 만약의 상황을 대비하지 못해 당황할 내가 더 신경 쓰인다면 걱정, 그거 좀 해도 괜찮지 않을까.

곧 사라질 익숙한 섬유 유연제 향을 끌어안고 내 머리에 딱 맞춰진 베개를 베고 있으니, 이거 참 잘 챙겨왔다는 생각이 들었다. 무엇보다 한국에 돌아가고 싶은 마음이 들지 않았으니 그걸로 충분했다.

낯설음

사쿠란보 사건

오사카에 살 때 마트까지 걸어서 이 분도 채 걸리지 않는 집에 살았다. 일본에 와서 처음 살게 된 집이었는데 입국 후 실제로 집을 둘러볼 여건이 되지 않아 한국에서 사진과 영상으로만 확인해야 했던 집이다. 집 구조는 외울 만큼 봤고, 주변 환경이 궁금했던 나는 수시로 지도를 켜 동네를 탐색하곤 했다. 위성 지도에는 마트보다 더 가까운 곳에 '쇼텐가이'가 있었는데, 나는 그곳이 무척 궁금했다.

'쇼텐가이'는 차량 진입이 통제되는 골목길을 따라 양쪽에 다양한 가게가 늘어서 있는 일본 특유의 상점가다. 관광객으로

발 디딜 틈 없는 몇몇 유명한 상점가를 제외하면 대부분 상점가는 동네 주민들의 삶의 일부와도 같은 곳이다. 퇴근길에 들러 혼밥이나 혼술을 하고, 크로켓이나 타코야키를 사기도 하는. 가끔은 공연이나 이벤트를 여는 무대가 되기도 하고, 여름이면 빼놓을 수 없는 마츠리(축제)가 열리기도 하는 곳. 이곳 사람들의 일상과 문화를 가장 가까이서 느낄 수 있는 곳이 바로 이 쇼텐가이가 아닐까. 내가 시장 구경을 좋아하는 이유가 여기에 있다.

집에서 마트에 가려면 이 상점가를 꼭 지나쳐야 했는데 아케이드 형태로 지어져 있어 햇빛과 비를 피하기에도 좋았다.

우리 동네 상점가는 어르신이 지키는 오래된 가게뿐이라 볼거리가 많지 않았지만, 그럼에도 드문드문 활기찬 가게를 구경하는 재미가 있었다. 가끔 안내문도 없이 굳게 닫힌 문을 마주하면 가슴이 철렁 내려앉기도 했고. 특히 마트로 들어가는 골목 앞, 츠케모노(일본식 절임 음식) 가게 할아버지는 불편한 몸을 이끌고 매일 같은 시간, 같은 자리에 앉아 계셨는데 그 앞을 지나갈 때마다 오늘도 안녕하신지 안부를 묻곤 했다. 물론 속으로.

상점가에서 특별히 사고 싶은 물건은 없었지만 야채와 과일

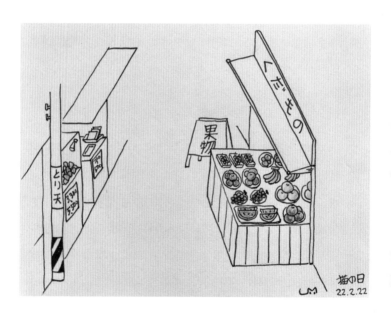

猫の日
'22.2.22

은 그렇지 않았다. 신선한데다가 마트보다 저렴할 때가 있어 나도 모르게 자꾸만 눈길이 갔던 것이다. 그런데 소심한 외국인은 뭐 하나 편하게 구경하기가 어렵다.

어른들이 하는 말은 알아듣기 힘든데다 사투리까지 쓰시니 저만치부터 벌써 주눅이 들기 때문이다. 그리고 여기는 오사카. 일본인도 당황하는 오사카 사람들의 친근한 행동은 나를 자주 멈칫하게 했다. 그러니 남편이 없을 땐 정해진 말만 하면 되는 마트에나 들락날락하게 되는데, 어떤 날은 호랑이 기운이 솟아나듯 불쑥 용기가 솟아버린 것이다.

마트에서 나와 몸을 틀어 과일 가게로 향했다. 마침, 손님 한 분이 가게 주인과 이야기를 나누고 계셨다. 이때다 싶어 빠르게 구경하는데 갑자기 말을 거신다. 그것도 주인이 아니라 손님. 그래, 여기는 오사카였지. 아저씨는 과일을 집는 나를 향해 뜬금없이 가게 주인 칭찬을 하셨다. 그러신 것 같았다. 분명 나 들으라고 하시는 말씀이다. 나 들으라고.

"아, 네네…."

어색한 웃음과 얼버무림으로 맞장구치고는 얼른 계산하고 가려는데 돌아서는 나를 붙드시고 그게 뭐냐고 물어보신다. 네? 또 한번 예상치 못한 상황에 당황해서 무엇을 향해 물어보시는지 도통 감이 잡히지 않았다. 미치겠네. 엄한 장바구니만 뒤적

뒤적. 결국 답답하셨는지,

"사쿠란보*? 사쿠란보?"

사쿠란보가 뭐였지? 머릿속이 복잡해지기 시작했다. 분명 외웠는데. 들어본 적 있는 단어인데. 뭐였지? 뭐더라? 아, 모르겠다. 장바구니에 든 이 야채를 물어보시는 건가? 이건 분명 사쿠란보는 아니니깐.

"아니요!"

대차게 대답한 후 집으로 향했다. 걸어가는 내내 머리를 쥐어짜며 '사쿠란보'의 뜻을 떠올렸지만, 생각날 리 없었고 양손은 장바구니에 묶여 단어장을 뒤져볼 여유도 없었다.

오늘따라 장은 왜 이리도 많이 봤는지. 집에 도착해 한숨과 함께 장바구니를 내려놓았다. 정리부터 하자. 단어는 그 후에 찾아보는 걸로 하고. 혹시라도 잊어버릴까, 사쿠란보, 사쿠란보, 사쿠란보…. 주문 외우듯 중얼거리며. 우선 과일 가게에서 샀던 과일부터.

비닐을 벗기고 과일을 들여다보는 순간, 손에 들고 있던 과일이 막 웃는다. 진짜다.

"내가 사쿠란보야, 바보야."

이 과일이 뭔지도 모르면서 사 온 것도 놀랍지만 과일 상자에 'サクランボ사쿠란보'라고 크게 쓰여 있는 걸 보지 못했다는 사실이 더 놀라웠다. 정리를 하다 말고 망연자실한 사람처럼 주저앉아 사쿠란보를 쳐다보았다.

아, 이게 아닌데. 뭐라고 생각하셨을까. 버릇없다 생각하셨겠지.

부족한 언어 실력으로 해외에 살다 보니 바보처럼 굴 때가 많다. 나이가 들어도 말이다. 아니, 어쩌면 나이가 들어서 더 모자라 보일지도 모른다. 정말 그럴지도 모르겠다.

전과는 다른 점이라면 얼굴이 점점 두꺼워진다는 것. 어릴 때 이런 일을 겪었다면 그 과일 가게 앞을 피해 다녔을 거다. 하지만 지금은 갑자기 가던 길의 방향을 바꾸기도 하고, 변덕을 부리고 싶을 땐 '에라 모르겠다' 하는 마음이 생기기도 하며, 다시 그 과일 가게의 과일을 사러 가기도 한다. 그리고 이참에 단어 하나 제대로 외웠다며 히죽거린다.

소심한 내가 이토록 뻔뻔해졌다는 건 나이가 들었다는 의미일까. 그렇다면 앞으로 얼마나 더 뻔뻔해질지, 무척 기대가 된다.

■ 사쿠란보(さくらんぼ)는 버찌라는 과일입니다.

88

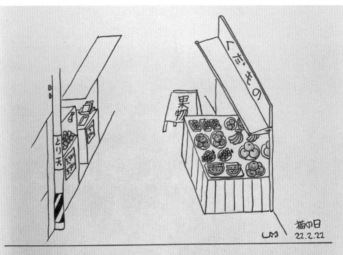

過物店の前のとり天、おごく美味しかったです。
でも… とり天と唐揚げ、何が違うんですか？

과일가게 앞 닭튀김 참 맛있었는데 …
그런데.. "とり天 과 から揚げ"는 뭐가 달라요?
　　　(토리텐)　(가라아게)

라는 질문에 정확히 대답해 주는 일본인은 없었다.
내눈엔 모두 "순살닭튀김" 일본. 치킨은 아닌걸. 아 " 치킨 먹고 싶다 …

나는 망각의 인간

사고 싶은 냄비를 뒤적거리다 잠든 날, 자연재해가 일어나는 꿈을 꿨다. 폭풍우가 몰아쳤고 불어난 물에 자동차와 집이 흔적도 없이 사라지는 꿈이었다. 나는 나무에 매달려 눈앞에서 벌어지는 상황을 지켜보고 있었는데, 어쩐 일인지 나무는 멀쩡했고 나 역시 무사히 살아남았다. 무의식중에도 살아야 한다는 의지가 빛을 발하는 순간이었다. 그다음 장면은, 그럼 그렇지. 전혀 기억나지 않는다.

가끔 기가 막히게 꿈이 들어맞는 사람이 있다는데, 나는 아니다. 내 꿈은 늘 두서가 없고 또렷하지 않다. 꾸는 꿈마다 개꿈이라는 거다. 그런데 갑자기 불안해졌다. 무언가 불길한 일이 일어날 것만 같았다. 어디선가 그 소리가 다시 시작될 것 같았기 때문이다.

2018년 6월 18일, 오전 7시 58분.

일본에 온 지 정확히 한 달 되던 날. 남편은 출근 준비를 하고 있었고, 나는 그런 남편을 챙기는 중이었다. 늘어지게 늦잠을 잘 만큼 익숙하지 않은 날들. 혼자서 마트에 가 본 적 없었고, 산책이라고 해봐야 남편 퇴근 시간에 맞춰 나가는 게 전부였던 때. 집에서라도 분주하게 몸을 움직이는 것이 내가 우울해지지 않는 길이라는 걸 본능적으로 알았던 것 같다.

새로 한 따끈한 밥을 통에 담고, 미리 담아 둔 반찬을 냉장고에서 꺼내 도시락 주머니에 넣었다. 비타민으로 노랗게 물드는 물통을 지켜보다 얼음을 넣고 뚜껑을 닫았다. 그렇게 준비한 남편의 점심을 식탁 위에 올려놓는 순간.

타타타탁타타타탁.

이게 무슨 소리야? 정체를 파악할 새도 없이 몸이 흔들리기 시작했다. 무슨 일이 벌어지고 있는지 알 수 없었다. 고개를 간신히 돌려 창밖을 보았다. 이상했다. 마치 벽과 벽을 사이에 두고 다른 세상에 서 있는 것 같았다. 일 초 정도 멍했을까. 정신이 들자, 집이 요동치고 있다는 걸 깨달았다. 지진이구나.

위급한 상황인 건 알겠는데 도무지 발이 떨어질 생각을 하지 않았다. 그때 눈만 껌뻑이며 서 있던 나를 움직이게 한 건 남편이었다. 재빠르게 내 팔을 잡아끌어 식탁 밑으로 밀어 넣은 것이다. 내게 가만히 있으라던 남편은 방 한가운데 서서 상황을 지켜보고 있었다.

어쩔 줄 몰라 하는 나와 달리 남편이 의연했던 건 어쩌면 당연했다. 2011년 동일본 대지진이 일어났던 날, 도쿄에서 이보다 더 큰 지진을 겪었으니까.

그 전 해 도쿄에 갔을 때 유난히 지진이 자주 일어났는데 이제 와 생각하면 대지진의 전조 현상이었던 것 같다. 당시 나는 처음 지진을 겪고 당황해서 연신 호들갑을 떨었는데 이 정도는 아무것도 아니라는 듯 일상생활을 이어가는 사람들을 보고 더 당황했던 기억이 난다. 나 역시 몇 번의 흔들림을 겪고 나니 지진마저 적응되는 기이한 경험을 했지만.

그런데 이번 지진은 그렇게 가볍게 웃고 넘어갈 수준이 아니었다. 흔들림은 몸을 가누기 힘들 정도였고 소리는 공포감을 배가시켰기 때문이다. 어디서부터 시작됐는지 알 수 없는 굉음은 땅과 하늘 사이를 빈틈없이 울려대고 있었다. 태어나서 한 번도 들어본 적 없는 소리였다. 하지만 인간이 낼 수 있는 소리가 아니라는 것쯤은 알 수 있었다. 그게 소름 끼치게 무서웠다.

다행히 집이 무너지거나 가구가 쓰러지는 일 없이 흔들림이 멈췄고, 소리도 사라졌다. 너무도 순식간에 벌어진 일이라 마치 꿈을 꾼 것만 같았다.

남편은 일단 출근을 했다. 걸어갈 수 있는 거리에 회사가 있어 가능한 일이었다. 혼자 밖으로 나갈 용기가 없었던 나는 TV 앞에 쪼그리고 앉아 리모컨을 들었다. 이 상황을 공유할 친구도, 가족도 없을 때 실시간으로 소식을 전해주는 뉴스가 그렇게 큰 위안이 될 줄은 몰랐다.

아침 출근길에 대도시가 멈췄다. 열차 운행은 물론 도로 위에 모든 차가 멈춰 있었다. 움직이는 거라곤 선로를 통해 열차 밖으로 빠져나오고 있는 시민들뿐이었다. 그 와중에도 사람들은 줄을 서서 걸어 나오고 있었다.

일본은 위험하다고 판단되면 열차 운행을 중단하는 경우가 많다. 강력한 태풍이나 폭우가 예상될 때도 마찬가지. 안전에는 타협이 없는 나라다. 태풍이 상륙하기 직전까지 휴교를 고민하는 우리나라와는 비교도 안 되게 대비가 빠르다. 재난 시 대피 요령에 대한 교육도 철저하고, 동네에 대피 장소도 흔하게 보인다. 자연재해가 많은 나라이기에 당연하다고 생각할지 모르겠지만, 과연 모든 나라가 이렇게까지 할 수 있을까.

이런 상황에서도 침착한 일본인들을 보며 부럽기도 했지만, 씁쓸하기도 했다. 언제든 죽음을 받아들일 준비가 되어 있는 사람들처럼 초연해 보였기 때문이다.

우리가 있던 곳은 피해가 크지 않았지만, 진원지가 가까웠던 북부 지역은 집 안 가구가 쓰러져 난장판이 되었고, 주택이 파손되고, 담장이 무너지고, 도로에 균열이 발생해 수도관이 파열된 곳도 있었다. 생각보다 피해가 심각했다. 속보가 들어올 때마다 아무것도 손에 잡히질 않았다. 그저 넋을 놓고 화면만 쳐다볼 뿐이었다. 여진이 느껴질 때마다 다시 얼음이 되길 반복하며.

시간이 갈수록 여진이 잦아들고, 같은 내용의 화면이 반복되자 불안한 마음이 서서히 가라앉기 시작했다. 그제야 한 자세로 오래 앉아 있었다는 걸 깨달았다. 굳어 있던 몸을 쭉 늘려 일으켜 세웠다. 배가 고픈 것 같아 시간을 보니 점심때가 한참 지나있었다.

그날 이후로 나는 혼자 있는 시간에는 샤워를 하지 못했고 밤이 되면 쉽게 잠을 이룰 수 없었다. 짙은 어둠 속, 눈을 감으면 그때 그 소리에 빨려 들어갈 것만 같았다. 정체가 뭐였을까. 아마도 땅과 땅이 갈라지면서 내는 소리였겠지. 살면서 다시 마주하고 싶지 않은 순간이었다.

다시 일상이 시작됐다. 아무 일도 없었다는 듯 거리는 조용했고 사람들 역시 아무렇지 않아 보였다. 문을 닫은 가게도 없었고, 자동차도, 자전거도, 평소처럼 도로 위를 달리고 있었다. 꿈이었나.

그런데 마트가 이상했다. 평소와 전혀 다른 분위기에 주위를 둘러보니 매대 하나가 텅 비어 있었다. 생수가 있던 자리였다. 구석에 있던 가정용 버너와 부탄가스도 마트 한가운데 진열되어 있었다. 창고에서 남은 재고를 모두 꺼내 왔는지 산처럼 쌓아두고는. 그제야 정신이 번쩍 들었다.

누군가 집을 구할 때 집 근처에 우물이 있는지, 있다면 그 물이 마실 수 있는 물인지 확인하는 게 먼저였다고 했는데, 도쿄 시내에서 우물을 찾는 것부터 터무니없다고 생각했다. 일본에는 정말이지 특이한 사람이 많다며 약간은 빈정거리다 나는 곧 입을 다물고 말았다. 그는 동일본 대지진의 생존자였기 때문이다. 그가 물에 병적으로 집착하는 건 당연한 일이었다. 그러니까 자연재해가 인간의 평범한 일상에 어떠한 영향을 미치는지 잘 알고 있는 일본인들은 물부터 쟁여두기 시작한 것이다.

집에 생수가 두어 병 남아 있었고, 수도 공급이 중단된 것도 아닌데 마음이 급해졌다. 그날 장보기를 미루고 동네 마트를 전부 돌았지만, 어디에서도 생수를 구할 수 없었다.

이런 일을 겪고 나니 우리는 그동안 아무런 대책 없이 무지하게 살았다는 생각이 들었다. 지진 대피 훈련이라고는 초등학교 때 책상 밑에 들어가는 훈련을 해 본 게 전부다. 어렸을 때 했던 훈련이 가장 기억에 남는 걸 보면 교육이 얼마나 중요한지 말이다. 하지만 그 외의 것들은 알지 못한다. 지진이 발생했을 때 집 안에 있는 게 안전한지, 밖으로 나가야 하는지, 밖이라면 어디로 대피해야 하는지, 어디에 도움을 요청해야 하는지, 아무것도 아는 게 없었다. 지진과 거리가 먼 나라에 살았던 걸 감사해야 했을까. 생각이 많아진 나는 그날부터 재난 가방을 만들기 시작했다.

신분증, 여권, 도장, 신용 카드. 그러다 계약서를 모아 둔 파일을 보았다. 일본에 온 지 얼마 되지도 않았는데 중요한 서류가 왜 이리 많은지. 그런데 재난 가방을 들고 나갈 상황이라면 이런 종이 따위가 다 무슨 소용일까. 생존에 필요한 물품을 다시 생각해 보았다.

마스크, 손전등, 휴지, 물티슈, 혹시 모르니 생리대 몇 개, 건조한 거 딱 질색이니까 화장품 샘플 모아뒀던 게 어디 있더라, 안약도 챙기고, 옷도 하나 정도는…. 현금은 얼마나 갖고 있어야 하지. 한참을 고민하고 있으니, 옆에서 지켜보던 남편이 한마디 거들었다.

"너 어디 여행 가니?"

배낭도 아니고 에코백을 꺼낼 때부터 어설펐다. 옷 하나 넣으면 꽉 차는 가방을 들고 뭘 하겠다는 건지. 하지만 이거라도 만들어 두어야 마음이 놓일 것 같았다. 그렇게 만든 재난 가방을 신발장 옆에 두었다가 며칠 후에는 슬그머니 옷장 안으로 옮겨 두었다. 또 몇 달 후에는 안약과 화장품을 야금야금 꺼내 쓰고, 옷을 제자리에 두고. 결국 신분증만 남고 말았다.

지진을 겪고 한동안은 삶이 허무하게 느껴졌다. 괴로웠던 일과 미워했던 사람이 주마등처럼 스쳐 지나가며 아무것도 아닌 것이 되어버렸다. 당장 내일, 아니 오늘 죽는다면 그런 것들에 신경을 쏟을 시간이 없었다. 물건도 마찬가지였다. 내 몸 하나 제대로 지키지도 못하면서 이런 짐들은 뭐하러 이고 사는지. 있어도 그만, 없어도 그만인 살림을 가져오지 못해 고민했던 일도 부질없었다는 걸. 그런데 그 일을 까맣게 잊고 비싼 냄비를 뒤적거리다니. 도대체 냄비와 자연재해가 서로 무슨 연관이 있어서 이런 꿈을 꿨나 했더니, 이제야 그 의미를 알겠다.

인간은 망각의 동물이라고 했던 니체의 말이 떠오른다. 그것이 축복인지 불행인지 상황에 따라 다르겠지만, 인간의 욕심은 끝이 없고 같은 실수를 반복한다는 의미에서는 불행일지도 모르겠다. 다시 잠들기 어려웠지만 무언가 대단한 깨달음을 얻은 밤이었다.

그런데, 아침에 눈을 뜨니 이런 생각이 드는 거다.

언제 일어날지 알 수 없는 일 때문에 사고 싶은 것도 못 사고, 먹고 싶은 것도 못 먹고, 하고 싶은 것도 못 하고 죽으면, 그거 너무 억울한 거 아닌가? 그리고 보니 우리나라에는 '먹고 죽은 귀신이 때깔도 곱다'라는 속담이 있다.

결국 냄비를 샀다는 결말. 이걸 이렇게 길게 쓰고 있다.

우리 엄마

우리 엄마는 명품 브랜드를 모른다.

몇십만 원짜리 가방도 비싸다는 엄마에게 몇백만 원짜리 가방을 보여드리면 깜짝 놀라시며 손사래를 치신다. 얼마나 좋기에 그렇게 비싸냐고 물으시면, 브랜드값이지 뭐어. 그럼, 그 브랜드가 뭔데? 또 물으시면, 더 이상 할 말이 없다. 내가 브랜드를 만든 사람도 아닌데 자랑하듯 떠들어 대는 것도 우습고, 사실 나 역시 자세히 알지 못하기 때문이다.

브랜드명을 모르고 가방을 보는 엄마의 눈은 지극히 객관적이다.

'지퍼가 없어서 누가 손 넣어도 모르겠네', '들고 다니기에 너무 무거운 거 아니니', '아이고 세상에, 이건 지갑도 안 들어가겠다'.

'이래 봬도 명품이야', '다 이유가 있겠지' 같은 말은 엄마에게 통하지 않는다.

엄마가 원하는 가방의 조건은 이렇다. 노트가 들어갈 정도의 크기에 지퍼가 달려 있어야 하며, 안이나 밖이나 수납공간이 많아야 한다. 손잡이가 튼튼해야 하고 어깨에 걸칠 수 있는 길이면 좋다. 색은 무난해서 아무 옷에나 어울려야 하며 언제든 편하게 손이 가야 한다. 좋은 품질에 합리적인 가격까지 갖추면 금상첨화다.

커다랗고 가벼운 갈색 가죽 가방. 엄마의 출근용 가방이 그랬다. 세상에 가방이 그것 하나뿐인 양 들고 다니시길 10년. 손가락 모양대로 손때가 남은 손잡이, 소지품 모양대로 주름이 잡힌 가방은 어느덧 엄마와 한 몸이 되어 있었다. 고장 난 지퍼 때문에 늘 반쯤 입을 벌리고 여기저기 가죽이 갈라졌어도 몸에 맞춘 듯 익숙해진 가방을 엄마는 쉽게 떼어내지 못하셨다. 그래도 모임에 나가실 때만큼은 다른 가방을 드셨으면 했다. 아무리 편한 게 좋다 하셔도 엄마 역시 낡은 가방을 들고 친구들을 만나러 가고 싶진 않으셨을 테니까.

마음에 드실 만한 가방을 몇 개 골라 보여드리니 돋보기까지 끼시고는 자못 신중하게 화면을 들여다보신다. 분명 필요 없다고 하셨던 것 같….

모처럼 약속이 있는 날, 장롱에 고이 두었던 가방을 꺼내 쓰다듬으며 내게 오신다. 엄마는 명품이고 뭐고, 딸이 사 준 가방만큼 좋은 게 없나 보다.

"오늘 이거 들까?"

그럴 때면 나는 엄마가 참 귀엽다.

우리 엄마는 트로트를 좋아하지 않는다.

2018년 잠시 한국에 갔을 때 엄마와 함께 공연을 보러 간 적이 있다. 공연에는 이름만 들어도 알 만한 유명한 가수들이 출연했지만, 젊은 가수들뿐이라 지루해하진 않으실까 염려했다. 그런데 엄마는 나도 모르는 노래를 가사까지 정확히 따라 부르고 계셨다.

"와, 엄마! 이런 노래도 알아?"

"응. 알지. 엄마는 선우정아 목소리가 좋더라."

그러고 보면 평소 엄마는 트로트를 듣지 않으셨다. 어른들의 음악 방송이라는 〈전국 노래자랑〉도, 〈가요 무대〉도 챙겨 보지 않으셨고, 트로트 오디션 프로그램이 한창 유행일 때 역시 엄마의 취향은 달라지지 않았다.

나이가 들어 청각이 노화되면 들을 수 있는 영역이 고음에서 저음으로 바뀌게 되어 낮은 음역대인 트로트가 듣기 편해진다는 연구 결과를 본 적이 있다. 그러니까 지금은 싫지만 나이가 들면 자연스럽게 좋아지는 게 트로트인가 보다 했다. 입맛이 바뀌듯 음악 취향도 바뀌는 거라 생각했는데 엄마는 여전히 트로트는 잘 듣게 되지 않는다고 하신다.

트로트를 좋아하지 않는 어른이라니.

가끔 옛날 가수 이야기를 하시며 추억에 잠기시는 걸 보면 엄마의 청춘이 그곳에 머물러 있다는 생각이 든다.

"우리 엄마, 소싯적 음악 좀 들으셨네."

"엄마 때는 나훈아보다 남진이었어. 그런데 엄만 둘 다 별로 좋아하진 않았지."

역시 트로트는 엄마 취향이 아닌가 보다.

나훈아 콘서트가 대단하다던데, 한번 다녀오시면 마음이 바뀌실까.

우리 엄마는 책 읽는 걸 좋아한다.

일본에 오면서 내가 좋아하는 책과 남편이 필요한 책 몇 권만 챙기고, 책장 그대로 엄마 집에 옮겨 놓았다. 필요하면 언제든 가져오려고. 그러던 어느 날 엄마가 내게 책을 구경해도 되

LM   22.1.21

는지 물으셨다. 이게 딸의 허락까지 받아야 하는 일인가 싶지만, 우리 엄마는 그렇다. 자식들 물건이라도 함부로 손대지 않으신다.

"셜록 홈스 책이 있네? 이것부터 읽어야겠다."

"엄마, 그런 책도 읽어?"

"그럼, 학창 시절에 추리소설 읽는 거 좋아했어."

나는 어리석게도 책장에 엄마가 읽을 만한 책이 없을 거라 생각했다. 애들이 읽을 법한 만화나 소설, 청춘 에세이 같은 유의 책을 엄마가 읽기는 좀 그렇지 않나, 라고 생각했던 거다. "그런 게 어디 있어"라고 하신 건 엄마였다.

엄마는 가장 먼저 셜록 홈스 전집을 완독하시고 또 다른 책을 읽기 시작하셨다. 주말에 짬을 내서 읽느라 속도는 더뎠지만, 오히려 나보다 더 많은 책을 읽고 계셨다. 그리고 시간이 갈수록 우리의 책 이야기도 쌓여갔다.

엄마와 전화로 이런저런 이야기를 하다 보면 결혼 전과 달라진 대화 내용에 새삼 놀란다. 요즘엔 엄마와 통화 중인지, 독서 모임 중인지 헷갈릴 정도다.

"오늘은 딸내미가 좋아하는 알랭 드 보통 책 좀 읽어 볼까."

이곳에서 새로운 책을 구매할 때 당장 필요한 게 아니면 한국으로 배송을 시킨다. 엄마가 먼저 책을 읽고 택배에 넣어 보내주면 다음은 내 차례. 엄마와 나 사이에 나름의 규칙이 생긴 것이다. 각종 김치와 반찬이 든 택배 안에는 비닐봉지에 싸인 책도 몇 권 있다. 김칫국물이 샐까, 반찬 냄새가 밸까, 겹겹이 싸인 마음을 푸를 때면 괜스레 마음이 뭉클해진다.

나는 그동안 엄마에 대해 잘 알지 못했다. 사실 알려고도 하지 않았던 것 같다. 결혼 전에는 일하느라, 연애하느라, 친구들 만나느라 나조차 돌아볼 여유가 없었고, 결혼 후에는 그거 말고도 해야 할 일이 늘었으니 한 달에 한두 번 인사 가면 자식으로서 할 도리는 한다고 생각했다. 그러다 일본에 왔고 주변의 모든 관계와 멀어지고 나니 그제야 엄마가 보이기 시작했다. 그리고 알게 됐다. 브랜드 모른다고 품질 좋은 거 모르지 않고, 임영웅보다 잔나비를 외치시며, 어떤 면에서는 나보다 더 생각이 열려 계신 분이라는 걸.

우리는 함께 살 때보다 더 자주 얼굴을 보고 목소리를 듣는다. 그러니 몸이 멀어지면 마음도 멀어진다는 말은 틀렸다. 쉽게 닿을 수 없는 거리라서 애틋해지는 관계도 있는 것이다.

엄마라서, 엄마니까, 당연하다는 생각을 은연중 하며 살았던 것 같다. 엄마 역시 매 순간 수많은 감정을 겪는 사람일 뿐이었는데. 내 취향이 확고해질수록 엄마의 취향은 희미해져 갔을지 모른다.

명품 브랜드 몰라도, 비싼 가방 들고 다니지 않아도 엄마는 엄마 자체만으로 빛이 나는 것 같다. 나는 그런 소박한 우리 엄마가 좋다. 주말에 돋보기를 끼고 책을 읽고 계시는 엄마가 말이다.

커피믹스에 스며든 기억

회사에 있다 보면 주기적으로 당이 떨어지는 시간이 찾아온다. 그럴 때면 아메리카노만 즐겨 마시는 나도 참지 못하고 꺼내게 되는 커피믹스. 오후 네 시쯤. 몸도 마음도 나른한데 정신은 바짝 차려야 하는 시간. 달콤한 커피믹스 한 잔에 정신을 붙잡고 남은 하루를 버텼던 것 같다. 이제는 그럴 필요도 없는데, 오늘따라 유난히 커피믹스 생각이 간절했다. 한 잔은 아쉽고 두 잔은 과한 커피믹스.

너무 흔해서 당연하게 여겨지는 것들이 있다. 그중 하나가 커피믹스가 아닐까 싶은데.

한국에서는 어디에서나 볼 수 있었던 커피믹스가 일본에 오니 귀해졌다. 내 돈 주고는 한 번도 사 먹어 본 적이 없어서 이렇게 비싼 줄도 몰랐다. 그래서 한국에 가면 엄마 주방 한쪽에 쌓여 있는 커피 봉지를 한 움큼 쥐어 캐리어에 담는다. 그럼 엄마는 안쓰럽다는 듯, 한 주먹 더 챙겨 주곤 하셨다.

사정을 모르는 사람들은 그런다. 일본엔 이런 것도 없어? 이런 것도 없는 게 아니라 이런 맛이 없는 거예요.

일본에도 다양한 종류의 커피믹스를 팔지만, 맛이 전혀 다르다. 연하고 부드러워 라테에 가까운 맛이랄까. 오늘처럼 한국 커피믹스가 당기는 날엔 그 맛이 어딘가 심심하게 느껴질 정도다.

아껴둔 커피믹스 한 봉지를 꺼냈다. 코끝에 익숙한 향이 퍼진다. 그럼 그 순간 꼭 떠오르는 사람이 있다.

김밥과 커피믹스의 궁합이 생각보다 꽤 괜찮다는 걸 알게 해 준 사람.

매일 아침 엄마의 든든한 아침밥을 먹고 출근했던 나와는 달리, 그 사람은 아침을 거르는 일이 잦았다. 그런 날엔 지하철역 앞에서 파는 김밥을 사 오곤 했는데, 김밥은 내 몫까지 꼭 두 줄이었다. 책상 위에 김밥을 펼쳐 놓고 김이 모락모락 나는 커피믹스를 들고서는 옆자리에 앉은 나를 유혹했다.

"나 배불러, 안 먹을래."

"그러지 말고, 하나만 먹어봐."

마지못해 종이컵에 커피 가루를 붓고 휘휘 저으며… 그런데, 김밥에 커피믹스라. 이건 상상도 못 해 본 조합인 거다.

"먹어봐. 되게 맛있어."

김밥 하나를 입에 넣고 목이 마를 때쯤 커피 한 모금. 의외로 잘 어울리는 맛이 수상해서 한 개만 더, 한 개만 더, 그러다 어느새 사라진 김밥. 그날 성격도 생각도 닮은 우리가 음식 취향까지 비슷하다는 걸 알게 된 날이었다. 우리는 자주 마주 앉아 김밥을 오물거리며, 커피를 홀짝거리며 아주 짧은 평온함을 누렸다. 회사에 다니면서 내가 가장 좋아했던 시간이다. 지금도 김밥을 먹을 때면 꼭 커피믹스를 꺼낸다. 그날의 기억과 함께.

그리고 또 한 사람.

가끔 무작정 떠올라 나를 당황스럽게 하는 사람이 있다. 그 사람에 대한 기억이 나에게 어떠한 감정을 불러일으키지 않음에도 그냥 문득.

우리는 새벽에 같은 영어학원을 다녔고, 한 번의 여행을 다녀왔고, 몇 번의 저녁을 먹었다. 그럼에도 여전히 아무 사이가 아닌 걸 보면 인연이 아니었던 모양이지.

다른 건 몰라도 그 사람은 커피를 참 맛있게 마셨다. 그 모습 때문에 몇 번이나 따라 마셨는지 모른다.

　멀리서 커피믹스를 들고 오는 모습이 보이면 급하게 뒤를 쫓아가 순서를 기다렸다. 종이컵에 커피를 붓고 정수기 앞에 서 있는 나와는 달리 컵에 물부터 따르는 그의 행동이 조금 의아했지만 대수롭지 않게 여겼다. 그런데 매번 물을 먼저 넣고 커피를 털어 넣는 모습에 그동안 본 게 우연이 아니었구나 싶었다.

"그렇게 타면 맛이 달라요?"

"당연하지, 이렇게 타는 게 더 맛있어."

　그 뒤로 커피믹스를 탈 때면 내 의지와 전혀 상관없이 그 사람이 떠오른다. 10년이 지났는데도 정수기 앞에서 나눴던 짧은 대화의 장면이 떠오르며 오늘은 그 사람 방식대로 마셔볼까.

　나는 냄새에 민감한 편이다. 그게 사람을 기억하는 방식 중 하나일 정도로. 그 사람에게는 커피믹스의 향이 남았던 모양이다.

　그런데 그는 그런 식으로 자신이 기억될 줄 상상도 못 하겠지. 웃음이 났다. 그러다 나는 누군가에게 기억에 남을만한 인상을 심어 주었을까? 무심한 하루 속 스치듯 나를 떠올리는 사람이 있을까? 나를 생각하며 웃음 짓는 누군가가 있을까? 하는 생각에 이르렀다. 뭐가 됐든 나쁜 기억만 아니라면 좋겠는데.

커피 향기에 스며든 기억들이 떠다니는 오후다.

그나저나 물을 먼저 넣고 커피를 타서 마시니 맛이 좀 다른 것 같기도 하고, 어째 더 싱거운 것 같기도 하고 잘 모르겠다. 어떤 점이 다른 건지 좀 더 집요하게 물어봤어야 했나.

명품 가방이 다 무슨 소용

언제부터 나의 외출용 가방이 장바구니 하나로 충분해졌는지 모르겠다.

외출 전날 입을 옷과 그에 맞는 가방을 골라놓아야만 마음이 편한 사람이었다, 내가. 출근할 때도 마찬가지. 잦은 야근에 잠잘 시간도 부족했지만, 오늘 들었던 가방이 내일 의상과 맞지 않으면 기어이 다른 가방을 꺼내야 직성이 풀리는 사람이었다, 내가.

그렇다고 가방이 넘쳐서 매일 무얼 들지 고민했다는 건 아니고, 모양과 크기가 조금씩 다른 무채색 가방 몇 개와 빨간색 가방 하나를 가지고 심각하게 고민을 했다는 거다.

오늘은 무거워도 가죽 가방이다. 골라둔 검정 코트와도 잘 어울릴 것 같은 각 잡힌 토트백은 나의 걸음걸이마저 고상하게 만들어 준다. 손과 발이 자유롭고 싶은 날엔 크로스백이다. 거기에 어울리는 청바지와 운동화, 얇은 니트를 골라두었다. 가벼운 외출엔 손바닥만 한 숄더백이 제격이다. 그렇게 작은 가방에 뭐가 들어가긴 하냐는 남편 말에 휴대전화, 지갑, 파우치, 마지막으로 양산까지 꺼내 흔들어 보여준다.

옷 못지않게 가방도 중요하게 생각했던 내가 지금은 어떤 옷을 입어도 똑같은 장바구니를 든다. 특별한 날이 아니면 외출전날 옷을 골라두는 일도 없다. 옷과의 조화, 그날의 기분이고 나발이고 갑자기 장이라도 보면 어째? 뭐니 뭐니 해도 편한 게 최고지.

마트에 가려다 카페라도 들르는 날엔, 그제야 들고 있는 가방이 장바구니임을 깨닫고 슬그머니 모양을 다듬어 놓는다. 장바구니라는 게 신경 쓰인다기보다 속이 비어 있는 게 자꾸만 거슬린다. 이럴 줄 알았으면 노트라도 넣어 나오는 건데. 작은 바람에도 힘없이 팔락거리는 나의 장바구니.

새 장바구니로 바꾸기 전까진 일명 돗자리 원단이라 불리는 타폴린 재질의 장바구니를 들고 다녔다. 한번은 장을 보고 물건을 담고 있는데 앞에 계시던 할머니께서 장바구니 귀퉁이를 만지작거리시며 말을 거셨다. 튼튼하고 물에 젖지 않는 게 좋아 보이셨던 모양이다.

마음 같아선 '이거 저 두 개 더 있는데, 다음에 하나 가져다드릴까요?' 다정하게 대답해 드리고 싶었으나 "감사합니다"만 연신 외치고 왔으니.

어떤 날의 '사쿠란보 사건'이 떠오른다. 시간상 무엇이 먼저였는지 기억나지 않지만, 점점 이상한 이미지가 쌓이기 전에 그 동네를 벗어나길 잘했다는 생각이 든다.

자리에 앉아 다른 사람 가방 하나하나에 시선을 두며, '다들 편한 가방은커녕 운동복도 입고 나오질 않는데 내가 좀 심했나?' 라는 생각이 들었지만 딱 거기까지. 이제는 그런 일로 부끄러운 마음이 들래야 들지가 않아서 말이다.

혼자 고개를 들고 아무도 보지 않는 창밖의 풍경을 본다. 하늘은 맑고 커피는 따뜻하다.

내가 그토록 바라던 시간이다.

직장에 다닐 때 회사 셔틀버스를 이용해 통근했다. 교통이 편한 곳에서 그렇지 못한 지역으로 회사가 이전하면서 생긴 셔틀버스였다. 출근 시간에는 버스 두 대로, 퇴근 시간에는 한 대로 운영됐는데 내가 이용했던 버스는 비교적 가까운 거리에서 출발해 항상 회사에 먼저 도착했다.

회사 건물 1층에는 카페가 하나 있었는데 맛이 없었지만, 맛이 중요한 게 아니었다. 비몽사몽 버스에서 내리면 몸이 알아서 카페로 향했다. 커피 두 잔을 시켜 놓고 해가 잘 드는 창가에 앉아 다음 버스가 도착하길 기다렸다. 정확히는 버스에서 내릴 그 사람을 기다렸다.

그렇게 거의 매일 버스에서 내리는 직원들을 지켜보았는데, 어느 날은 그 모습이 모두 좀비 같은 거다. 아무런 표정 없이 터덜터덜 무언가에 홀린 듯 걸어가는 모습이란. 현실 속 좀비는 과도한 업무와 스트레스 탓에 많이도 지쳐 보였다. 안쓰럽다는 생각도 잠시, 그 자리에 서 있는 내가 스쳐 갔다. 눈부신 햇빛 아래서도 빛나지 않는 얼굴, 초점 없는 눈동자, 저게 바로 내 모습이었다니. 그때 그 장면에서 나는 무언가 크게 잘못되어 가고 있음을 느꼈다.

다들 어디로 가고 있는 걸까. 우리 잘 살고 있는 걸까. 잘 산다는 건 무엇일까. 정말 이대로 괜찮은 걸까. 한 명씩 붙잡고 묻고 싶은 심정이었다.

남편은 일본에 온 뒤로 나에게 마음의 빚이 하나 생겼다 했다. 말도 안 통하는 곳에서 가족도, 친구도 없이 그저 무료하게 보내야 하는 하루를 걱정하며.

낯설고 외로울 때도 있었지만, 나는 조용한 일상이 싫지 않았고 어느새 그 시간을 즐길 줄 아는 사람이 되어 있었다. 그럴수록 나에게 집중했고, 내가 좋아하는 것들을 생각할 수 있었다. 생각이 깊어질수록 무엇을 걸치느냐는 중요하지 않았다. 이곳에서 내가 하고 싶은 일과 할 수 있는 일을 찾아 무엇으로 나를 채우느냐가 중요해졌다.

창밖이 훤히 보이는 카페에 앉아 있으니 문득 그날의 기억이 떠올랐다. 그러다 가끔은 여기 앉아 바쁘게 걸어가는 사람들을 구경해 볼까, 하는 못된 생각을 해 본다.

명품 가방이 뭐야, 까만 비닐봉지만 들고나와도 상쾌할 아침이다.

가끔은
에코백으로
기분전환을. ㄴM

언제든 좋은 산책

연애 11년째 되던 해에 결혼한 우리는 아직 연애 기간이 결혼 기간보다 긴 부부다. 그러니 결혼기념일보다 연애가 시작된 날을 더 정확히 기억하는 건 당연한 일일지도 모른다. 어쩌다 보니 두 날이 같은 달에 들어 있어 이제는 기념일이 서로 바뀌기도 하고 뒤섞이다 못해 새로운 날짜가 탄생하기도 하는데, 처음에는 남편이 그러더니 이제는 나까지 뒤죽박죽이라 누굴 탓할 수도 없다. 그냥 웃고 말지.

이미 눈빛만으로 통하는 사이이지만, 이제는 그 눈빛 너머의 생각까지도 헤아릴 수 있을 정도다. '복잡미묘한 기운'을 감지한다고나 할까. 예를 들어 걷는 모습만으로 감정을 알아차린다거나, 무심코 쉬는 한숨의 무게를 느낀다거나, 공허한 눈빛 속 고민을 발견한다거나. 그럴 때마다 우리는 걷는다. 해결하려 들지 않고 재촉하지 않으며 걷고, 걷고 또 걷는다.

"밥 먹고 산책하러 갈까?"

가끔 그 말에 신이 날 때면 주인 없이는 한 발짝도 나갈 수 없는 가련한 강아지가 된 기분이 들기도 하지만.

한국에서는 걷는 즐거움을 알지 못했다. 바쁘다, 정신없다는 말을 입에 달고 살다 보니 걷는 시간조차 아까웠다. 누군가 내 앞길을 막고 천천히 걸으면 휙 앞질러야 직성이 풀렸다. 어휴, 답답해. 중얼거리며 승강장에 1등으로 도착하면 후련해져서는 스크린도어 너머로 하나둘 모이는 사람들을 바라보았다.

경쟁하듯 걸으며 풍경을 지나치는 일에 익숙했던 나는 일본에 와서 한동안 적응하기가 힘들었다. 왜들 그렇게 느긋한지. 모두가 내 앞길을 막으며 걷고 있는 거다. 어휴, 답답해. 중얼거리며 앞질러 걸으면 뒤통수가 찌릿했다. 왜지. 왜 이상하게 보지. 왜 미안하다고 하지. 그러다 어느 순간 깨달았다. 나 혼자만 앞서 걷고 있었다는 걸.

안 그래도 이방인이라는 사실에 움츠러들었는데 혼자 튀고 있었다니. 그 뒤로 그들과 발맞춰 걷기 시작했다. 다 같이 천천히 걸으니 질서가 무너지는 일이 없고 밀고 밀치느라 서로의 몸이 닿을 일도 없었다. 내 공간이 확보되니 주위를 둘러볼 여유도 생겼다. 집마다 놓여 있는 화분이 보이고, 식빵이 나오는 시간이 보이고, 미용실마다 다른 가격이 보였다. 이것저것 새로운 것들을 눈에 담으며 걷다 보니, 걷는 게 좋아진 것이다.

화가 나서 견딜 수 없을 때, 나도 내 마음을 모를 때, 생각이 많을 때, 걷는 것만큼 좋은 게 없었다. 걷고 걸으며 마음에 집중하다 보면 나를 끌어내린 감정의 원인을 깨닫기도 하고 문제 해결의 실마리를 찾기도 했다. 속에 있던 말을 서로에게 쏟아내는 날이면 말과 함께 걸음도 빨라졌는데, 그럴 땐 잠시 멈춰 심호흡했다. 바람과 함께 사라졌던 감정들이 다시 주위를 맴도는 게 느껴지면 일어나 또 걸었다.

밤을 걷는 산책

일요일. 일찌감치 저녁을 먹고 산책길에 나섰다. 혼자 걸으면 조금 지루할 수 있지만 둘이 걸으니 발걸음이 가볍다.

빨리 가려면 혼자 가고 멀리 가려면 함께 가라는 말이 있듯, 우린 함께여서 멀리 이곳까지 와 있나 보다.

터널만큼 긴 상점가를 걷다 보면 집에서 가장 가까운 지하철 역이 나오는데 좀 더 걷고 싶은 날에는 한 정거장 전 역까지 걷는다. 오늘은 그 코스다. 아직은 해가 긴 늦여름, 주위의 모든 것들이 노랗게 지는 시간. 나는 해가 지기 직전의 이 시간을 가장 좋아한다. 풍경을 붙잡으며 걷다 보니 어느새 공원에 도착했다.

공원 안에 우리의 아지트가 있다. 일본에서 흔하게 볼 수 있는 대형 카페 체인점이다. 늘 앉던 야외 테라스에 자리를 잡고 커피를 마시며 주위를 둘러본다.

주말 내내 복작거렸던 공원과 음식점은 일요일 저녁이 되면 한산해진다. 모두 새로운 한 주를 준비하기 위해 각자의 집으로 돌아간 이 시간이 아마도 가장 여유로운 시간일지 모른다. 가만히 앉아 있으니 눈에 보일 정도로 빠른 시간의 흐름이 느껴진다. 하늘빛이 점점 진해지고 반짝이는 조명만 눈에 들어오는 시간. 눈으로 담을 수 있는 풍경이 많지 않은 대신 다른 감각들이 깨어난다. 풀벌레 소리, 공기 냄새, 스치는 바람에 모든 근심 걱정이 사라지는 것만 같다. 보고 싶지 않은 걸 보지 않아도 좋은 밤 산책은 산책의 집중도가 높아지는 시간이다.

낮을 걷는 산책

어두울 때는 볼 수 없었던 풍경이 눈에 들어오기 시작한다. 어둠에 감춰져 있던 현실을 보아야 하는 시간. 모든 풍경이 선명해졌다.

오늘 산책길 역시 같은 코스다. 해가 꼭대기에 떠 있는 시간. 온 동네가 환해졌다. 가로등 불빛 아래 주인공처럼 놓여 있던 쓰레기가 여기저기 흩어져 악취를 풍기고 있다. 까마귀들이 한바탕 아침 식사를 하고 간 모양이었다. 일본에는 까마귀가 많다. 수거함이 없는 단독 주택의 경우 집 앞에 쓰레기봉투를 내놓곤 하는데 잘못하면 이렇게 까마귀밥이 되기 십상이다. 이 상태면 수거해가지 않을 텐데. 이런저런 생각에 걷다 보니 어느새 공원에 도착했다.

오늘도 어김없이 들른 아지트. 이 카페의 커피 맛이 특별히 좋다기보다 이곳에서만 느낄 수 있는 따뜻한 정경이 있다. 낮에는 그러한 풍경이 더 잘 보이니까. 그 덕에 커피 맛이 특별해지는 것 같다. 늘 앉던 야외 테라스에 자리를 잡고 커피를 마시며 주위를 둘러본다.

저기 식사를 하고 계시는 아저씨가 보인다. 그 곁을 떠날 줄 모르는 참새 두 마리. 자세히 보니 드시던 주먹밥을 조금씩 떼어 주고 계셨다. 눈길 한 번 주지 않고 툭. 이런 걸 '츤데레*'라

고 하던가. 참, '츤데레'라는 말이 어디서 생겨났나 했더니 일본어 'つんでれ츤데레'에서 온 말이라고. 발음, 뜻 그대로 가져온 일본어였다니.

우리만큼 이 카페에 자주 오는 손님이 또 있다. 주말이면 마주치는 빨간 모자 고양이와 아저씨. 이 구역 인기쟁이다. 가끔 아저씨는 어깨 위에 고양이를 태우고 카페 주변을 돌며 시선을 즐기기도 하신다. 그럴 땐 고양이를 위한 산책인지, 아저씨를 위한 산책인지 잘 모르겠지만. 민트색 자전거 위 얌전히 앉아 커피를 주문하러 간 아저씨를 기다리는 모습이 영락없는 강아지다. 커피가 나오길 기다리는 동안 아저씨는 빨간 방석을 바닥에 깔고 그 위에 고양이를 앉힌다. 그때쯤 카페 직원이 나와 아저씨와 한 번, 고양이와 한 번 인사를 나눈다. 직접 들고나온 커피를 아저씨에게 건넨 직원은 다시 한번 무릎을 꿇고 고양이와 눈을 맞춘다.

바쁜 주말, 대형 카페에서 흔히 볼 수 없는 풍경이다. 고양이를 보는 것도 즐겁지만 이러한 직원들의 배려를 보는 것도 즐겁다.

■ 퉁명스럽고 무뚝뚝해 보이지만, 실제로 다정한 사람을 이르는 말.

동네를 걷는 산책

오늘은 다른 코스다. 상점가를 따라 걷다 중간에 나오는 골목에서 몸을 틀었다. 이 골목은 처음이네. 갑자기 여행자가 된 기분으로 이쪽저쪽 살피는데 고양이 한 마리가 눈에 띄었다. 길 한가운데 떡하니 앉아 있는 녀석. 다가가면 도망가겠지? 고양이 눈인사라도 해 볼까. 그게 뭔데? 고양이 눈을 보고 천천히 눈을 감았다 떴다 해 봐. 고양이가 그 행동을 똑같이 따라 하면 인사를 받아 준 거야. 에이, 그짓말. 진짜야. 거짓말. 그러면서 해 보는 거 다 알거든.

고양이에게 눈인사를 건네자 천천히 몸을 일으키더니 꼬리를 세우며 다가온다. 어어? 갑자기 다리 사이로 파고들어 몸을 비비며 '야옹' 거리는 녀석. 어어? 이러시면 대단히 감사합니다. 가던 길을 멈추고 쭈그려 앉아 몸통을 쓰다듬고, 머리를 긁어 주고, 솜털 같은 꼬리를 만져 보았다. 솜방망이라 불리는 고양이 발을 이렇게 가까이서 보다니 오늘 횡재했다. 목에 목걸이를 하고 있는 걸 보니 길고양이는 아닌 모양이다. 슬슬 일어나 가야 할 시간임을 알리자 저만치 가는 녀석. 더 이상 애정을 구걸하지 않는다. 그게 고양이의 매력인가 보다.

골목을 빠져나오자 작은 도로가 있다. 아, 이 길은 지하철역에서 나와 오른쪽으로 곧장 걸으면 나오는 길이었다. 머릿속에 동네 지도가 조금씩 그려지는 것 같았다. 횡단 보도에서 신호를 기다리다 건너편에 처음 보는 건물을 발견했다. 가까이 다가가 확인해 보니, 카페다. 커피 냄새가 예사롭지 않은 이 카페를 다음 아지트로 찜해 두었다.

그동안 동네 여기저기 걸어 다녔던 것 같은데 걸을 때마다 새로운 걸 보면 아직도 가 보지 않은 길이 많은가 보다. 아니면 그동안 유심히 살펴보지 않았거나.

익숙한 산책길에 제법 마음에 드는 장소를 발견한 날은 소풍날 보물찾기 쪽지를 찾은 것처럼 신이 난다. 그 쪽지는 시선을 이동해야만 발견할 수 있는 바위 틈새나 덤불 속에 숨겨져 있지만, 찾지 못할 정도로 숨겨져 있지는 않다. 조금만 애정을 가지고 보면 보이는 것들. 틈에서 자리를 지키고 있던 그 쪽지는 누군가에 의해 발견되는 순간 반짝인다.

물론 꽝일 때도 있지만.

걷는 것만큼 마음을 가다듬어 주는 좋은 방법이 또 있을까. 나를 괴롭게 하는 감정들을 바람에 흘려보내고 멈췄던 자리에 두고 오는 일, 혼자여도 좋고 함께라면 더 좋은, 언제든 좋은 산책이다.

우리는 일상을 여행하기로 했다

익숙한 것을 좋아하는 나도 가끔 변덕을 부리고 싶은 날이 있다. 그런 날은 홀로 동네 산책길에 나서는데, 그때 내가 할 수 있는 가장 큰 일탈은 늘 다니던 길이 아닌 새로운 길을 택하는 것이다. 목적지를 향해 여러 갈래로 뻗은 골목길에 가까워지면 번호가 매겨진 문이 눈앞에 아른거리기 시작한다. 몸은 자연스럽게 익숙한 방향을 찾아가는데 머릿속은 시끄럽다. 이쪽? 저쪽? 움찔움찔.

오늘은 몇 번 문을 열어볼까?

이곳에서는 모든 순간이 긴장의 연속이지만, 그로 인해 나도 조금씩 변화하고 있음을 느낀다. 몇 안 되는 익숙한 길에 몸을 살짝 틀어 볼 용기도 얻었다.

낯선 길에 기꺼이 함께할 누군가 있다면 더욱 과감해져 완전히 새로운 길을 개척하기도 한다. 곁에 있는 사람에게 길을 의지하고 잠시 긴장을 내려놓으면 이곳저곳에 시선을 놓을 여유가 생겨난다. '여기에도 마트가 있네? 아, 그런데 걸어오기엔 좀 멀지?', '어? 저기 한국 식품 파는 가게 생겼어! 지도에 등록해 놓자.'

그러다 지난번 산책길에 발견했던 카페와 다시 마주쳤다. 우리 동네에 이렇게 멋진 카페가 있었다니. 아무리 생각해도 처음 보는 건물 같은데, 오래된 집을 개조해 만든 카페였다.

"우리 이 카페 단골 될 것 같지 않아?"

일본에 온 지 얼마 안 됐을 때, 길을 걷다 남편이 어느 가게 앞 간판을 가리키며 내게 물었다.

珈琲

"저 한자가 뭔지 알아?"

"당연히 모르지."

히라가나 덜렁 외우고 온 내가 그걸 알 리가 있나.

"저게 '커피'라는 한자야. 많이 쓰니까 알아둬. 커피 좋아하
잖아."

세상에, 커피는 영어 아닌가? 커피에도 한자가 있다니. 알고
보니 '시소'가 영어라는 걸 알았을 때만큼 신선한 충격이었다.
아무튼 '珈琲커피'라는 한자는 쓸 줄 몰라도 자주 보이기 때문에
눈에 익혀두는 게 좋다. 대형 카페가 아닌, 개인이 운영하는 곳
이나 특히 옛날식 카페에는 대부분 한자가 쓰여 있는 편이다.

역시 이 카페에 걸려있는 노렌暖簾*에는 한자가 쓰여 있다.

카페에 들어가니 커피 향이 더 진해졌다. 작은 가게 안에 원두
볶는 기계도 있다. 그렇다면 원두도 구매할 수 있다는 거잖아.
일단 흥분을 가라앉히고 커피부터 주문하기로 했다.

나는 따뜻한 커피, 너는 아이스커피.

사장님은 천천히 그리고 꼼꼼하게 일을 하셨다. 가게만 슬쩍
둘러보아도 그 세심함이 느껴졌는데 이런 사람이 내리는 커피
라면 맛도 정성스러울 게 분명했다.

깔끔한 개수대 위 나란히 놓여 있는 두 개의 드리퍼에는 우리
가 주문한 커피가 내려지고 있었다. 섬세한 손놀림이었다. 정
성스레 내린 커피는 향부터 달랐다. 기분 나쁜 쓴맛이 전혀 없
는 무척 깔끔한 맛이었다. 커피는 볶는 과정도 중요하지만 내

리는 사람에 의해서도 맛이 달라진다고 하는데, 내가 내려도 이 맛이 날까?

그럼에도 이 카페의 원두가 기대됐던 건, 원두를 주문하면 그 자리에서 바로 볶아주기 때문이다. 100그램의 소량 단위도 괜찮다. 거기에 맞게 로스팅 기계도 작고 귀엽다.

커다란 쟁반 위 생커피콩을 쏟아 질이 나쁜 콩을 걸러내는 사장님의 손길이 조심스럽다. 그 신중한 작업은 작은 공간, 하필 마주 앉아 있는 손님이 불편할까 봐서 하는 행동일까…라는 생각이 스칠 정도로 사장님은 말이 없으시다.

침묵을 깨고 동티모르 레테포호, 수마트라 만델링 100그램씩 두 종류의 원두를 주문했다. 한 번 로스팅할 때마다 십 분 정도 소요되니 커피를 마시는 동안 미리 주문해 두면 좋다. 얼마 안 되는 원두를 볶는데도 가게 전체에 진동하는 커피 향에 마스크를 쓰고 연신 킁킁거렸다.

집으로 돌아가는 길, 장바구니에서 올라오는 커피 향에 또 한 번 킁킁. 결국 참지 못하고 집에 도착하자마자 물을 끓이고 원두를 갈았다. 원두를 갈고 있으니 진하게 퍼지는 커피 향에 벌써부터 맛이 좋다. 신선한 원두란 이런 거구나. 내가 내린 커피에서도 이런 맛이 날 수 있구나. 그렇게 또 한 잔의 커피를 마시며 다음에는 어떤 원두를 골라볼까? 행복한 고민을 나눴다.

이곳에 온 뒤로 늘 긴장하고 살았던 것 같다. 길을 잘못 들면 안 될 것 같았고, 길을 잃어서도 안 될 것 같았다. 길바닥에서 서성이는 내 모습이 부끄럽고 창피하게만 느껴졌다. 하지만 나는 이방인이 아니던가. 에라, 모르겠다, 하는 심정으로 긴장의 끈을 살짝 놓자 평소와 달리 어리바리하게 굴어도 웃음이 났고, 조금만 다른 길로 들어서도 새롭게 펼쳐지는 풍경에 다시금 여행자가 된 기분이었다.

우리는 이곳에 있는 동안 일상을 여행하기로 했다. 언제 끝날지 모르는 해외 생활에 불안해하기보다 마치 긴 여행을 하는 기분으로. 돌이켜 보면 소중하고 귀할 이 순간을 즐겨보기로 했다.

■ 노렌暖簾 : 가게나 상점 입구에 걸어놓는 천

우연은 인연을 낳고

　남편은 단골 가게를 만들고 싶어 했다. 그 단골 가게의 기준에는 꽤 까다로운 조건들이 붙어 있다. 부러 찾아가야 하는 거리에 있는 가게는 탈락이다. 맛은 기본이고 사장님의 철학이 담긴 음식이라면 좋겠다. 사장님과의 친분도 빼놓을 수 없다. 대신 남의 이야기를 함부로 늘어놓지 않는, 담백한 말만 주고받을 수 있는 사이라면 좋겠다.

　퇴근길, 어둑어둑한 골목을 밝히는 모퉁이 술집. 집으로 향하던 발걸음이 자연스레 그곳으로 향한다. 가벼운 눈인사를 나눈 후 늘 앉던 자리에 앉는다. 사장님은 별다른 말 없이 시원한 맥주 한 잔을 건네시고는 옆에서 묵묵히 잔을 닦으신다. 가끔 새로 입고된 술을 권해주시는데 한 번도 취향에 어긋나는 법이 없다. 천천히 메뉴판을 훑는다. 역시 이게 좋겠다.

"늘 먹던 걸로요."

주말 아침, 가볍게 조깅을 하러 나선다. 바람은 쌀쌀하지만, 따사로운 햇살에 슬슬 열이 오른다. 아내의 성화에 못 이겨 바른 선크림 덕에 기미 걱정은 제쳐 두고 일주일 치 햇살을 몰아받는다. 천천히 걸으며 송골송골 맺힌 땀방울을 바람에 날려보낸다. 몸의 열기는 가셨지만, 목의 열기는 남아 있다. 저기 단골 카페가 보인다. 사장님은 화창한 날씨 이야기로 반가움을 대신하신다. 메뉴판은 볼 것도 없다.

"늘 마시던 걸로요."

아마도 남편은 이러한 로망이 있는 듯하다. 특히 외국에서 외국어로…. 캬, 얼마나 스스로가 대견하게 느껴질까. 그래, 참 멋진 일일 거야.

그러나 현실은 우리 집 식탁에 앉아 고개만 까딱 "늘 먹던 걸로!"를 외치고 있는 남편. 그런 남편이 귀엽고 웃겨서 맞춰주다

가도 "대체 네가 먹던 게 뭔데?" 제발 가르쳐 달라고 애원하기도 한다. 네, 저희 이러고 놉니다.

살면서 '우연'이 쌓이고 쌓여 '인연'까지 닿는 일을 앞으로 몇 번이나 더 마주하게 될까?

산책 중 아무 이유 없이 다른 길로 들어섰고, 멋진 카페를 만났다. 멋스러운 외관만큼 카페는 소란스럽지 않았고 커피는 본연의 맛에 충실했다. 사장님은 어색함을 깨기 위해 그 흔한 날씨 이야기조차 건네지 않으셨다.

지금은 사라졌지만, 여전히 많은 사람이 그리워하는 도쿄의 '다이보 커피집' 사장님은 수동 로스터로 원두를 볶으셨다고 한다. 모두 모터 달린 로스터로 바꿨을 때 사장님은 소리와 연기, 냄새에 집중하며 손수 콩을 볶아 내셨다. 그 작업은 주로 손님이 없는 한가로운 시간에 이루어졌지만, 어떤 때는 손님을 앞에 두고 이루어지기도 했다고.

우리를 앞에 두고 신중하게 콩을 골라내시는 사장님의 손길에 가본 적도 없는 '다이보 커피집'의 풍경이 떠오른 순간이었다.

모든 것이 좋았다. 매일 가지는 못했지만 커피가 떨어질 때마다, 맛있는 커피가 마시고 싶을 때마다 찾아가곤 했다.

그런데 얼마 후 남편의 이직이 결정됐고, 저 멀리 후쿠오카로

이사를 가야 했다. 남편의 "늘 마시던 걸로요"의 로망은 끝내 실현되지 못했지만, 우리에게 그런 장소가 하나 생겼다는 걸로 만족했다. 언젠가 오사카에 가게 되면 조용히 들러 추억에 잠길 수 있는 곳.

나는 그때의 기억을 그림과 함께 SNS에 기록해 두었다. 그런데 며칠 뒤 놀라운 일이 벌어졌다. 그림을 보신 카페 사장님께서 직접 연락을 주신 것이다.

카페에서 온 메시지를 열어보았다. 메시지에는 감사 인사만 있는 것이 아니었다.

가능하다면 그림을 액자에 걸어 가게에 장식하고 싶습니다.

네? 그다지 질이 좋지 않은 종이에 낙서하듯 그린 그림이라 크기도 작고요. 액자에 걸어둘 정도의 그림도 아닌걸요. (사실 그거 그릴 때 아, 망했다. 그랬는데) 정말 괜찮으시겠어요?

이럴 줄 알았으면 조금 더 심혈을 기울이는 건데 서툰 그림 실력이 무척이나 부끄러웠지만, 내가 우려하는 부분을 사장님께서도 충분히 알고 계실 터. 그림 실력보다 그림에 담긴 마음을 읽으신 것이 분명했다.

그럼 이걸 어떻게 보내드릴까? 남편에게 부탁해 포토샵으로 깔끔하게 정리해서 어떻게든 괜찮은 그림으로 보이게 할 생각이었다. 그런데 원본을 보내 달라니. 네? 아무리 제가 아마추어라도 그건 좀 어려운 일…은 무슨. 감사의 뜻으로 커피를 보내주신다는 말에 홀라당 넘어가 원본을 보내고야 말았다. 네, 저는 이렇게 쉽습니다.

그건 그렇고 사진으로나마 가릴 수 있었던 내 조악한 그림 실력이 들통날 위기에 처했다. 서툴다더니 정말 못 봐주겠다며 찢어 버리시면 어쩌지? 그럼, 커피는? 내 커피는?

그림을 보내고 홋카이도로 여행을 떠났다. 여행 끝 무렵 온천에서 피로를 풀고 올라와 바에 앉았다. 창밖에는 쌓인 눈 위로 또다시 눈이 내렸고 잔까지 시원한 하이볼을 홀짝거리며 휴식을 만끽하던 그때, 메시지가 도착했다. 메시지를 읽다 나는 새어 나오는 웃음을 감출 수 없어 한바탕 크게 웃고 말았다.

그림 잘 받았습니다. 한 가지 더 상담하고 싶은 게 있는데, 혹시 이 그림 가게 상품이나 전단지에 사용해도 괜찮을까요?

빈속에 마신 하이볼 때문인지, 온천 때문인지, 양 볼에 후끈 열기가 느껴졌다.

아무래도 단골 가게가 하나 생긴 것 같다. 남편의 로망을 실현할 날이 머지않은 것도 같다. 한국 사람이라는 소개에 서툴

렸던 내 일본어로 나를 기억해 내실지 모른다. 어쩌면 이미 짐작하고 계실지도 모르겠다.

언젠가 오사카에 가게 된다면 카페에 꼭 들르겠다고 약속했다. 카페에서 내 그림을 발견한다면 조용히 앉아 추억에 젖어 있을 수만은 없겠지. 그렇다고 '이거 내가 그린 그림입니다'라고 말할 자신은 없는데 '늘 마시던 걸로요'라고 하면 미친 사람인 줄 아실 테니…. 그럼, 날씨 이야기부터 시작할까.

훗날, 이 이야기와 그림이 실린 책을 들고 카페에 찾아가는 날이 올지도 모르겠다. 아직은 상상이 가질 않지만, 그때는 자신있게 '이거 제가 그린 그림입니다'라고 말할 수 있을까.

왠지 그럴 수 있을 것만 같다.

¥600/100g

¥500/100g

¥700/100g

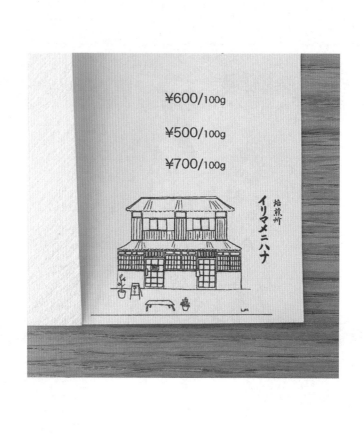

焙煎所 イリマメニハナ

イ、ヘリン様

この度は、素敵な絵をおゆずり頂き、
ありがとうございました。とても嬉しいです
頭に入れて飾らせて頂きます
気持ちばかりですがコーヒー豆を
贈らせて頂きます
お口に合えば幸いです
イリマメニハナ　市原 拓也

焙煎所
イリマメニハナ

イリマメニハナ

마트 구경은 즐거워

마트 구경을 좋아한다. 한국 마트 구경도 좋지만, 가장 좋아하는 건 해외에서 현지 마트를 구경하는 일이다. 정확히 말하자면 시장 구경을 좋아하는데, 시장은 부러 찾아가야 하기도 하고, 장 서는 날에 일정을 맞추는 것도 쉽지 않아서 말이다. 그에 비해 마트는 언제든 자유롭게 드나들 수 있다는 장점이 있으니 이보다 더 좋은 구경이 어디 있을까.

어느 나라에서건 마트에 가면 사람 냄새가 났다. 우리와 크게 다르지 않은 풍경에 피곤함도 잊고 이곳저곳 어슬렁거리게 만든다. 장을 보는 척 옆 사람이 집는 샐러드를 따라 집기도 하고 과일을 고르는 손길을 훔쳐보기도 했다. 그럴 땐 꼭 현지인이 된 기분이랄까. 바쁜 하루를 마치고 일상으로 돌아가는 사람들처럼 나 역시 오늘 여행을 무사히 마쳤다는 안도감이 느껴졌다.

주류 코너에서는 지역 술을 구경하느라 시간 가는 줄 몰랐다. 여행 중에 이 많은 술을 다 맛볼 수 있을까. 아쉬운 마음에 자꾸만 머무르는 시간이 길어졌다. 틈에 한국 식품을 발견하면 그건 더욱 즐거운 일이었다.

가끔은 색다른 풍경을 발견하기도 했다. 스위스에 있는 마트에서는 직원들이 앉아서 계산을 하고 있었다. 이쪽 직원은 앉아 있고, 건너편 직원은 서 있는 걸 보니 본인이 편한 자세로 일하면 되는 것 같았다. 덩달아 내 마음도 편해지는 것 같았다.

평소 즐겨 먹지 않는 달콤한 디저트를 고르고, 맥주도 한 캔, 안주로는 치즈를 골라 호텔로 돌아온다. 개운하게 샤워를 마치고 바스락거리는 침대에 누워 오늘의 여행을 떠올리며 맥주를 홀짝홀짝. 고작 몇 모금에 노곤해져 스르륵 잠이 들고 말지만.

그런데, 그렇게 좋아했던 마트 구경인데, 처음 일본에 와서 몇 달 동안은 혼자 마트에 가는 일이 힘들었다. 여행과는 완전히 다른 긴장감 때문이었다.

친절한 일본 마트 직원들은 말이 참 많다.

포인트 카드 있으신가요, 젓가락 드릴까요, 장바구니 가지고 계신가요, 심지어 대파 반으로 잘라드릴까요. 네? (나중에 알았지만, 이건 오사카에서만 묻는 질문이라고 한다)

아는 단어도 못 알아듣겠는데 실생활에서 자주 쓰는 단어와 사전에 있는 단어가 다른 경우는 나를 더 괴롭게 만들었다. 예를 들어 장바구니라는 단어는 사전에 '카이모노카고'라고 나와 있지만, 실생활에서 'マイバッグ 마이바꾸(my+bag)'라는 일본식 조어로 쓰이고 있었다.

당황하는 나를 보며 남편은 참 많이도 웃었다. 처음 일본에 왔을 때 본인이 모두 겪어본 일이라며, 빠르고 기계적으로 지나가는 말을 완벽하게 알아듣기까지는 꽤 오랜 시간이 걸린다고, 못 알아듣는 게 당연하다 했다.

사실 어리바리하게 굴면 도와주는 사람이 더 많은데 나 때문에 줄이 밀리는 것도, 직원이 곤란해지는 것도 싫었다. 무엇보다 관심받는 건 더더욱 싫었다.

그래도 내 옆에는 좋은 선생님이 있으니까. 남편이 하는 말과 행동을 유심히 보고, 아까 뭐래? 그 단어는 또 뭐야? 그럴 땐 뭐라고 해? 그러다 보니 금세 적응이 됐던 것 같다.

혼자 마트에 갔던 날을 잊을 수 없다. 떨리는 마음도 잠시, 한 자리에 한참 서서 고민해도 말을 걸거나 이상한 시선을 보내는 사람이 없다는 사실에 약간의 해방감을 느꼈던 것도 같다. 지명을 못 읽어서 사전을 뒤지고 있었던 것뿐인데 어쩐지 꼼꼼한 주부가 된 기분도 들고. 여행과 다른 점이라면 원산지를 따지고 가격을 비교하기 시작했다는 거다. 이제는 어느 마트에 어떤 물건이 저렴한지 꿰뚫고 있을 정도니까, 꼼꼼한 주부 그거 맞는 것도 같고.

마트 가는 재미에 빠져 거의 매일 드나들다 보니 한국 마트에서는 볼 수 없는 풍경을 발견하기도 했다.

그건 바로 꽃이다. 일본 마트에서는 꽃을 판다. 마트 입구에 있어서 그동안 무심히 지나쳤는데 자세히 보니 한 송이나 두 송이씩 묶어 팔아 가볍게 사기 좋겠다는 생각이 들었다. 꽃마다 가격이 적혀 있어 일일이 물어볼 필요도 없고, 서성거려도 눈치 주는 사람도 없었다. 장 보러 간 김에 꽃 한 송이라. 낭만적이라는 생각이 들고부터는 내가 마트에서 가장 좋아하는 코너가 되었다. 어떤 날은 예쁜 게 많아서, 어떤 날은 예쁜 게 없어서 그렇게 한참 서 있다 보면 꽃을 고르는 사람에게도 시선이 가닿는다. 나만큼이나 신중하게 꽃을 고르는 사람은 대부분 어르신이다. 그 모습이 보기 좋아서 꽃을 고르는 척 힐끗 쳐다보았다. 꽃을 들고 계신 손에서 생기가 돈다. 나도 따라 그 꽃을 고른다. 그러고는 어느새 꽃이 묻힐 정도로 그득 장을 본다. 반면 어르신의 장바구니는 꼭 필요한 것만 넣었다는 듯 단정하다. 꽃이 숨 쉴 수 있는 공간도 남아 있다. 꽃처럼 환한 얼굴을 하고 사라지시는 모습을 보며, 저게 바로 우아한 삶이 아닐까 하는 생각이 들었다.

마트 구경은 다시 삶의 일부가 됐지만, 여전히 여행할 때처럼 설레고 즐겁다. 마트에 진열된 식재료에 관심을 두게 되면 자연스레 이 지역의 제철 음식을 알게 되고, 올해 어떤 작물이 농사가 잘됐는지도 알게 된다. 가끔 처음 보는 채소 이름이 한자로 쓰여 있거나 사전을 찾아봐도 알 수 없을 때는 당황스럽지만, 그것도 그것 나름대로 즐겁다.

'담을 수 있을 만큼 담으면 한 망에 300엔'이라고 쓰여 있는 귤 상자 앞에서 모두 진지한 얼굴로 망에 귤을 밀어 넣을 때, 귤 담다 말고 '사람 사는 거 다 거기서 거기'라는 생각이 들어 웃음이 나기도 한다.

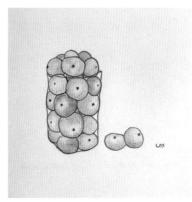

살다 보면
뜨거운 비빔면을 먹기도 한다

1.

별것도 아닌 일에 기분 좋은 날이 있다. 별것도 아니라는 표현
은 겸손해서 하는 말이 아니라 정말 하찮아서 어디 가서 자랑조
차 할 수 없는 일을 말한다. 예를 들면 이런 것.

　가구 틈에, 그것도 100엔 숍에서 대충 사 온 바구니가 꼭 맞는 일.

　해외 생활을 시작하고 짐이 될 만할 물건은 웬만하면 사지 않았다. 없으면 없는 대로 불편하면 불편한 대로 적응할 수 있었으니까. 하지만 한 해, 두 해, 시간이 갈수록 이것도 필요하고 저것도 갖고 싶고. 하나쯤은 괜찮겠지, 하며 물건을 들이기 시작했는데 한데 모으니 큰 짐 하나 못지않은 거다. 결국 그 물건들을 올려놓을 가구까지 필요해졌다.

　원하는 위치에 물건을 채우고 보니 중간에 빈자리가 눈에 띄었다. 높이가 10센티미터도 안 되는 이 틈에 대체 뭘 넣어야 하지. 이것저것 넣었다 뺐다 째려보기만 한 지 몇 달. 세탁실 선반에 필요한 바구니를 사러 100엔 숍에 들른 날이었다. 거기서 가구 틈과 비슷한 사이즈의 바구니를 발견한 거다. 100엔 숍에 있는 바구니는 크기와 모양이 다양해서 사이즈를 미리 재고 가지 않으면 고민에 빠지기 쉽다. 내 눈대중이 틀리지 않았다면 이 바구니 정말 딱 맞을 것 같은데. 사이즈를 재서 다음에 다시 오면 될 것을, 괜히 고집을 부리고 싶은 날이 있다. 오늘이 바로 그런 날.

바구니 하나를 집었다. 두 개가 들어갈 거 같은데 혹시 몰라서. 고집을 부리면서도 소심한 마음은 어디 가지 않는 모양이다. 집에 도착해 바구니부터 넣어 보았다. 스르륵. 어머. 0.1밀리미터만 더 높았어도 들어가지 않을 뻔했다. 어쩜 폭도 딱 맞았다. 실실 웃음이 새어 나왔다. 뭐지, 이 기분.

처음부터 가구에 딸려 온 바구니처럼 틈에 딱 맞게 끼어 있는 걸 보면 볼 때마다 흐뭇하다. 솔직히 가끔은 밥 먹다 말고 힐끗 쳐다보기도 한다. 이런 종류의 쾌감을 느낄 때마다 누군가에게 떠들어댄다면 언젠가는 변태라는 소리를 들을지도 모르겠다.

2.

습관처럼 반복하던 일을 순식간에 까먹을 때가 있다.

어느 날인가 뜨개질 방향이 혼란스러워 뜨던 실을 어느 손에 놓아야 할지, 한참 동안 실을 잡았다 놓았다 했다. 겨우 방향을 찾아 뜨기 시작했는데 반 정도 뜨고 나서야 모양이 이상하다는 걸 깨달았다. 뜨개를 할 때 가장 괴로운 일이 무엇이냐 묻는다면 지금 이 순간, 떴던 실을 풀고 코를 주워야 하는, '푸르시오'를 해야 할 때다.

원통으로 계속 겉뜨기를 하다 보면 앞뒤 모양이 같아 가끔 헷갈릴 때가 있는데 문제는, 이걸 어제도 떴다는 거다.

이보다 더 심각한 건 샤워를 하다 세수를 했는지 안 했는지 기억이 나지 않는다는 거다. 안 씻는 것보다 두 번 씻는 게 나으니까 일단 클렌징폼을 손에 짠다. 그러면 정말 이상하게도 그 순간 기억이 돌아온다. 이런 일이 생기면 꼭 두 번씩 세수를 하고 있는 거다.

어떤 날은 양치다. 일어나자마자 양치하는 습관이 있는 나는 남편을 배웅하고 어김없이 세면대로 향했다. 치약을 짜고 입에 넣는 순간, 칫솔이 촉촉하다. 아, 이건 어제 뜬 뜨개 방향을 기억하지 못하는 것보다 심각한 문제가 아닐까. 불과 몇 분 전의 일이란 말이다.

그런데 늘 돌이킬 수 없는 상태에서 기억이 돌아오는 걸 어쩌면 좋단 말인가. 결국 아침부터 두 번의 양치를 하고 말았다.

3.

이건 무슨 종류의 망각일까.

날 좋은 가을, 오늘은 장바구니 대신 에코백을 들고 집을 나섰다. 어쩐지 기분이 좋다. 이제 나만 쓰는 것 같은 유선 이어폰의 꼬인 줄을 풀다 성질을 버릴 뻔했지만 귀에 꽂는 순간 마음의 안정을 되찾았다. 저 멀리 학교가 보이고 합창 연습을 하는지 노랫소리가 들려온다. 듣기 좋은 화음이었다. 길을 꺾어 들어가니 유치원 아이들이 선생님을 바라보며 서 있다. 나란히 줄을 선 아이들은 핼러윈 분장을 하고 팔에 사탕 바구니를 하나씩 들고 있었다. 모처럼 예쁘게 꾸미고는 뭐가 그리 마음에 들지 않는지 한 아이가 목청이 찢어져라 울어댔다. 선생님은 아이를 달래느라 바빴지만 나는 곧 지나갈 거니까 그 모습이 귀엽기만 하다. 모든 소리를 한차례 지나오니 드디어 목적지인 마트가 보인다. 다시 마음의 안정을 되찾고 이어폰을 정리하려는 순간 깨달았다. 재생 버튼을 누르지 않았다는 것을.

4.

뜨거운 비빔면을 드셔 보신 적이 있나요?

매일 하는 청소지만 햇빛 쨍한 아침에는 유난히 마음이 분주하다. 창문을 활짝 열어 환기를 시키고 이불 먼지를 털어낸 후 청소를 마쳤다. 마무리로 빨래까지 널고는 부랴부랴 집을 나섰다. 카페에서 따뜻한 커피를 한 잔 마시고 여기저기 들렀다가 집에 돌아오니 두 시. 점심이 늦어졌지만, 오늘은 마트 도시락의 유혹에 걸려들지 않았다. 오늘 점심 메뉴는 나가기 전부터, 실은 어제저녁부터 비빔면으로 정해 두었기 때문이다.

아는 맛이 더 무섭다 했던가. 매콤하고 달콤한 비빔면을 상상하다 밤늦게 물을 올릴 뻔했지만, 잘 참았다.

물을 끓이고 면을 넣고, 그 시간도 길어 잠시 다른 일을 했다. 끓이면서 딴짓을 해서 그런지 물을 버리면서 면이 좀 불었다고 생각했다. 젓가락으로 소스를 쭉 밀어서 면 위에 올리고 골고루 비볐다. 참기름 한 번 두르고 마무리. 물기가 조금 남아 있지만 아무렴 어떤가.

그런데 이상하다. 면이 불어도 너무 불었다. 갑자기 정신이 번쩍 든다.

아, 찬물에 헹구는 걸 까먹었다. 딱 하나 남은 비빔면이었는데….

그래서 어떤 맛이냐고요? 아주 기가 막힌 맛입니다.

불어 터진 스파게티를 먹으며

나는 어릴 때부터 가리는 음식 없이 무엇이든 잘 먹는 어린이였다. 멸치 갈아 넣은 칼슘 가득 비릿한 우유는 동생을 대신해 마셨고, 어른들도 힘들어한다는 쓰디쓴 한약 한 번 거부한 적 없으며, 뼈에 붙은 고기 맛은 진즉에 알아서 동생이 부드러운 살코기만 찾을 때 나는 뼈를 외치는 어린이였다.

물론 싫어하는 음식도 있었다. 가장 곤욕이었던 건 불어 터진 라면을 먹는 일이었다. 먹는 속도가 느린 탓에 내 라면은 삼분의 일 정도 남았을 즈음 항상 불어 있었다. 손도 대지 않았는데 줄어든 국물 위로 퉁퉁한 면이 모습을 드러내면 갑자기 비위가 상했다. 그럴 때마다 자꾸만 머릿속에 개밥이 떠올랐기 때문이다. 예전에는 어디 개 사료가 따로 있었나. 가족들이 먹고 남긴 음식을 개 밥그릇에 부어주고 나면 그게 개밥이 아니었던가. 윽.

다음으로 떠오르는 건 토사물이다. 영화 〈엽기적인 그녀〉 중 술에 취한 전지현이 지하철에서 할아버지 머리 위에 토를 하고는 생전 처음 보는 차태현에게 "자기야…"를 외치며 기절하는 장면이 있다. 진상을 부려도 예쁜 전지현이고 뭐고 나도 같이 기절하는 줄 알았다. 입에서 불어 터진 라면이 왈칵 쏟아져서. 윽. 여기까지 생각이 미치면 갑자기 헛구역질이 나기 시작한다. 그럼 몰래 라면을 버리곤 했는데 집에 돌아온 엄마는 그걸 귀신같이 알아채셨다.

불어 터진 스파게티 역시 다르지 않았다. 고등학교 앞 피자집에서 처음 먹어 본 오븐스파게티는 일부러 불려서 내놓는 건 아닐까, 하는 생각이 들 정도로 내게 끔찍한 음식이었다. 포크에 걸려있는 면은 힘이 없었고 소스마저 퍽퍽했다. 나는 조용히 포크를 내려놓고 다시는 이 음식을 먹지 않겠노라 결심했다.

그런데 지금 나는 불어 터진 스파게티를 먹고 있다. 그것도 맛있게.

몇 년에 한 번 심한 열 감기를 앓는 남편에게 어김없이 그 주기가 찾아온 것 같다. 마음만 먹으면 삼 초 안에 잠드는 사람이 밤새 뒤척였다. 잠귀 밝은 나는 그때마다 깨서 동태를 살폈는데 억울하게도 뒤척인 기억이 없단다.

회사에 보고하고 다시 침대 위로 몸을 누인 남편은 열 때문인지 목이 아파서인지 잠이 오지 않는다 한다. 입맛도 없다 하여 일단 빈속에 감기약부터 먹였다. 시간이 얼마나 흘렀을까. 방 안이 고요하다. 이제 슬슬 배가 고플 텐데. 보스락거리기만 해도 '뭐 먹어?' 강아지처럼 달려올 테니 일부러 깨우지 않고 요리를 시작했다.

평소 먹던 양의 반을 줄여 스파게티 면을 집었다. 하루 동안 해동시킨 바질 페스토는 먹기 좋게 녹아 있었다. 팔팔 끓는 물에 소금을 넣고 올리브 오일을 뿌려 면을 푹 삶는 동안 프라이팬에서는 마늘을 볶기 시작했다. 마늘 향이 올라올 때쯤 토마토와 양송이버섯을 넣어 볶다가 스파게티 면도 휘휘 저었다. 냉동실에 있던 빵을 토스터에 넣어 굽고 전기포트에는 물을 받았다.

어라? 여전히 꿈쩍도 하지 않는다. 따뜻할 때 먹었으면 하는 마음에 방을 들락날락, 그릇을 달그락거려도 소용없었다. 그렇담 하는 수 없지.

면을 건져 팬에 옮겨 볶다가 바질 페스토를 듬뿍 올렸다. 면수를 붓고 소금으로 간을 더한 후 토스터에서 빵을 꺼내기 위해 잠시 스파게티를 방치했다. 전기포트 전원을 켜고 드립백 커피를 꺼내 컵에 올렸다. 평소라면 옆에서 빵을 확인하고 커피를 내리고 있을 텐데. 혼자 바쁘게 움직이는 동안 스파게티는 착실히 붇고 있었다.

일부러 깨울 수는 없으니, 식탁에 앉아 남편을 살피며 그렇게 불어 터진 스파게티를 먹었다. 나이가 들면 입맛도 바뀐다더니 나도 이제 나이가 들었나.

스파게티를 돌돌 말아 입안에 욱여넣다 남편 체력도 예전 같지 않다는 생각이 들었다. 워낙 건강한 체질이라 면역력이 떨어지는 시기만 조심하면 됐는데, 어째 그 주기가 점점 짧아지는 것도 같고.

깨우기를 포기하고 살금살금 방에 들어가 조심스럽게 책을 집었다. 그러자 스르르 눈을 뜬다. 아. 깜짝이야. 그러더니 벌떡 일어나서는 식탁 위에 놓인 빈 그릇을 본다. 눈이 휘둥그레져 쓰러질 듯 이마를 한 번 짚고 벽을 한 번 짚는다. 엄청난 배신감을 느꼈다는 듯 내 손을 뿌리치며 휘청휘청 걷다 팬에 남겨진 스파게티를 발견하고는 활짝 웃는다. 나 원 참.

우리 집에 귀신이 사는지는 모르겠지만, 면 귀신은 확실히 살고 있다. 불어 터져도 면은 다 좋다는 남편은 삼시 세끼 면만 먹고도 살 수 있다고 한다. 그런 면 귀신 위해 밥 대신 면을 만들어 놨는데, 겨우 내 주먹만큼만 먹겠다는 걸 보면 어지간히 아프긴 아픈 모양이다.

그런데 시국이 시국인지라 슬슬 걱정이 되기 시작했다. 다음 날 병원에 가서 PCR 검사를 받았다. 결과는 양성. 발끝까지 쫓아 온 느낌을 지울 수 없었는데 이미 함께였다니. 드디어 우리 집에 코로나19가 찾아온 것이다.

감기라 생각했을 땐 대수롭지 않게 여겼던 증상이 갑자기 심각하게 느껴지기 시작했다. 그도 그럴 것이 지금껏 겪어보지 못한 증상이 나타났기 때문이다. 고열에 시달리다 열이 조금 내리면 오한이 나고, 다시 열이 오르길 반복했다. 전에 없던 심한 목 통증도 호소했다. 좋아지는 것 같다가도 나빠져서 정말 좋아지고 있는 건지 알 수 없었다. 병원에서는 처방해 준 약을 먹고 나아지길 기다리는 수밖에 없다고 했다. 상태가 나빠지면 즉시 연락하라고 했지만 뾰족한 수가 있어 보이진 않았다. 그냥 이 시간이 무사히 지나가기를, 잘 버텨주길 바란다는 말 밖에는 서로에게 해줄 수 있는 말이 없었다.

격리 기간이 끝나갈 때쯤 남편 몸이 조금씩 살아나기 시작했다. 목소리가 완전히 돌아오는 데는 시간이 걸렸지만, 목 통증이 사라진 것만으로도 살 것 같다 했다. 이제 나만 무사히 넘어가면 될 것 같은데.

그건 그렇고 얼마 전에는 내 손으로 직접 피자집 스파게티를 시켜 먹었다. 불어 터진 스파게티가 먹고 싶어 피자를 시키다니. 살다 보니 별일이 다 있다. 어디 그뿐인가. 밀가루 맛이 느껴질 정도로 딱딱하게 끓이던 라면은 그 상태에서 한소끔 더 끓여낸다.

먹지 않던 음식을 먹게 된 데에는 여러 이유가 있겠지만, 이건 살기 위해 먹게 된 경우라고나 할까. 언제부턴가 덜 익은 면을 먹으면 소화가 안 되는 느낌이 들기 시작한 거다. 속이 불편해지자 어쩔 수 없다는 생각이 들었다. 건강하게 오랫동안 먹고 싶은 음식 먹으려면 좋아하는 거 하나쯤은 포기할 줄도 알아야지. 그렇게 익혀 먹기 시작한 면이 가끔 생각나는 맛이 되었다.

그나저나 입맛이 바뀌면서 좋아했던 건 더 좋아졌고, 싫어했던 것마저 좋아졌으니 이거 큰일이다.

저는 한국인이지만
아이스 아메리카노는 사양할게요

"한국 사람이니까 매운 거 잘 드시죠?"
"한국 여자는 피부가 왜 그렇게 좋아요?"
"한국 남자는 모두 자상하죠?"
"…."

한국인으로서 한 번쯤 받게 되는 이런 질문에 이제 익숙해질
만도 한데, 나는 여전히 당황스럽다. 어디선가 보고 들은 것으
로 인해 생긴 선입견을 내가 증명이라도 해주는 것 같아 조심
스럽기 때문이다. 다 그런 건 아닌데 그렇다고 아닌 것도 아니
고, 무엇에 기준을 두고 어디서부터 말을 시작해야 할지 모르

겠다. 평균을 이야기하자니 그것 역시 내 생각이고, 그렇게 따지면 나도 잘 모르겠는데?

그럴 땐 최대한 개인적인 이야기를 들려주려 하는데, 그건 사람마다 지니고 있는 개별성을 이해해 주길 바라는 마음에서다.

한국인이 일본인보다 매운 음식을 잘 먹는 건 사실이지만, 나는 잘 먹지 못한다. 어렸을 때는 매운 음식을 찾아다니며 먹을 정도로 좋아했는데 내 위와 장이 견디지 못한다는 걸 알고는 그만두었다. 술도 마시면 마실수록 늘고, 매운 음식도 먹으면 먹을수록 는다고 일본에 살면서는 매운 음식을 더 못 먹게 됐다. 그러면서 한국 음식이 대부분 빨갛다는 걸 새삼 깨달았다. 김치찌개를 먹으면서도 김치를 먹고 있으니 매운 걸 잘 먹을 수밖에 없다는 것도.

그런데 '한국 사람이니까 이 정도는 먹을 수 있겠지' 하는, 그 기대에 찬 눈동자를 보면 '저 매운 거 잘 못 먹는데요'라는 말이 입에서 쉽게 떨어지지 않는 거다. 그때부터 왠지 실망시키고 싶지 않은 한국인과 이것보다 더 매운 음식이 뭔지 생각하는 일본인 사이에 묘한 기 싸움이 시작된다. 이게 바로 한국인이 가졌다는 맵부심(매운 걸 잘 먹는다는 자부심)이라는 건가. 하지만 나는 맵찔이(매운 걸 잘 못 먹는 사람)인걸.

일본인이 갖는 한국인의 외모나 성격에 관한 선입견은 한국 음악과 드라마의 인기가 올라갈수록 심해지는 것 같다. 특히 외모에 대한 이야기가 나오면 마스크 벗기가 어찌나 부담스러운지 말이다. 그럴 때마다 속으로 '죄송합니다. 나는 한국인이 아닌가 봅니다' 왠지 모를 사과까지 하게 된다.

오사카에 살 때 피부과에 간 적이 있다. 상담을 하면서 한국에 관한 이야기를 나누게 됐는데 어김없이 한국 여자는 피부가 좋은 것 같다고 말하는 거다. 하지만 내 피부를 보고는 최근에 야외 활동을 많이 했냐며, 햇볕에 그을린 것 같다며…. 저 집에만 있었는데요. 그러고는 미안했는지 내게 피부가 반들반들하다고 말했는데, 그건 이런 상황이 올까 봐 크림을 덕지덕지 바르고 간 덕분이었다.

그래도 이런 선입견들은 긍정적인 편에 속해서 대화가 수월하다. 대부분 자신과 다른 생각을 유연하게 받아들이기 때문이다. 가끔 내가 한국인이라는 이유만으로 눈을 반짝거릴 때면 마치 짝사랑하는 사람을 바라보는 것 같아 귀엽기도 하고.

그런데 남편이 도쿄에 살 때 자주 들었다는 이야기 중 나를 경악하게 했던 말이 하나 있었다.

"전쟁 날까 봐 무서워서 한국에서는 못 살겠어요."

일본이라면 도쿄 여행이 전부였던 나도 일본에 대해 잘 몰랐으니, 모르면 그럴 수 있을 거라 넘기려 했다. 하지만 이리저리 아무리 생각해 봐도 기가 막혔다. 한국에 여행은 갈 수 있어도 살 수는 없을 것 같다며, 언제 전쟁이 날지 모르는데 한국 사람들은 무서워서 어떻게 사냐니.

한국에서 왔다고 하면, 특히 서양인에게 남한? 북한? 이라는 질문부터 받아야 했던 시절이 있었다. 지금은 그런 질문을 하는 사람이 드물겠지만, 십몇 년 전만 해도 그랬다. 심지어 한국이라는 나라 자체를 모르는 외국인도 많았으니까. 하지만 일본은 상황이 다르지 않나? 대체 왜 그런 선입견을 품게 됐을까? 의문만 가득하던 차에 도쿄에 가게 됐고, 그곳에서 한 달 정도 머물고 나서야 나는 그 말을 완전히 이해할 수 있게 되었다.

당시 뉴스에 한국 관련 소식이라면 북한에 관한 것만 다루고 있었는데, 내용을 거의 알아들을 수 없었지만 무언가 좋지 않은 일이 일어난 것만은 확실해 보였다.

아나운서 뒤로 배경이 된 화면을 보니 2009년 5월, 북한이 강행한 2차 핵실험에 관해 이야기하는 것 같았다. 내가 도쿄에 갔던 게 2011년 1월쯤이었으니까, 정작 한국인인 나는 잊고 있던 사건을 일본에서는 집중적으로 보도하고 있었던 거다. 혹시라도 우리나라에 전쟁이 나면 좋든, 나쁘든 영향을 받을 수밖에 없는 나라이기에 상황을 예의주시하고 있었던 걸까. 아니면 정말 무슨 일이 일어나기라도 바라는 걸까. 그렇게 하루도 빠지지 않고 북한 핵 관련 뉴스를 보다 보니 점점 그런 생각이 들기 시작하는 거다.

'이러다 우리나라 전쟁 나는 거 아니야?'

그런데 곧 깨달았다. 뉴스는 일어난 사건을 전달하는 매체일 뿐 그 나라 전체를 설명하는 게 아니라는 것을. 이러한 사실을 의식하고 있지 않으면, 객관적 사실을 공정하게 다룬다는 언론을 통해서도 잘못된 선입견을 품게 될 수 있다는 것을 말이다. 해외 뉴스를 통해 보는 우리나라가 극히 일부인 것처럼, 우리나라 뉴스를 통해 보는 일본도 그랬다.

혐한 시위나 야스쿠니 신사 참배로 분노를 유발하고, 자연재해로 늘 불안해 보이는 나라 말고도, 이른 아침 골목에 퍼지는 커피 향기, 갓 구워진 식빵이 뿜어내는 열기, 그 안에서 조용히 식사하시는 어르신들, 비 오는 날 운전자를 대신해 차고 문을 닫아주던 세탁소 할머니, 지나가는 고양이, 한국에서 온 손님을 반갑게 맞아주던 사람들. 이곳에서 마주한 일상 역시 일본이라는 나라를 말해주고 있었기 때문이다.

하지만 누군가의 고정된 선입견을 깨기란 쉬운 일이 아니었다. 계속해서 의심을 거두지 않고 우려의 눈빛을 보내는 일본인이 있었으니…. 결국 그를 이해시키기 위해 참고 있던 한마디를 던져야 했다.

"지진 날까 봐 무서워서 일본에서는 어떻게 살아요?"

답답한 내 마음이 전해졌던 걸까? 그는 짧은 탄식만 내뱉었을 뿐 어떠한 대답도 하지 못했다.

선입견은 그것이 긍정적이든, 부정적이든, 고정되는 특성을 갖기 때문에 자칫 편견에 사로잡히기 쉽다. 편견은 특정 대상에 대한 차별을 야기할 수도 있으니, 결국 이 모든 것들이 서로 긴밀히 연결된 것이다.

그러니 내가 보고 겪은 일들이 누군가에게 잘못된 선입견을 심어줄 수 있다고 생각하면 말 한마디가 얼마나 조심스러운지 말이다. 물론 내가 말을 아끼는 이유에는 모자란 내 일본어 실력도 한몫하겠지만. 한국에 있는 지인들에게 일본은 어때? 일본 사람은 진짜 그래? 역으로 질문을 받을 때, 내가 말이 많아지는 이유다.

얼마 전 "외신도 주목한 한국인의 '아아(아이스 아메리카노)' 사랑"이라는 기사를 보았다. '얼죽아(Eoljukah, 얼어 죽어도 아이스 아메리카노)'를 단어 그대로 소개하며 한국에서는 한겨울에도 아이스 아메리카노를 즐겨 마신다는 내용이었다. 실제 한 대형 프랜차이즈 카페 조사에 따르면 열 잔 중 일곱 잔 이상 아이스 음료가 팔렸다고 하니, '국민 음료'라는 수식어가 붙어도 이상할 게 전혀 없었다. 마지막엔 아이스 아메리카노를 즐겨 마시는 한국인의 인터뷰를 통해 한국 특유의 '빨리빨리' 직장 문화가 이러한 커피 문화를 만들어 낸 것 같다고 분석하는 내용도 있었다.

그런데 기사를 보는 내내 '나는 아닌데? 아닌데? 아닌데!'를 외쳐야 했다. 나는 한여름에도 뜨거운 아메리카노를 즐겨 마신다. 가끔은 예외인 날도 있지만, 그런 날은 커피를 제대로 마신 것 같지 않아 종일 찜찜하다.

직장 생활을 할 때는 매일 야근을 하면서도 커피를 빨리 마시고 싶은 생각은 없었다. 커피를 마시는 시간이 내게는 유일한 쉬는 시간이었기 때문에.

당연히 그 기사는 한국인 전체가 그렇다는 말을 하려는 게 아니었지만, '한국인은 한겨울에도 아이스 아메리카노만 마신다면서요?'라는 질문이 추가될 날이 머지않았다는 생각이 들었다.

집이 나에게 가르쳐준 것

내가 한국에서 처리해야 할 일로 골머리를 앓는 동안 남편은 인터넷으로 집을 알아보기 시작했다. 자연스레 업무 분담이 된 것 같지만 사실 나는 그 일까지 신경 쓸 여력이 없었다. 아니, 다가오는 현실을 모른 척하고 싶었는지도 모른다. 오사카 시내에서 월급에 맞춰 집을 구하려니 선택의 폭이 좁아질 수밖에 없었기 때문이다.

일본에서 집을 구하는 방식은 우리나라와 크게 다르지 않지만, 사용하는 용어에는 큰 차이가 있다. 가장 기본인 R, L, D, K를 설명하자면, R은 Room '방', L은 Living '거실', D는 Dining

'식탁을 놓는 곳' K는 Kitchen '부엌'을 뜻한다. 원룸을 표시할 때만 '1R'로 쓰고, 나머지 구조에서는 'R'을 생략하고 숫자로 방의 개수를 표시한다. 1K, 1DK, 1LDK 이런 식으로. 1R과 1K의 차이는 방과 부엌을 구분 짓는 문이 있느냐 없느냐 뿐이다. 일본에서는 집을 설명할 때 이런 용어를 사용한다. 어딘가 암호 같지만, 뜻만 정확히 알면 머릿속에 모든 집의 구조를 그릴 수 있다는 장점이 있다. 예를 들어 3LDK라면 '방이 세 개고, 거실과 부엌이 있으며 부엌 옆에 따로 식사할 수 있는 공간이 있는 집' 이렇게 말이다.

사정에 맞춰 고른 집은 대부분 혼자 살기 좋은 1R 아니면 1K 구조를 가진 집이었다. 원룸에서 드디어 방 세 개 딸린 집으로 이사 왔는데, 다시 원룸 크기의 집이라니. 현실을 보니 차라리 눈을 감아 버리고 싶었던 거다. 그렇게 남편에게 모든 걸 맡기고 싶었지만, 차마 그럴 수는 없었다. 몇 개의 집을 골라 보고하듯 내게 내민 종이에는 미안한 마음도 함께라는 걸 알았기에.

넓은 집과 비교하며 볼 때는 몰랐는데 비슷한 집만 한데 모아 놓으니 그나마 괜찮은 집이 눈에 들어오기 시작했다. 당장 일본에 가서 집 상태를 꼼꼼히 확인하고 동네를 구석구석 둘러보고 싶었지만, 그건 현실적으로 불가능했다. 비자 없는 외국인에게 집을 보여줄 리 없기 때문이다. 그렇다면 입국 후 발급해 주는 외국인 신분증, '재류 카드'를 받은 후 집을 구하려 했다. 이번에는 보증이 문제였다. 계약 시 일본인이나 보증 회사를 통한 보증을 요구하기 때문이다. 사실 부탁할 만한 지인이 몇 있었지만, 부탁하는 일도 어려운데 그로 인해 피해를 줄지도 모른다고 생각하니 엄두가 나지 않았다. 거기다 집을 계약할 때까지 들어갈 시간과 비용을 생각하면 그리 효율적인 방법도 아닌 것 같았다. 물론 당장 대출 없이 집을 구매할 수 있다면 이런 것쯤은 아무런 상관이 없겠지만.

한국에서는 한 번도 해 본 적 없는 이런 고민 앞에서 우리가 어떤 존재인지 조금씩 실감이 나기 시작했다. 두 팔 벌려 환영하는 것 같아도, 결정적인 순간엔 확실함을 요하고, 그게 아니라면 언제든 쫓아낼 수 있는, 남의 나라 사람, 이방인.

그래서 모든 걸 한 번에 해결해 줄 부동산을 통해 집을 알아보았다. 복잡한 절차를 해결해 주는 대신 비용이 들어갔지만, 한국인 직원이 있다는 점, 말하지 않아도 어려운 부분을 알고 있다는 점에서 가장 효율적인 방법이었다.

우리가 출국 준비를 하는 동안 집을 구할 때 최소한으로 해야 하는 일을 부동산 직원이 대신해 주었다. 마음에 들었던 몇 개의 집을 요청했고, 직원은 꼼꼼하게 사진과 동영상을 찍어 보내왔다.

혹시 모를 비상 상황을 대비해 회사에서 걸어 다닐 수 있는 거리로, 마트나 전철이 멀지 않은 곳으로, 적당한 가격에 적당히 마음에 드는 집을 골랐다. 1K의 작은 집이었지만, 그나마 위안이 됐던 건 아무도 산 적 없는 새집이라는 것과 바로 앞에 마트가 있다는 것, 집과 상점가가 연결되어 있다는 것이었다. 대신 한 가지 치명적인 단점이 있었는데 상점가 지붕이 우리 집 창문에만 드리워져 있다는 점이었다. 총 여섯 가구 중 우리 집 창문에만 말이다. 베란다 창문 삼분의 이를 가리는 슬레이트 지붕 덕에 2층임에도 반지하에서 느끼는 정도의 햇빛만 구경할 수 있었다.

영상에서는 잘 보이지 않았는데 실제로 보니 당황스러울 정도였다. 그 점이 가장 걸린다고 했더니 부동산 직원은 앞집 베란다가 보이지 않는다는 장점을 강조했다. 그건 그랬다. 물건을 던지면 주고받을 수 있을 것 같은 거리에 있는 앞집은 베란다를 우리 집과 반대편에 두고 있어 빨래를 널다 눈이 마주칠 일은 없을 것 같았다.

이 집 말고는 별다른 대안이 없는 우리나 계약을 끝내야 하는 직원이나 치명적인 단점을 그런 식으로 합리화해야 했다. 그때는 그게 최선의 선택이었다.

살다 보니 상점가가 있어 편리한 만큼 감수해야 하는 일도 있었다. 오사카 사람들 특유의 웃고 떠드는 소리, 여기저기서 흘러나오는 음악, 하루 종일 반복되는 안내 방송. 얼마 후 야키토리 가게가 생기면서 우리 집 앞은 자전거 주차장까지 되어버렸다. 낮에는 상점가에서 들리는 온갖 소음과 밤에는 취객들의 대화까지. 온종일 집에만 있는 내게는 고문이 따로 없었다.

나는 시끄러운 걸 좋아하지 않는다. 조용히 혼자 있는 걸 즐기는 사람이다. 그런데 재미있게도 그 시끄러움이 나를 살게 했다. 혼자라는 생각이 들 땐 사람들의 웃음소리에 안심이 됐고, 우울한 생각이 들 땐 엉망진창 노랫소리에 웃음이 났다. 사람 사는 냄새가 무엇인지 알 것 같았다. 혼자가 좋지만, 결국 혼자 살아갈 수 없다는 것도.

그래도 집에는 햇빛이 들어야 한다. 그게 정신 건강에도 좋다는 생각이 들기 시작했다. 슬레이트 지붕이 햇빛을 가리는 만큼 집 안에 어두운 그림자가 드리우는 것 같았으니까. 특히 남편의 고민이 날이 갈수록 짙어졌다. 스스로에 대한 확신이 흔들리는 모양이었다. 얼마나 고민이 많았으면 살이 20킬로그램 가까이 빠졌을까.

당연히 내 고민도 깊어졌다. 남편이 가라앉을수록 어떻게든 끄집어 올리고 싶었지만 소용없었다. 마음이 불편해지니 주변 환경도 번잡스럽게 느껴졌다. 이제 이 집에서는 더 이상 얻을 게 없다는 생각이 들었다. 우리에겐 환기가 필요했다.

그 후로 틈만 나면 이사할 집을 보러 다녔다. 그래봐야 집 주변이었지만.

낡은 집들 사이에 지은 지 얼마 안 된 단독 주택과 맨션, 그중 햇빛이 가장 잘 들 것 같은 집이 눈에 띄었다. 깨끗한 벽돌 건물에 정원 관리가 아주 잘 된 집이었다. 지금 사는 집에서 걸어서 이 분도 채 안 되는 거리에 이렇게나 마음에 드는 집이 있었다니. 부동산 사이트를 뒤져보니 역시나 빈집이 없었다. 두 달쯤 지났을까, 무작정 기다릴 수 없어 다른 곳으로 이사하려고 마음먹었을 무렵 거짓말처럼 빈집이 하나 나타났다.

층간소음을 피할 수 있는 꼭대기 층에, 방이 하나 있고, 거실과 주방이 분리되어 있으며 싱크대도, 개수대도 넓은, 1LDK의 내가 그토록 원하던 집이었다.

문제는 家賃야칭, 월세였다. 월세에 나가는 돈이 얼마나 아까운지 전세 제도에 익숙한 한국인이라면 충분히 공감할 것이다. '그 돈이면 차라리 집을 사지'라는 말이 괜히 나온 게 아니다. 하지만 뭐, 어쩔 수 없지 않은가. 로마에 가면 로마법을 따라야 하고, 절이 싫으면 중이 떠나야 하고, 배알이 꼴리면 집을 사야 하는 법. 결국 아쉬운 건 나고 현실은 현실이므로 순응하는 건 정말이지 순식간이었다.

　일본에서 살게 될 두 번째 집은 첫 번째 집 월세보다 4만 엔이
나 더 비쌌지만 주저하지 않았다. 그럴 수 있었던 데는 2년 만에
연봉을 두 배 가까이 올린 남편의 노력이 컸다.

　2012년에 지어진 집인데도 얼마나 섬세하게 지었는지 요즘
집에 있을 만한 좋은 기능들은 다 갖춰져 있었다. 무엇보다 좋
았던 건 해가 뜨고 질 때까지 집안 깊숙이 햇빛이 들어온다는
점이었다. 집이 밝아지니 우울한 기운도 사라지는 것 같았다.
집에 있는 시간이 기다려지고 즐거워졌다. 그때부터 무언가 시
작할 마음이 생겼던 것 같다. 내가 블로그를 만들고, 글을 쓰기
시작한 것도 그쯤이었으니.

　며칠 후 새로 주문한 식탁이 도착했고, 그날 저녁 우리는 아주
오랜만에 마주 앉아 식사를 했다. 그동안은 벽을 보고 'ㄱ'자로
앉았던가. 마주 보고 앉을 수 있는 공간이 생겼다는 게 이렇게
감격스러운 일일 줄이야. 평생 모르고 지나쳤을 행복이다. 그
걸 하나하나 내게 가르쳐준 집이었다.

　남편은 드디어 생각이 정리됐는지 이직 준비를 했고, 다시 새
로운 선택을 했다. 또 다른 도전을 시작한 것이다. 앞으로 몇 번
의 이사를 더 할지는 모르겠지만, 오사카에서 살았던 집들은 두

고두고 이야깃거리가 될 만큼 강렬했고 소중했다.

나에게 종이책이란

한동안 글자가 보이면 닥치는 대로 읽었다. 길을 걷다가, 버스를 타고 가다가, 지하철을 기다리다가.

눈에 들어오는 모든 글자를 읽었다. 막 글자를 깨친 어린아이처럼 눈에 익히고 입에 익히는 일을 반복하는 것이다. 가장 많이 읽은 건 상점 간판이었다. 뜻은 중요하지 않았다. 빠르고 정확하게 글자를 읽는 것이 중요했다. 그럴 때 가게 이름만큼 좋은 게 없었다. 생각하지 않고 읽어도 되니까. 뭔지 모를 글자를 읽고 외관만으로 가게를 판단하는 것도 재밌는 일이었다. 편견이 없다 보니 미용실을 카페로 착각할 때도 많았지만.

처음엔 글자를 읽을 수 있는 것, 그 자체로 신기했다. 눈앞에 새로운 세상이 펼쳐진 기분. 아이가 세상을 처음 접할 때 이런 기분이었을까. 분명 나에게도 그런 시절이 있었을 텐데.

간판을 손으로 가리키며 더듬더듬 소리 내어 읽으면 남편은 칭찬을 아끼지 않았고 지인들은 '스고이!'를 외쳤다. 그게 뭐 대단한 일이라고 입을 삐쭉거렸지만 내심 으쓱하기도 했다.

물론 그 기분은 오래 가지 않았다. 생각했던 것보다 한자가 많아서 읽을 수 있는 단어가 많지 않았기 때문이다. 이럴 거면 히라가나가 무슨 소용인지, 낯선 땅의 낯선 언어가 미워지기도 했고 가타카나는 도저히 눈에도, 입에도 익지 않아서 읽기를 포기한 적도 많았다.

한글은 자음과 모음만 알면 뜻을 몰라도 못 읽는 글자가 없는데, 이놈의 일본어는 히라가나, 가타카나 겨우 외웠더니 한자도 외우라 하고, 같은 한자라도 읽는 방법이 다른 건 웬 말이며…. 아, 한글이 얼마나 위대한지 말이다.

그러니까 애써 읽지 않아도 되는 단어들을 여기서는 읽어야 했다. 멈추는 일 없이 순식간에 눈에 담아야 한다. 그런 연습을 하지 않으면 낯선 글자와 친해질 수 없었다. 그 와중에 안 읽히는 글자는 죽으라고 안 읽힌다. 한자는 읽는 대신 기억을 더듬어 뜻을 짐작할 수밖에 없다. 답답하다.

집에서도 일본어 공부를 하겠다고 교재를 편다. 내가 이렇게나 집중력이 부족하다는 걸 책을 펼치는 순간 실감한다.

TV를 틀어도 온통 모르는 이야기뿐이다. 본래 TV를 보는 일이란 소파에 누워 머리를 식히는 행위가 아니었던가. 조금도 눈을 떼지 못하고 모르는 단어를 받아 적다 보면 한 시간도 채 되지 않아 널브러지기 십상이다. 사방이 모르는 글자투성이다. 그렇게 매일 낯선 글자들에 둘러싸여 알게 모르게 압박을 받고 있었던 걸까.

여기 올 때 당장 필요한 짐부터 챙겨오느라 책은 뒷전이었다. 그럼에도 가장 좋아하는 작가의 책 두 권은 소중히 들고 왔다. 알랭 드 보통의 『여행의 기술』과 『철학의 위안』 이미 읽은 책이었지만 그게 더 마음을 안정시켜 줄 것 같았다. 나는 읽은 책은 다시 읽는 편이 아니라 곁에 두고 표지만 쓰다듬을 생각이었다. 그런데 어느 날 무심코 책을 펼쳤는데, 글쎄 글이 술술 읽히는 거다. 단어를 찾느라 흐름이 끊기는 일도 없었다. 알랭 드 보통 책이 그렇게 쉽게 읽히는 편은 아닌데. 책장을 넘기는 순간 나를 누르고 있던 무엇에서 해방된 느낌이었다.

의식하지 않아도 글자가 눈에 들어오는 것. 애써 읽지 않아도 되고, 뜻을 찾지 않아도 되는 것. 모국어란 이런 거구나. 막 신이 났다. 위에서 아래로, 왼쪽에서 오른쪽으로 신나게 읽기만 하면 되는 것이다. 책을 읽을수록 머리가 맑아지는 것 같았다. 갑자기 똑똑해진 기분이었다. 내용 때문이 아니라 내가 글을 마음껏 읽고 있다는 사실 때문에. 나 바보 아니었잖아? 라는 생각과 동시에 책장이 줄어드는 게 아쉬웠다. 당장 읽을 수 있는 책이 단 두 권뿐이었으니까.

그때부터 한국에 가면 책을 사 오기 시작했다. 이리 봐도 저리 봐도 해외에서는 전자책만큼 실용적인 게 없다. 그런데 나는 종이책이 좋다. 무거워도, 짐이 돼도 종이책이 아니면 읽을 마음이 들지 않는다. 내게 독서는 글자만 읽는 게 아니라 종이의 질감과 냄새도 함께 느껴야 하는 일이기 때문이다.

얼마 전 〈舟を編む후네오아무(배를 엮다)〉, 한국에서는 〈행복한 사전〉이라는 제목으로 개봉된 일본 영화를 봤다. 이미 봤던 영화지만 일본에서 다시 보니 감회가 새롭다. 영화에는 사전을 만드는 수많은 일 중, 종이를 고르는 장면이 나온다. 손가락으로 종이를 넘기며 주인공은 수없이 고개를 젓는다. 얇아서 쉽게 넘어가지만, 한 번에 여러 장이 잡히거나 찢어져서는 안 되는 섬세한 어떤 느낌을 찾는 것 같았다. 그 모습이 유별나 보일지도 모르겠지만 나는 속으로 그랬다. '그래 그거지' 일반 책을 만드는 사람 역시 그런 마음일 거라 믿고 있기 때문이다.

그러다 닥친 코로나19. 나는 한국에 갈 수 없었고 더는 책을 가져올 수 없었다. 하지만 멈출 수 없었다. 직접 가는 대신 엄마가 보내주시는 택배에 책을 끼워 받거나 온라인 서점의 해외 배송을 이용했다. 단점이라면 비용이 많이 든다는 것. 내가 있는 곳에서 책을 세 권 정도 주문하면 그 가격만큼의 배송료가 나오는 것 같다. EMS 대신 DHL로 배송료를 절약하는 방법을 택해도 부담스러운 건 매한가지다. 그래서 책을 고를 때는 신중하고 또 신중해진다. 그렇게 신중하게 고르고는 '이건 왜 샀지?' 할 때는 나도 나를 잘 모르겠다.

내게 종이책을 주문하는 일은 아껴야 할 한국 돈을 쓰고, 단출해야 할 살림을 늘리는 일이다. 이사를 해 보면 알겠지만 책이 가장 무겁고 꺼려지는 짐이다. 심지어 여기서는 중고로 처분할 수도 없다. 한국으로 돌아간다면 다시 이고 지고 가야 하는 꽤 성가신 짐인 것이다. 그런데도 나는 종이책이 좋다. 아직 전자책의 편리함을 느끼지 못해 부리는 고집일 수도 있겠지만.

이렇게 보니 잠깐이라도 책을 손에서 놓지 않는 사람처럼 보인다. 뭐, 놓지는 않는다. 읽지를 않을 뿐. 간절했을 때는 무슨 책이든 읽고 싶었는데 막상 책이 도착하니 읽기를 미루고 쌓아두기만 하고 있다. 이제는 진짜로 집중력이 떨어지는지 이 책, 저 책, 읽다 만 책도 많고, 주문해 두고 가져오지 못한 책도 많다. 다음에 꼭 챙겨와야지 하고는 김치부터 챙기기도 하고.

어쩌면 나는 책을 읽는 것보다 곁에 쌓아두고 싶었는지도 모르겠다. 낯선 언어에 지칠 때면 언제든 돌아갈 수 있는 마음의 안식처 같은 곳이 필요했을지도. 언젠가 짐 정리를 하며 땅을 치고 후회할지도 모르지만 종이책은 차곡차곡 쌓여가는 중이다.

일본 벚꽃 구경하실래요?

봄이 오면 보아야 하는 벚꽃. 매년 벚꽃을 보러 가지 않으면 너는 뭘 해도 재수가 없고, 삼대가 망할 것이며…와 같은 미신이 존재하는 것도 아니고, 계절마다 피는 꽃도 다양한데, 이상하게 벚꽃만큼은 꼭 보러 가야 할 것 같다. 그러지 않고 봄을 지나치면 연례행사를 놓친 것 같은 찝찝한 기분마저 든다.

그렇다고 매년 개화와 만개 시기를 알아보며 철저하게 꽃놀이를 계획하는 것도 아니다. 벚꽃 그게 뭐? 관심 없는 척 버티고 버티다 절정이라는 소식을 듣고 초조해져서는 뒷북을 치기 시작하는 것이다. 그래서 늘 나의 벚꽃 구경은 분홍 잎과 초록 잎이 반반씩 어우러진 나무를 올려다보다 바닥에 떨어진 꽃잎을 내려다보며 끝이 났지만, 그것도 나름대로 운치가 있다. 벚꽃 잎은 나무에 활짝 피어있을 때, 바람에 나풀나풀 떨어질 때, 바닥에 살포시 누워있을 때, 모든 순간이 아름다우니까.

그런데 내가 원래부터 벚꽃 구경을 즐겨 했던 건 아니다. 벚꽃을 보러 나가야겠다고 마음을 먹은 건 정확히 일본에 살면서 부터다. 한국에서는 부러 꽃구경을 다녀 본 적도 없고, 그럴 엄두조차 내지 못했기 때문이다.

지금은 그렇지 않지만, 내가 어릴 적만 해도 우리나라에서 벚꽃은 흔하게 볼 수 있는 꽃이 아니었다. 벚나무가 많았을진 몰라도 동네마다 축제를 열 정도로 화려하지 않았고, 걷기 좋은 산책길도 많지 않았다. 화려하게 핀 벚꽃을 보려면 어디든 찾아가야 했으니, 벚꽃 구경은 곧 사람 구경이라는 인식이 강했다. (사실 그게 맞는 것 같다) 여유롭게 걷고 싶은데 인파에 밀려 내 갈 길을 방해 받는 것도 싫고, 방향을 틀어야 하는 것도 싫었다. 서울에 살면서도 그 유명한 여의도 윤중로를 한 번도 찾아가지 않은 건 그 때문이었다. 지방에서 열리는 축제는 또 어떻고. 주차하려고 길게 늘어선 차들을 보며 역시 벚꽃은 텔레비전으로 감상하는 게 낫지 싶었던 거다.

일본에 와서 보니 벚꽃이 왜 일본을 대표하는 꽃인지 알 수 있을 정도로 여기저기 벚꽃이 넘쳐났다. 지리적 특성상 남쪽과 북쪽의 기후가 다르기 때문에 지역마다 다른 개화 시기를 보는 것도 재밌다. 여기는 봄이 왔는데 저기는 아직 겨울이고, 여기는 여름이 왔는데 저기는 아직 봄이고. 그러니까 축제가 짧게 끝나는 우리나라와 달리 마음만 먹으면 이 지역 저 지역 돌아다니며 몇 달 동안 벚꽃만 보러 다닐 수도 있는 거다.

벚꽃 관련 상품도 눈에 띄게 늘어난다. 매대에 진열된 상품 패키지가 온통 분홍빛으로 변하기 시작하는 것이다. 그중 맥주가 인기가 많다.

일본에서는 계절마다 한정 상품이 자주 출시되는데 패키지만 바뀌는 게 아니라 내용물도 바뀐다. 제철 식재료를 넣었다거나 다른 식재료와 색다른 조합을 했다는 상품을 보면 한 번쯤 시선이 가게 마련이다. 그런데 벚꽃 맥주는 패키지만으로도 시선을 사로잡는다. 맥주를 잘 마시지 못하는 나도 그 앞을 서성이게 할 만큼. 개인적으로는 파스텔 톤의 분홍과 회색이 은은하게 어우러진 아사히 수퍼드라이의 2022년 패키지가 가장 마음에 들었다. 어떤 맥주 회사는 패키지에 '오키나와 산 벚꽃 사용'이라는 문구를 대문짝만하게 넣은 걸 보니, 올해는 맛으로 승부하려는 모양이다.

매년 비슷한 듯 조금씩 다른 패키지를 구경하는 재미란. 그러

면서 생각했다. 봄나물이 봄의 시작을 알린다면, 맥주가 꽃구경의 시작을 알리는 거라고.

이런저런 볼거리도 좋지만, 심드렁했던 내 마음을 움직인 건 일본인들이 벚꽃을 즐기는 방식이었다.

일본어로 꽃구경, 꽃놀이를 '花見하나미'라고 하는데 벚꽃이라는 단어는 없지만 '하나미'라고 하면 대부분 봄에 핀 벚꽃을 구경하는 일을 말한다. 남편이 도쿄에 살 때 친구들과 하나미를 하러 간다며 일본의 꽃놀이에 관해 설명해 준 적이 있어서 어떤 방식인지 알고는 있었지만, 실제로 보니 마음이 동할 정도로 인상적이었던 것이다.

주로 길을 거닐며 꽃을 구경하는 우리나라와는 달리 일본에서는 벚꽃 나무 아래 돗자리를 깔고 앉아 가족, 친구, 연인과 함께 혹은 혼자서 도시락을 먹고 술이나 음료를 마시며 시간을 보낸다. 사진만 찍고 떠나는 게 아니라 한 자리에 오래 머무르며 꽃과 함께 풍경을 만들고 있었던 거다.

여자 친구 사진 찍어주느라 바쁜 남자 친구. 똑같은 옷으로 맞춰 입고 추억을 남기는 여학생들. 웨딩 촬영하는 예비부부. 손주에게서 눈을 떼지 못하는 할머니와 할아버지 그리고 가족들. 돗자리에 누워 낮잠을 자거나 독서를 하는 사람들. 어떤 커플은 돗자리도 없이 잔디밭에 앉아 벚꽃 나무를 올려다보고 있었다. 사람들 시선 같은 건 신경 쓰지 않고 고요히 같은 곳을 바라보는 모습에 그들을 위해 시간이 멈춘 듯 보였다.

바위에 걸터앉아 사람들이 만들어 내는 풍경을 한참 동안 바라보았다. 벚꽃보다 사람에게 시선이 간 건 난생처음이었다. 영화 속 해피엔딩처럼 모두가 행복해 보이는 순간. 그때 어디선가 시끄러운 음악을 틀던 아저씨. 어디나 저런 사람이 꼭 있나 보다. 느닷없이 시작된 전자기타 소리가 찬물을 끼얹은 듯했지만 어쩐지 그 분위기마저 싫지 않았다.

일본에서는 이런 풍경을 동네 어디에서나 볼 수 있다. 굳이 유명한 곳까지 찾아가지 않아도 돗자리를 깔고 캠핑용 의자를 두고 삼삼오오 모일 수 있는 공원이 집 주변에 많다는 뜻이다.

그래서 우리는 언제쯤 제대로 된 하나미를 즐길 수 있을까. 매년 멀리서 지켜만 보다 내년에는 꼭 돗자리 사서 나오자는 말만 반복할 뿐이다. 원두를 사서 돌아오는 길에, 여기 벚꽃이 이렇게 예뻤나? 사진을 찍으며 또 그런 말을 했다. 제대로 된 꽃구경이라. 벚꽃이 이렇게 가까이에 있는데 말이다.

그날 우리는 아주 오랫동안 그 작은 골목에 머물렀다.

4월 1일이 만우절만은 아니라는 걸

집 안으로 들어오는 햇살이 제법 따뜻해졌다. 아침저녁으로는 여전히 쌀쌀하지만, 우리나라만큼 일교차가 크진 않다. 한 달 전부터 뉴스에서는 꽃가루 예보가 한창이다. 일기예보 끝에 지역별 꽃가루 예보까지 하는 걸 보면 일본에는 알레르기로 고통받는 사람이 많은 것 같다…고 강 건너 불구경 보듯 했다. 이곳에 살다 보면 언젠가 걸릴 수도 있다는 말을 가볍게 무시했는데, 4년 만에 새로운 질병 하나를 획득했다. 매화와 목련 그리고 벚꽃이 개화했다. 알레르기 약 3주 치를 먹고 나서야 콧물이 멈췄다. 아, 멈출 때가 된 건가. 벚꽃잎이 날리기 시작한다. 이러다 또 때를 놓칠지 모른다며 서둘러 벚꽃 구경을 계획한다.

봄이다. 더 이상 집안의 냉기가 코끝을 차갑게 만들지 않는
계절, 봄.

일본의 4월은 어느 때보다 분주하다. 입학과 동시에 신학기가
시작되기 때문이다. 학생들의 새로운 학기만 시작되는 건 아니
다. 사회 초년생들의 시작도 4월이다.

기업들은 4월에 입학하고 3월에 졸업하는 학교 일정에 맞춰
신입사원을 채용한다. 진로가 결정된 학생들은 대부분 부모에
게서 독립해 학교 또는 직장 근처로 이사를 하기 때문에 이삿
짐센터 역시 바쁜 시즌이다.

새로운 장소에서 새로운 생활이 시작되는 달. 일본에서는 4월
을 '新生活신세이카츠', '신생활'의 달이라고도 한다. 4월을 준비
하는 사람들을 위해 연초에는 신생활 응원 이벤트나 할인 행사
를 많이 하는데, 이 시기에 이사하거나 살림을 장만하게 된다면
'헌 생활'이어도 제법 괜찮은 혜택을 받을 수 있다.

이맘때쯤이면 피어나는 꽃처럼 길거리에서도 다양한 풍경을
볼 수 있는데 특히 까만 정장을 입고 단체로 몰려다니는 사회
초년생들이 눈에 띈다. 사실 처음에는 다단계 직원인 줄 알았
다. 어디서 많이 보던 모습이라. 의심 가득한 시선을 보내는 내
게 남편은 웃으며 저 사람들은 갓 입사한 신입사원이고 지금

197

교육받는 중이라고 귀띔해 주었다. 자세히 보니 하나같이 앳된 얼굴에 어색한 정장 차림을 하고는 설렘과 긴장이 오가는 표정을 짓고 있었다. 학생들도 마찬가지. 아직 길이 덜 든 빳빳한 교복을 입고 잔뜩 굳은 얼굴을 하고 있다. 나도 저럴 때가 있었는데. 인생에 다시 오지 않을 시절이 부럽기도 하지만, 돌아간다 해도 글쎄, 잘 해낼 자신은 없다.

4월이 바쁘기는 직장인도 마찬가지다. 한 해가 새롭게 시작되기 때문이다.

물론 일본도 우리나라와 마찬가지로 1월 1일을 전후로 송년회나 신년회 등의 행사를 열고 연하장을 주고받으며 새해를 맞이한다. 하지만 실질적으로는 4월 1일을 한 해의 시작으로 보기 때문에 일본의 새해는 4월에 시작된다고 해도 틀린 말이 아니다.

4월 1일은 일본 정부, 지자체, 공공기관의 회계연도가 시작되고 법률 개정이 적용되는 날이다. 그에 따라 대기업을 중심으로 대부분의 중소기업 역시 3월 결산을 따르고 있다. 회사 내의 인사 평가, 조직 개편, 인사이동 또한 4월에 이루어진다. 일본에서 말하는 '1/4분기'는 해당 연도의 4~6월을 의미하며, '2/4분기'는 7~9월, '3/4분기'는 10~12월, '4/4분기'는 이듬해의 1~3월을 가리킨다. 이를 위해 4월부터 이듬해 3월까지를 한 장에 볼 수 있게 표기한 달력도 있는데 아마도 일본에서만 볼 수 있는 독특한 달력이 아닐까 싶다.

그러니까 일본에서 4월이 얼마나 중요한지, 그 의미를 알지 못하면 만우절밖에 모르던 나 같은 사람에게는 '이거 너무 심한 장난 아닌가?' 하는 생각이 들 수도 있는 거다.

그래서 4월이 되면 한 해의 목표와 사업 계획을 발표하고 "자, 그럼, 올해도 잘해봅시다"라며 각오를 다진다는데, 남편은 그때마다 고개를 갸우뚱하게 된다고 한다. 동료들에게 아직도 이 문화가 적응되지 않는다며 왜 4월인가를 물었지만, 다들 인정하면서도 이유는 모르는 눈치였다고.

얼마 전에는 선거 운동하는 장면을 목격했다. 작년에 치러진 시장 선거에 비하면 규모가 꽤 큰 것 같았다. 선거 운동 방식은 우리나라와 크게 다르지 않았다. 출근길 지하철역, 횡단보도 앞에서 홍보하는 건 물론이고, 주말에는 사람이 많이 모이는 장소에서 연설하기도 했다. 종일 예고도 없이 울려 퍼지는 확성기 소리에 짜증이 나는 것도 마찬가지였다.

한 가지 다른 점이라면 이곳에서 나는 선거권이 없는 외국인이라는 점이다. 선거에 아무런 도움이 되지 않는. 그렇다고 홍보 전단을 건네는 후보에게 '제게 그렇게 머리를 조아리지 않으셔도…, 이런 건 주지 않으셔도…'라고 할 수도 없고. 모른 척 지나칠 때마다 너무 몰인정한가 싶지만, 사실 냉정하게 돌아서야 하는 건 그들일지 모른다.

그러고 보니 선거를 하는 달도 4월이다. 이번 선거는 4년에 한 번 4월에 일본 전국에서 치러지는 '통일 지방 선거'였다.

4년에 한 번 볼 수 있는 풍경에 내가 두 번이나 있었다니. 앞으로 이 장면에 내가 몇 번이나 더해질지는 모르겠지만, 수십 번 더해진다 해도 선거권 없는 외국인이라는 사실에는 변함이 없겠지.

그런데 왜 4월일까. 12에서 반을 나눈 6도 아니고. 애매하게 4라니. 나름대로 그 이유를 찾아보려 했으나 자꾸 엉뚱한 생각만 떠올랐다. 혹시 만우절 장난이 진심으로 받아들여진 건 아닐까. 그래서 사람들은 신년 계획을 1월에 세울까, 4월에 세울까. 1월에 지키지 못한 계획, 4월에 다시 시작할 수 있다는 명분이 생겨 좋을까.

남편은 벚꽃이 피는 달이니까 시작하는 기분이 들지 않냐고 했다. 그런가. 듣고 보니 그런 것 같다.

모든 꽃이 피고 지는 과정이 그러하겠지만, 짧은 순간 가장 화려하게 피고 져버리는 벚꽃은 우리 인생과 닮은 구석이 있는 것 같다. 그러니 매년 새롭게 피어나는 벚꽃을 보며 빛나던 순간을 잊지 말라고, 지금 사랑하는 이들과 추억을 쌓고, 다시 새로운 마음이 되라고 상기시켜 주는 게 아닐까. 정말 그런 이유로 4월을 택했을지도 모른다. 그렇게 생각하면 꽤 낭만적인 것 같다.

이름을 불러 준다는 것

얼마 전 언니가 아들을 출산하셨다. 코로나19가 한창일 때라 걱정이 많았지만, 다행히 건강하게 출산하셨다는 소식을 전해 들었다. 남편에게 첫 조카가 생긴 것이다.

남편의 누나, 그러니까 내가 언니라고 부르는 사람은 나의 형님이다. 가족이 되었으면 호칭부터 바꿔야 하는데 '형님'이라는 말이 입에서 쉽게 떨어지지 않았다. 그도 그럴 것이 내게는 10년 동안 '언니'였기 때문이다. 그렇다고 뭐, 언니, 동생 하며 가깝게 지내는 사이는 아니다. 적당한 거리를 유지하면서도 호칭만은 가까운 사이. 어딘가 앞뒤가 맞지 않는 것 같지만, 실제로 언니와 내 사이가 그렇다. 우리 사이에 특별한 사건이라면 지나온 세월이 전부랄까. 호칭이 뭐라고. '언니'에서 '형님'으로 바뀌는 순간 외려 멀어지는 기분이 들 것 같았다. 아니, 사실은 '올케'라고 불리면 더 그런 기분이 들 것 같았다. 올케. 관계 때문인지 발음 때문인지 어쩐지 앙칼진 목소리가 들려올 것만 같지 않은가. 아무튼 언니 역시 같은 마음이었는지 나를 올케라고 부르지 않으셨다. 대신 내 이름을 불러 주시는데 나는 그때의 다정한 언니 목소리가 좋다.

그래서 우리 가족만 괜찮다면 나는 계속 이름으로 불리고 싶었다. 누군가의 며느리, 올케, 새아가 말고 내 이름. 남편에게 훗날 아이가 생겨도 '누구 엄마'로 불리는 건 싫다고 했으니까. 아마도 나는 결혼과 동시에 희미해져 갈 나의 존재를 이름으로나마 붙잡고 싶었던 것 같다. 그러니 언니가 결혼한다고 했을 때 이제는 나를 올케라고 부르면 어쩌나 하는 걱정이 앞섰다. 새로운 가족이 생기고 또 다른 관계가 만들어지면 누군가는 불편해할 수도 있으니. 서운하지만 어쩔 수 없는 일이다.

아주버님과는 영상으로만 짧은 인사를 나눈 상태다. 우리는 아주버님을 실제로 뵌 적이 없을 뿐만 아니라 결혼식에도 참석하지 못했다. 지금껏 한 번도 상상해 본 적 없는 일들이 코로나19 때문에 일어나는 중이었다. 새로운 가족의 등장에 나는 아직도 적응 중인데 그사이 아기까지 탄생했다. 한국에 가면 어떤 표정을 지어야 할지, 연습이 조금 필요할 것 같다.

며칠 후 가족 채팅방에 이름과 뜻이 적혀 있는 몇 장의 사진이 올라왔다. 작명소에서 받아 온 이름 같았다. 하나같이 예쁘고 뜻이 좋았다. 뜻만 보면 모두 대성할 팔자였다. 무슨 이름이 가장 좋냐는 질문에, 대답해도 되는 건가 싶었지만, 이번만큼은 확실한 답을 드렸다. 어차피 이런 질문 속에는 정해진 답이 있을 터.

남편은 그런 건 부모들이 알아서 정하시라며 묻지 말라더니 뜬금없이 다른 이름을 제안했다.

'유' 씨 성을 가진 아주버님 성을 따라 너무 아름답다는 의미로 '유아 소 뷰티풀', 아들이라고 하니 군대 가지 말라고 '유승준'은 어떻습니까? …응?

밖에서는 과묵한 사람인데 집에서는 장난꾸러기라 나는 이런 남편의 장난이 익숙하다. 사람마다 하루에 할 수 있는 말의 총량이 정해져 있다는데, 아무래도 남편에게는 까붊의 총량이 정해져 있는 것 같다는 생각이 들 정도로. 가끔 회사에서 어떻게 참아? 라고 묻는데…. 아, 참아서 그런 건가.

나는 재밌는데 아주버님은 어떠실지 눈치를 살폈다. 다행히 아주버님 이모티콘이 웃는다. 그때부터 여기저기서 이모티콘들이 자지러지게 웃었다. 그런데 뭔가, 싸했다. 평소라면 같이 웃었을 언니가 아무런 말이 없었던 것. 분위기 파악 완료. 나는 빠르게 태세 전환을 하고 남편 말은 신경 쓰지 마시라며 혼내주겠다 하고는 서둘러 대화를 마무리 지었다. 결국 누나에게 한소리 들은 남편은 유난이다, 유난. 혀를 끌끌 차며 집으로 돌아왔다. 나는 혼을 내기는커녕 다시 한번 배꼽을 잡았다.

드디어 아기의 이름이 정해졌다. 내가 고른 것도 남편이 고른 것도 아닌 다른, 그러니까 내가 뭐랬어. 이런 질문은 이미 답이 정해져 있다니까.

며칠 전만 해도 이름이 없던 생명에게 이름이 생겨났다. 갑자기 묘했다. 아기가 태어난 것보다도 더 묘한 기분이 들었다. 평생 내가 될 '이름'이라는 게 이렇게 지어지는 건가. 선택되지 못한 이름들은 어디로 가는 걸까. 새삼 아기 얼굴이 다시 보였다. 이름이 지어진 이 순간이 너의 운명이 결정된 순간인 걸까. 그렇다면 나는 아무것도 선택할 수 없을 것 같은데.

인터넷의 최대 장점이자 단점은 익명성에 있다고 생각한다. 나를 드러내지 않고 원하는 삶을 살 수 있는 곳. 감추고 싶던, 부끄러웠던 과거는 덮어두고 새롭게 나를 포장할 수 있는 곳. 당장 얼굴을 바꿀 수 없으니 이름이라도 바꾸고는 꽤 괜찮은 사람인 척 떠들어 대는 중이다. 그렇게 다듬어진 이미지는 새로운 이름에 붙어 '나'이면서도 '나'가 아닌 상태로 온라인 세상을 떠돌고 있다. 현실에서는 내 이름이 사라지는 게 싫었는데 얼굴을 드러낼 필요도 없는 공간에서는 왜 그렇게 감추고 싶었을까.

이곳에서 내 진짜 이름은 하나의 몸짓도 아닌, 태어나지 않은 이름과도 같았다. 김춘수의 시 「꽃」에서처럼 누군가 내 이름을 불러 주기 전까지는. 누군가 나의 진짜 이름을 불러 주던 날, 애써 감춘 '나'를 들킨 것 같아 부끄러웠지만 싫지 않았다. 문득, 당연하지만 나에게도 이름이 있었다는 사실을 깨달은 순간이었다. 그제야 나는 그에게로 가서 꽃이 된 것이다.

'은재'라는 이름이 태어났다. 이름이 붙자 신기하게도 아기는 처음부터 그 이름을 달고 나온 것처럼 보였다. 앞으로 은재는 은재라는 이름으로 수없이 불리며 살아갈 것이다. 이름이 지어질 때 어떤 말이 오갔는지 모른 채. 그 이름이 당연한 것처럼. 그렇게 익숙해져 영영 사라지는 기분이 들 때쯤 누군가가 불러 주는 '은재'라는 이름에 활짝 피길 바라며.

이제 남편은 '은재는 은제 클 거야?', '은제 커서 은제 으른 될래?'와 같은 말장난을 준비하고는 한국에 가면 써먹겠다며 벼르고 있는데…. 그러다 언제 한 번 큰일나지 싶다.

그 후로 점차 규제가 완화되면서 한국에 가는 일이 수월해졌다. 그해 연말에는 긴 연휴를 맞아 남편도 한국에 왔고, 모처럼 온 가족이 한 집에 모였다. 낯설고 어색한 기분도 잠시 우리는 금세 편안해졌다. 아, 그리고 나는 내 이름도, 언니의 다정한 목소리도 잃지 않았다.

한국에 도착하기 전, 남편에게 당부한 덕에 언니의 심기를 건드리는 일은 일어나지 않았다. 조금이라도 입을 씰룩거리면 눈치를 주려고 했는데 다행히 남편도 그럴 생각이 없었나 보다. 오랜만에 느끼는 평화로운 시간. 그런데 어디선가 이런 말이 들려왔다. 아주버님 목소리였다.

"우리 은재, 은제 커서 은제 으른 될 거야?"

아무래도 가족이 맞는 것 같다.

하레온나晴女와 아메오토코雨男

일본에는 '晴女하레온나', '雨男아메오토코' 라는 단어가 있다. '하레온나'는 언제나 맑은 날씨를 몰고 다니는 여자를 의미하고, '아메오토코'는 언제나 비를 몰고 다니는 남자를 의미한다. 날씨에 따라 운이 좋고 나쁨을 농담조로 표현한 말이다. 당연히 반대표현도 있다. '晴男하레오토코', '雨女아메온나'.

실제로 그 사람이 등장해서 비가 오는 건지, 비가 오려 했는데 그 사람이 나타난 건지 알 수 없지만, 확실히 이런 기운을 몰고 다니는 사람이 있는 것 같다. 날씨 운이 없어도 너무 없는 사람. 바로 내 남편이다.

매번 그랬던 건 아니지만 자주 남편은 비를 몰고 다녔는데 특히 일본에 가면 그 기운이 더 강해지는지는 모양이었다.

결혼 전 남편이 일본에 있는 지인을 만나러 오사카에 간 적이 있다. 마침 도쿄에 살고 계신 지인께서 고향인 교토로 내려오신다고 하여 같이 휴가를 즐기기로 한 것이다. 그런데 폭우 때문에 출발이 지연됐고 또다시 공항에서 대기해야 하는 상황이 벌어졌다. 간신히 일본에 도착했는데 지하철은 끊겼고, 마중 나왔던 지인도 집으로 돌아간 상황. 지인 집에서 신세를 지기로 했기에 남편은 당장 갈 곳이 없었다. 택시를 탈까 하다가 늦은 시간이라 예의가 아닌 것 같고, 항공권 가격만큼 나올 택시비도 감당이 안 될 것 같아 결국 공항에서 하룻밤 노숙을 택했다고. 또 모처럼 떠난 오키나와 여행에서 태풍 때문에 바다를 눈앞에 두고도 바라만 봐야 했던 일도 있었다. 이 외에도 비슷한 일화가 많았는데 아무래도 최악의 비는 십몇 년 전 도쿄에 도착했던 날 내렸던 비가 아니었을까 싶다.

이런 사정을 알고 있는 일본 친구들은 남편에게 '雨男아메오토코'라는 별명을 지어줬는데, 한국어를 조금 할 줄 아는 한 친구는 남편을 '비남자'라 부르기 시작했다. 비남자라니.

반면 나는 '晴女하레온나'다. 내가 특별히 맑은 날씨를 몰고 다니는 건 아니지만 비는 잘 피해 다닌다. 우산을 사려고 마음먹으면 비가 잦아들거나, 조금씩 내리던 비가 집에 도착하는 순간

퍼붓기 시작하는 경우가 많았던 걸 보면. 물론 남편과 여행을 갈 때는 나도 비를 피할 수 없었다. 그때마다 자신은 비남자라 며 좌절했는데 막상 도착하면 예상보다 비가 많이 내리지 않거 나 날이 맑아지기도 하는 거다. 그때 알았다. 내 덕분이라는 걸.

그런데 일본에 살고부터는 내 기운이 좀처럼 먹히질 않는 것 같다. 비가 많이 내리는 나라에 와서 그런가. 어쩐지 비남자의 기운이 날로 강력해지는 것만 같다. 일본에 처음 도착했던 날 맑고 좋았던 날씨는 앞으로 일어날 일에 대한 복선이었을지도 모른다.

드디어 첫 출근을 한 남편은 사람들의 관심을 한 몸에 받으며 일본, 그중에서도 오사카에 대한 이런저런 정보를 얻어왔다. 오사카 사람들은 저마다 입을 모아 오사카가 살기 좋은 도시라 고 말했다. 태풍도 거의 오지 않고, 도쿄만큼 지진이 자주 일어 나지 않으니, 자연재해는 걱정하지 말라고.

그런데 정확히 한 달 뒤, 오사카에 지진이 일어났다. 사람들 은 이렇게 큰 지진은 처음 겪는 일이라며 머쓱해했다. 그도 그 럴 것이 당시 오사카 북부에서 일어난 지진은 일본 기상청 진도 계급 기준 진도 6약을 관측했는데, 이는 1923년 지진 관측 이후 최초로 관측된 기록이기 때문이다.

그 후 몇 달 뒤 여름, 늘 그렇듯 태풍이 올라오는 중이었다. 간접 영향권에는 들었어도 관통하는 일은 거의 없었다는 말에 안심했는데, 어느 날 갑자기 태풍이 경로를 틀어버리는 게 아닌가. 뉴스에서는 25년 만에 매우 강한 세력의 태풍이 간사이 지방을 관통할 것이라는 예측을 했고, 예상은 적중했다. 전철 운행이 중단됐고, 휴교령이 내려졌으며, 대부분의 회사는 직원들에게 출근하지 말 것을 당부했다.

태풍이 상륙하던 날 지진 말고도 집을 흔들 수 있는 게 바람이라는 사실을 알게 됐다. 주차되어 있던 경차가 날아갔고, 고층 건물의 외벽이 부서졌다. 그리고 간사이 공항이 침수됐다. 강풍에 유조선이 떠내려오면서 간사이 공항을 잇는 유일한 다리마저 박살 내버렸다. 피해가 컸기에 공항이 정상화되는 데는 일주일이 넘는 시간이 걸렸다.

역시 사람들은 처음 겪는 일이라 했다. 그도 그럴 것이 회장님이 칠십 평생 이런 태풍은 처음이라 하셨기 때문이다. 머쓱해진 사람들은 이번엔 남편을 의심했다. 혹시…. 손 상(남편의 성은 손 씨다)이 와서 그런 거 아니야? 그때 남편은 그 말을 하지 말았어야 했다.

아, 저 '아메오토코'인데요.

그날로 남편은 '손태풍'이라는 별명을 하나 더 얻어왔다. 그

런데 나는 그게 좀 웃겼다. 태풍이라는 단어가 우리나라 발음으로는 뜻 그대로 강한 느낌이 잘 전달되는데 일본어 발음으로는 기운이 빠지는 느낌이 들었기 때문이다. 손타이후우ソン台風. 아무리 생각해도 아주 싱거운 발음이다.

그해 여름에는 폭염도 기승을 부렸다. 교토는 19세기 이후 처음으로 7일 연속 38도 이상의 기온을 기록했고, 어느 날은 일본 대부분의 도시가 40도를 넘기도 했다. 일본 기상청에서 2018년 폭염이 자연재해라고 선포할 정도였으니, 이거 정말 슬슬 눈치를 봐야 하는 건가 싶어졌다.

남편 때문인지는 알 수 없지만 2018년 일본에는 많은 일이 있었다. 그 해를 잘 넘기고 나니 더는 손태풍이라 불릴 만한 일이 일어나지 않았고, 그렇게 비남자의 기운도 물러가는 듯했다.

그런데 3년 뒤, 후쿠오카로 이사를 오자 그 기운이 다시 고개를 들기 시작했다.

우리가 도착한 후 이주 만에 비가 내리기 시작했는데 아무리 비가 많이 내리는 지역이라 해도 너무 내리는 거다. 일주일 정도, 단 하루도 그치지 않고 퍼부었던 것 같다. 특히 규슈 지역을 중심으로 기록적인 폭우가 쏟아졌다. 닷새 동안 규슈 사가현의 어느 지역에서는 8월 한 달 강우량의 3.6배인 1,024밀리미터의 비가 내렸고, 나가사키, 구마모토에서도 700-800밀리미터 이

상의 비가 내리며 8월 강수량으로는 관측 사상 최고치를 기록했다. 이 때문에 하천이 범람해 마을이 잠겼고, 산사태 피해도 잇따랐다. 이 일은 2018년 동아시아 폭염과 함께 2021년 서일본 폭우 사태로 기록에 남았다.

뉴스를 보는 내내 심란했다. 장마철도 아니고. 태풍이 온 것도 아닌데. 그렇다면 혹시…?

남편은 다시 첫 출근을 했다. 후쿠오카 사람들은 하나같이 후쿠오카가 살기 좋은 도시라고 입을 모았다. 도쿄나 오사카처럼 월세가 비싸지 않고, 시내도 복잡하지 않다고. 근처에 화산이 있어 지진이 일어나긴 하지만, 후쿠오카 시내에 지진이 일어나는 경우는 거의 없다고 했다. 그랬는데, 그로부터 몇 개월 뒤 지진이 일어났다.

2022년 1월 22일 새벽 한 시쯤. 긴급재난 문자에 잠이 깼다. 강한 지진을 알리는 경보였다. 오이타현에서 시작된 지진은 후쿠오카 시내인 우리 동네에까지 전해졌다.

이런 일을 겪을 때마다 자연 앞에 인간이 얼마나 하찮은 존재인지 절감한다. 재난 가방에 계약서만 남겨둔 걸 후회하며 나는 또다시 무얼 챙겨야 할지 몰라 우왕좌왕했고, 뜬눈으로 밤을 지새웠다.

새로운 곳으로 갈 때마다 이런 일이 생기는 걸 보면 혹시 신고식을 치르는 걸까. 신고식 한번 거하게 치렀다고 여기니 퍼뜩 이런 생각이 드는 거다.

남편이 가는 곳마다 어떤 기록을 세우는 건, 땅이 흔들리고 하늘이 놀랄 만한 아주 대단한 사람이 등장했다는 뜻이 아닐까 하고. 남편에게 말해줬더니 슬며시 입가에 미소가 번진다.

그러니까 이렇게라도 위로해야지 어쩌겠나 싶다.

베란다에 창문이 없으면
어떻게 살아요?

　해외에 살기 전까진 이런 질문이 실례가 될 수 있다는 걸 알지 못했다. 그러니까 내가 질문받는 입장이 되기 전까지는. 보통 이런 질문을 하는 사람은 두 부류로 나뉜다. 궁금해하는 사람과 비아냥거리는 사람. 당연하게도 비아냥거리는 사람 때문에 기분이 상한다. 그런 나라에서 어떻게 살아? 라고 말하는 사람의 마음속에는 이곳 사람들의 생활 방식을 무시하고 부정하는 듯한 태도가 깔려 있다. 이건 마치 좋아하는 음식을 앞에 두고 신이 나서 젓가락을 드는 순간, 그런 걸 어떻게 먹어요? 라는 말을 들을 때와 같은 기분이다.

　어떻게 먹긴. 입으로 먹지.

고백하자면 나도 가끔 그런 질문을 하곤 했다. 겉으로는 아닌 척 속으로는 다른 생각을 하면서.

베란다에 창문이 없는 것도 그랬다. 일본 여행을 자주 다녔지만, 한 번도 신경 써 본 적 없는 문제였다. 아니, 살면서 창문 없는 베란다에 대해 생각해 본 일조차 없었다. 그래서 베란다에 창문이 없으면 어떻게 사냐고 물었던 게 나다. 순수한 마음에서 우러난 질문이었지만 불편할 것 같다는 생각이 드는 건 어쩔 수 없었다. 아무리 생각해 보아도 장점보다 단점이 먼저 떠올랐기 때문이다.

베란다에 창문이 없으면 빨래를 밖에 널어 두는 거나 마찬가지잖아? 그럼 미세 먼지는? 매연은? 비는? 그래, 다른 건 그렇다 치고 벌…벌레는? 내게 중요한 건 벌레였다. 벌레 좋아하는 사람 없겠지만 나는 싫어하는 정도가 심하다. 싫어하는 걸 떠나서 온몸에 소름이 끼칠 정도로 무섭다. 모기도 맨손으로 잡아본 적 없다면 믿어질까. 그런 내게 빨래를 널고 걷는 일은 공포 그 자체였다.

실제로 수건에 거미가 붙어 있기도 했고, 양말에 붙어 있던 나방이 집 안으로 들어온 적도 있었다. 지금까지 본 나방 중 가장 크고 털이 많은 나방이었다. 하필 남편이 출장으로 집을 비운 날, 나도 놀랐지만 나방도 놀랐는지 순식간에 숨어버려 밤새 덜덜 떨어야 했다. 찾아도 어찌할 도리는 없었지만, 이왕 이렇게

216

된 거 절대 움직이지 말아 달라고 빌고, 빌고 또 빌었다. 이 일로 트라우마가 생겨 한동안 남편이 빨래를 걷어 주었고, 지금도 양말은 밖에 널지 못한다.

내가 한국에 있었던 어느 해 여름에는 매미가 집 안을 휘젓고 다닌 일도 있었다. 널어 둔 이불에 붙어 들어 온 모양이었다. 남편이 보내온 영상에는 혼비백산한 매미가 비명을 지르며 날아다니고 있었는데, 매미 소리가 시끄러운 건 알았지만 그렇게 크고 이상한 줄은 몰랐다. 그때 혼자 집에 있었다면 나는 아마 매미보다 더 크게 소리를 지르다 먼저 기절해 버렸을지도 모른다.

한번은 이런 일도 있었다. 비 예보는 없었지만 강한 바람이 예상됐던 날. 수건을 빨래 봉에 걸고 빨래집게로 옷걸이를 단단히 고정해 두었다. 오후가 되자 거센 바람과 함께 수건이 창문에 부딪히는 소리가 들렸다. 그런데 어느 순간부터 조용한 거다. 바람은 여전한 거 같은데…. 불길한 예감이 들어 커튼을 열었더니, 옷걸이와 수건 하나가 없다. 빨래집게만 덩그러니 남겨둔 채 사라진 것이다. 남편 수건이었다. 떨어진 적은 있어도 날아간 건 처음이었다. 베란다를 뒤졌다. 차에 흠집이라도 내지 않았을까, 주차장을 내려다보고, 화단을 망치진 않았을까, 앞집과 옆집을 이리저리 살펴보았다.

없다. 없네. 에라이. 차라리 잘 됐다. 수건 교체 시기가 1년에서 2년이라는데 8년째 쓰고 있으니. 아까운 건 옷걸이였다. 옷걸이라도 찾으러 가려다 괜한 수고를 할 것 같아 관두고, 남편에게 수건이 사라졌다는 소식을 전했다.

그러고 보니 얼마 전 1층 게시판에 바지 하나가 걸려있었다. 며칠 뒤에는 우편함 위에 신발 한 짝이 놓여 있었고. 처음 그 장면을 봤을 때 이거 우리만 모르는 암묵적인 규칙인가 했다. '빨래를 발견하면 즉시 게시판에 걸어라' 같은.

현관은 열쇠가 없으면 들어올 수 없기 때문에 물건을 갖다 놓은 사람은 이 맨션에 사는 사람임이 분명했다. 그런데 그 사람은 어떻게 알 수 있었을까. 물건의 주인이 이 건물에 살고 있다는 사실을.

그나저나 어딘가에 널브러져 있을 우리 집 수건을 상상하니, '다들 하나같이 칠칠치 못하군' 하고 생각했던 내가 한없이 부끄러워졌다.

창문이 없으니 싫은 벌레도 마주치고, 사생활 침해 우려도 있고, 비도 맞고, 먼지도 먹고, 민망한 상황이 생기기도 하고…. 꽃가루 알레르기가 생긴 후로는 빨래를 밖에 널기가 더 힘들어졌다. 이렇게 불편한데 도대체 왜 창문이 없는 거야? 단점을 나열하라면 하루 종일 할 수 있을 것 같았다.

그런데 언제부턴가 창문 없는 베란다가 마음에 들기 시작했다. 도로변에 사는 게 아니라면 매연은 그리 신경 쓸 일이 아니었고, 미세 먼지. 그런 건 우리나라에서나 걱정해야 할 일이었다. 날씨는 일기예보를 확인하면 됐고. 벌레. 벌레는 여전히 괜찮지 않지만, 지내고 보니 한여름만 조심하면 되는 일이었다.

결정적으로 내 마음을 움직인 건 햇빛이다. 가끔 가지고 있는 장점이 너무 커서 단점을 가릴 때가 있지 않나. 그러니까 햇빛이 주는 장점을 알고부터 그 많은 단점이 그럭저럭 괜찮게 느껴지기 시작한 것이다.

햇빛 쨍한 날 빨래 너는 일이 즐겁다. 특히 수건을 널 때 가장 기분이 좋다. 수건은 한 번에 모아서 빨기 때문에 세탁기에 넣을 때부터 후련하다. 깨끗이 세탁된 수건을 꺼내 털어낸 후 옷걸이에 양쪽 귀퉁이를 살짝 걸쳐 빨래집게로 집는다. 옷걸이는 한 방향으로, 수건은 색깔별로 모아 베란다로 가져간다. 촤르르. 빨래 봉에 일정한 간격으로 널고 고정하면, 빨래 끝. 상쾌함을 외쳐야 할 것 같다. 그러고도 모자라 창문 앞에 서서 바람에 살랑거리는 수건을 바라본다. 왠지 모르게 뿌듯하다.

수건을 너는 것만큼 기분 좋은 일이 또 있다. 종일 따사로운 햇볕을 받은 이불과 베개를 걷는 일이다. 거기서는 지금껏 한 번도 제대로 맡아본 적 없는 햇빛 냄새가 난다. 햇빛을 잔뜩 머금은 이불 속에서 잠드는 일이 얼마나 행복한 일인지 그동안 알지 못했다.

이렇게 보니 인생 참 알다가도 모르겠다. 나를 공포로 떨게 했던 일이 이토록 즐거운 일이 될 줄이야. 하루 중 가장 괴로웠던 시간이 이제는 가장 기다리는 시간이 된 것이다.

살다 보면 뭐든 적응되기 마련이라지만 도저히 적응이 안 되는 불편함도 있는 법이다. 재밌는 건 어떻게든 적응해 보려다 뜻밖의 장점을 발견하기도 하고 나름의 요령을 터득하기도 한다는 거다. 불편하고 부족한 게 많을수록 창의적인 생각이 떠오른다고나 할까. 그래서 일본에는 기발한 아이디어 상품이 많은지도 모르겠다. 작은 집에서 효율적으로 사용할 수 있는 수납 용품, 집 안에 널어 둔 빨래에서 냄새가 나지 않도록 만든 세탁 세제, 나 같은 사람을 위한 다양한 벌레 퇴치제, 습도 관리를 위해 설치된 욕실 건조기 등. 그리고 바람에 실려 온 빨래가 누구의 것인지 알아맞히는 요령까지. 응?

수건이 사라진 날, 퇴근 후 돌아온 남편의 손에는 옷걸이가 하나 들려 있었다. 수건이 돌아온 것이다. 1층 게시판에서 발견했다고 했다. 역시 암묵적인 규칙, 그거 맞는 것 같다.

그런데 아무리 생각해도 신기하다. 우리가 여기 산다는 걸 어떻게 알 수 있었을까. 며칠 곰곰이 생각하다 수건이 다른 층 베란다로 날아 들어갔을 거라는 결론을 내렸다. 경험상 그런 경우는 물건의 주인이 같은 건물에 있을 확률이 높았던 거다.

　이것도 삶의 지혜라면 지혜라고 해야 할까. 어쨌든 덕분에 수건과 옷걸이를 찾았으니 나도 보답을 해야 할 텐데. 우리 집 베란다에 빨래가 날아 들어오기만을 기다리고 있다. 벌레 말고 빨래.

은밀한 취미 생활

낯선 생활에 조금씩 익숙해지자, 주변 풍경이 눈에 들어오기 시작했다. 길을 걸으며 다른 집을 힐끔거릴 여유도 생겨났다. 저 집은 또 이사를 가네, 후드 티 널어놓은 것 좀 봐, 사람이 거꾸로 매달려 있는 것 같아. 이 집 월세는 얼마일까…. 하도 두리번거렸더니 옆에서 남편이 '너 그러다 잡혀간다'며 경고했을 정도였다.

다양한 형태의 단독주택이 많은 일본은 건축물 구경을 좋아하는 내게 흥미로운 것투성이였다. 각기 다른 모습의 집처럼 꾸며놓은 정원도 제각각이라 꽃을 구경하는 재미도 있었는데, 때마다 다른 꽃을 피워내는 부지런한 집주인 덕에 가까이서 계절을 빠르게 느낄 수 있었다.

그런데 이런 수고를 하는 건 대부분 어르신이라 슬픈 장면을 마주하기도 한다. 꽃이 시들고 잡초와 나무가 무성해지면 빈집이 되었다는 뜻이기 때문이다.

지금 내가 사는 집에서 마트나 전철역을 가려면 꼭 지나쳐야 하는 집이 있다. 집주인은 보란 듯이 마당에 수십 개의 화분을 두었는데 5월이면 그 많은 화분에 장미가 흐드러지게 피어난다. 색색깔의 장미가 단층집 창문을 넘보기 시작하면 사람들은 그냥 지나치는 법이 없었다. 장미를 가리키며 한마디씩 건네고는 자리에서 떠날 줄을 모르는 거다. 사진을 찍는 사람도 있고, 가끔은 그림을 그리는 사람도 있다.

아저씨는 택시 운전을 하셨는데 몇 달 전에 그만두신 것 같다. 택시가 주차되어 있던 자리에 화분이 놓인 걸 보고 생각했다. 은퇴하신 걸까. 어떤 날은 부부가 같이, 어떤 날은 번갈아 가며 화분에 물을 주러 나오시는데 마당에 계신 시간이 긴 건지, 그 시간에 맞춰 우리가 나오는 건지 알 수 없을 정도로 거의 매일 마주친다. 그러면서도 인사를 나눈 적은 없다.

사실 내가 가장 흥미를 느끼는 건 베란다 풍경이다. 살면서 남의 집 베란다 사정이 이토록 궁금한 적이 있었던가. 길을 걷다

고개를 들고 하늘을 보는 게 아니라 베란다를 올려다볼 정도다. 화분은 보라고 둔 것이지만, 베란다는 그런 용도가 아닐 텐데 그러다 집주인이랑 눈이라도 마주치면 어쩌려고.

그럼에도 자꾸만 시선이 가는 이유는 우리나라에선 볼 수 없는 일본 집의 특징 때문일 거라는 생각이 들었다. 일본에서 베란다는 비상 상황 시 대피장소로 쓰이기 때문에 법적으로 창문을 설치할 수 없게 되어있다. 그러니까 베란다에 창문이 없다. 그동안 내가 보았던 베란다는 꼭꼭 닫힌 창문과 툭 튀어나온 실외기뿐이었으니, 훤히 들여다보이는 그 풍경이 어찌 신기하지 않을 수 있을까.

마스다 미리는 『생각하고 싶어서 떠난 핀란드 여행』에서 다른 집 베란다를 올려다볼 때 거기 사는 사람이 어떤 경치를 보며 사는지가 궁금하다 했다. 그래서 그 사람의 시선으로 주위를 둘러본다고 하는데, 나는 그런 낭만은 없고 현실적인 눈이 되어서는 빨래를 어떻게 널었는지, 화분은 놓았는지, 실외기는 몇 대인지, 창문이 몇 개고 크기가 어떤지를 가늠하며 집 구조와 그 집에 사는 사람을 상상하곤 한다.

널어놓은 빨래에서도 성격이 보인다. 바람에 티셔츠가 말려 스카프처럼 보여도, 긴 소매가 어깨에 붙었다 목에 감겼다 해도, 그러거나 말거나 무신경한 사람이 있는가 하면, 자로 잰 듯 일정한 간격으로 티셔츠는 티셔츠끼리, 바지는 바지 옆에, 옷걸이와 빨래집게 색깔까지 맞춰 너는 사람도 있다.

오사카에 살 때 골목을 지나다니며 유심히 보았던 집이 있다. 베란다 창문과 방 창문이 하나씩 있는 걸로 보아 1LDK 구조인 것 같았다. 베란다에서부터 건물 외벽을 따라가니 거실의 크기와 모양이 그려졌다. 벽 끝에 통유리로 된 창문이 하나 더 나 있는 걸 보니 거실이 꽤 넓은 집인 듯했다.

특히 3층 왼쪽 집 베란다를 자주 올려다보곤 했는데 파란 옷걸이에 각 잡혀 널려 있는 하얀 수건을 보고, '아, 저 사람 되게 피곤한 성격일 것 같네'라는 생각이 들었기 때문이다. 남편에게 저 집 수건 넌 것 좀 봐, 라고 했더니, 너랑 똑같네, 라고 했다.

그래서 아는 거다. 나 같은 사람이 저기 사는구나 싶어서 자꾸만 올려다보고 싶어졌다. 가끔은 나보다 더 한 것 같다는 생각도 하면서. 수건만 자주, 그것도 한꺼번에 많은 양을 널어 두는 걸로 보아 아기가 있을 것 같다는 생각도 했다. 아니면 미용실을 하시나?

베란다를 보면 그 집에 누가 사는지, 가족 구성원이 어떻게 되는지도 추측할 수 있다.

베란다 창문이 하나만 있는 집은 대개 1K구조의 집이다. 거기서 우리는 둘이 살았지만, 보통 혼자 사는 사람이 많다. 집이 낡고 시설이 좋지 않을수록 여자 혼자 살기엔 위험할 수 있는데 베란다에 창문이 없다 보니 더 그렇다. 그러니 일본에서 집을 구할 때는 될 수 있으면 1층은 피하는 게 좋다.

어떤 집 베란다에서는 혼자 사는 아저씨가 그려진다. 빨래를 털지 않고 그대로 널어 둔 것만 보아도 하루가 얼마나 고단했을지 말이다. 어떤 집은 베란다를 테라스처럼 꾸며 놓았다. 여름이 되면 그 집 아저씨는 반바지만 입고 의자에 앉아 책을 읽고 있는데 나도 그렇게 사람들 시선에서 자유롭고 싶다는 생각이 들었다.

그렇다고 대놓고 보면서 호구 조사를 하는 건 아니다. 순식간에 고개를 들었다 내리며 눈에 담는 것이니 오해는 마시길.

내 은밀한 취미는 집에서도 계속된다. 지금 살고 있는 집 창문으로는 반대편 집 베란다가 보이는데 빨래 대신 커튼이 쳐진 방 창문이 보인다. 우리 집과 같은 3LDK 구조라는 것 외에 알 수 있는 게 없음에도 자꾸만 올려다보는 이유는, 5층 집 때문이다.

처음 이사 왔을 때 그 집 풍경이 조금 이상하게 느껴졌다. 커튼이 묘하게 찌그러져 있었기 때문이다. 어떻게 커튼이 저런 모양으로 고정될 수 있지?

방 세 개 중 가운데 방에는 커튼이 달려 있지 않는데 자세히 보니 아무렇게나 쌓아 둔 물건이 보였다. 물건인지 쓰레기인지 형체를 알 수 없는 잡동사니가 집 안 가득 쌓여 있는 게 분명했다. 커다란 창문을 반 이상 가릴 만큼 많은 양이었다. 거기 사는 사람은 아마도 저장강박증이 있는 것 같았다. 텔레비전에서만 보던 일이었다. 갑자기 무서운 생각이 들기 시작했다. 저기 사람이 살긴 사는 걸까.

그런데 어느 날 밤 그 집에 불이 켜져 있는 걸 보게 됐다. 세 개의 방 중 커튼이 찌그러진 방에만 불이 켜져 있었는데 그 틈으로 인기척이 느껴지진 않았다. 불 켜진 방을 보니 안심이 되면서도 어쩐지 쓸쓸해졌다. 혹 가족을 떠나보낸 후 홀로 삶을 견디시는 게 아닐까 하고.

그 뒤로 안부를 묻듯 매일 올려다보았다. 그러다 유일하게 밤을 밝히는 집이 그 집이라는 사실도 알아냈다. 일곱 시쯤, 늘 정확한 시간에 불이 켜졌다. 세 개의 방 중 사용하는 방은 한 개, 나머지 두 방은 들어갈 생각조차 없는 것 같았다. 물건을 더 쌓아두진 않는지 처음 봤던 모습 그대로지만, 이제는 그 집이 무섭지 않다. 커튼을 쳐놓고 사는 다른 집보다 인간적으로 느껴질 뿐.

남편 말대로 이러다 언젠가 잡혀갈지도 모르지만, 나는 여전히 다른 집 풍경이 궁금하고 재밌다. 길을 걸으면서도, 집에서도, 매일 올려다본다. 그리고 생각한다.

저기 사는 사람은 지금 무슨 생각을 하고 있을까.

나는 어쩌면 사람의 흔적을 찾아다니는지도 모르겠다. 사람들 사이에 있으면 혼자 있고 싶다가도 막상 혼자가 되면 외로운 법이니까. 그렇다고 새로운 누군가를 사귀고 싶진 않으니 적당히 거리를 두며 사람 사는 풍경으로 나름 위안을 삼는 것이다.

오늘도 창문 앞에 서서 다른 집 풍경을 구경하다 '너, 그러다 신고 들어온다'는 남편 말에 얼른 커튼을 쳤다. 쳇.

그러고 보면 커튼 사이로 얼굴만 빼꼼히 내놓고 있는 내가 가장 무서울지도 모르겠다.

아메리카노 시키는 게
얼마나 어렵게요?

오늘따라 카페에 줄이 길었다. 평소와 달리 사람도 많고 활기찬 분위기에 멈칫했지만, 대부분 포장해 가는 손님 같아 안심하고는 늘 앉던 창가 자리에 가방을 두고 텀블러를 꺼내 줄을 섰다.

작년에 속이 아파서 위내시경을 했는데 헬리코박터균 검사에서 양성 반응이 나왔다. 일본에서는 피로리균이라고 한다나. 처방해 준 약을 먹고 제균에 성공했다는 결과지도 받았지만, 아직 그 자리가 콕콕 쑤신다. 그런데도 매일 빈속에 커피를 마셨다. 조금만 부지런히 움직이면 바나나라도 먹고 나올 수 있을 텐데, 요즘 들어 몸이 반항을 하는지 내 의지를 따라주지 않는다.

　마침 잘 됐다 싶어 진열대를 기웃거렸다. 오늘은 빵을 먹어 볼까. 케이크, 샌드위치, 스콘, 쿠키…. 사실 이미 답은 정해져 있었다. 며칠 전부터 궁금했던 도넛이 하나 있었기 때문이다. 슈가파우더가 듬뿍 뿌려진 동그란 도넛인데 오리지널 도넛 다음으로 좋아하는 도넛이다. 보통 잼이 들었는데 이 도넛에는 커스터드 크림이 들었다. 그것도 나쁘지 않지. 그럼, 아메리카노와 커스터드 크림이 들어간 도넛을 먹어 볼까. 앞 사람이 주문하는 동안 가까이서 도넛 이름을 확인했다. 그런데 이름이 저게 뭐지.

マラサダカスタードクリーム
마라사다카스타ー도쿠리ー무

　가타카나와 장음의 조합은 나를 항상 긴장하게 만든다. 가타카나로 적혀 있는 단어는 대부분 일본식 발음으로 된 외래어이기 때문에 무슨 뜻인지 알기까지 시간이 필요하다. 띄어 쓰지 않아서 끊어 읽는 것도 쉽지 않다. 그러니까 '마라사다'와 '카스타도'와 '쿠리무'의 뜻을 모르면 한 번에 쭉 읽게 되는 것이다. 이 단어는 마라사다가 뭔지 몰라도 상관없지만, 장음이 무려 두 번이나 있다는 사실이 나를 괴롭게 했다.

230

처음 일본어를 공부할 때 한자 외우기도 벅찬데 장음까지 신경 써서 외워야 하는지 궁금해 남편에게 물었다. 남편은 기초 단계에서 너무 완벽하게 할 필요는 없지만, 처음부터 제대로 외우지 않으면 결국 나중에 고생할 거라고 했다. 일본어가 어느 정도 수준에 올랐을 땐 외워야 하는 단어의 양이 많아지므로 갈수록 장음을 기억하기 어렵기 때문이다. 특히 일본어는 장음 하나로 뜻이 완전히 달라질 수 있어서 장음의 역할이 굉장히 중요하다.

우리가 많이 아는 단어로 몇 가지 예를 들자면, 아저씨란 뜻의 '오지상おじさん'을 '오지이상おじいさん'이라고 길게 발음하면 '할아버지'라는 뜻이 된다. 또 맥주를 '비ー루ビール'라고 발음해야지, 짧게 '비루ビル'라고 하면 '빌딩, 건물'이란 뜻이 되는 거다. 술집에서 '비루 쿠다사이'라고 주문한다고 해서, '건물을 달라고?' 하는 사람은 없겠지만. 오사카도 오오사카로, 야구 선수 오타니도 오오타니라고 발음해야 정확한 거다.

아무튼 그래서 내가 가장 곤란할 때가 언제냐 하면, 아메리카노를 시킬 때다.

놀랍게도 아메리카노 발음이 정말 어렵다. 발음보다는 억양이 어렵다고 해야 하나. アメリカーノ아메리카ー노, '카'와 '노' 사이에 있는 장음 때문이다.

아메리카노를 발음할 때면 장음을 신경 쓰느라 억양이 강해져 마치 이탈리아 사람이 된 것만 같다. 예전에 많이 하던, 아! 메리카노, 아메!리카노, 아메리!카노, 아메리카!노, 아메리카노! 이 게임을 하는 기분도 든다. 하지만 게임에서처럼 아메리카! 에서 목소리를 높일 수는 없으니 최대한 억양을 눌러 가며 조금 길게 발음하다 보면 내가 들어도 내 입에서 나오는 소리가 너무 괴상망측한 거다. 억양 때문인지, 목소리가 개미 소리만 해서 못 알아듣는지, '죄송합니다. 다시 한번 말씀해 주시겠어요?'라고 하면 좌절하고는, 에라 모르겠다. 냅다 한국어 억양이 튀어나와 버린다. 그럼 이해했다는 듯 바로 알아듣는 것도 자존심 상하고…. 뭐, 이미 아! 하는 순간 외국인인 줄 알겠지만.

한번은 일본인이 어떻게 발음하는지 유심히 들어봤는데 장음을 그리 신경 쓰는 것 같지 않았다. 우리나라 발음에도 장음이 있지만, 신경 쓰지 않고 말하는 것처럼. 그래서 따라 한다고 따라 했더니, 쳇.

아메리카노 시키는 게 이렇게 어려운 일인가. 아니, 나는 가장 어렵다.

오사카에 사는 일본인 친구가 언젠가 내게 "카페 가서 한국인처럼 자연스럽게 주문하고 싶어요"라고 한 적이 있는데, 나도 그렇다며 맞장구를 쳤었다. 우리는 서로가 서로를 부러워하며. 그러니까 디스 원, 디스 원, 오케이? 이거 말고,

"따뜻한 아메리카노 한 잔이랑요. 아이스 라테도 한 잔 주시고요. 아메리카노는 텀블러에 담아주시겠어요?"

라고 말하는 게 얼마나 어려운 일인지 모른다.

서서히 내 차례가 다가오는 느낌이 들어 도넛 이름을 다시 확인했다. 마라사다카스…. 도넛 이름도 어려운데 아메리카—노까지 시켜야 하나. 그러다 오전 열한 시 전에 슈가 도넛을 시키면 드립 커피 또는 라테 사이즈 업이라는 문구를 보고 갑자기 메뉴를 변경했다.

"슈가 도넛이랑 드립 커피 한 잔 주세요."

슈가도나츠, 얼마나 깔끔한 이름인가. 그런데 알고 보니 슈가 도넛에도 장음이 두 개나 들어 있었다. 역시 아메리카—노가 문제다.

그런데 드립 커피가 더 싸잖아? 심지어 드립 커피를 시키면 'One more coffee'가 가능하다니. 당일 영수증으로 어느 점포에서나 100엔대에 드립 커피를 한 잔 더 마실 수 있었던 거다. 우리나라에서는 보지 못했던 걸 보면, 일본에 있는 오카와리 문화에서 힌트를 얻은 것 같다. 이렇게 좋은 혜택을 모른 척할 순 없지.

드디어 아메리카—노에서 해방이다.

계산하려는데, 직원이 갑자기 다른 말을 한다.

"오늘은 아메리카노 안 드시네요."

…? 매일 아침 같은 시간 같은 자리에 앉는 나를 기억하고 있던 직원은 그 뒤로 몇 번 더 그런 질문을 했고, 나는 매번 "아, 네…"라고 얼버무릴 뿐이었다. 하고 싶은 말은 입안에 산처럼 쌓여 있는데 입 밖으로는 늘 작은 돌멩이 하나만 튀어나올 뿐이다. 언제쯤 쌓아둔 말을 쏟아낼 수 있을지. 그나저나 오전을 피해 오후에 카페에 갔던 어느 날, 날이 더워 시원한 딸기 음료를 시켰는데 이번엔 또 다른 직원이 "오늘도 아메리카노 안 드시네요?"라는 거다.

하…. 그만 물어볼 때도 되지 않았나.

나를 위한 밥상

회사에 저녁까지 챙겨 주는 구내식당이 있었음에도 나는 꼭 집에서 밥을 먹곤 했다. 잦은 야근에 밥 먹을 시간이 한참 지난 후에야 집에 도착했으니, 엄마는 매일 저녁 밥상을 두 번씩 차리신 셈이다.

소파에 반쯤 누운 채로 텔레비전을 보다가, 잠이 들다가, 언제 올지 모를 딸을 기다리던 엄마의 첫 마디는 항상 "밥은 먹었어?"였다. 귀찮은 기색도 없이, 딸을 위해 밥상을 차리는 게 하루의 마지막 일과라는 듯, 당연하게. 엄마에게 그 일은 너무도 중요해서 하루라도 건너뛸 수 없는 모양이었다. 엄마의 수고를 덜어드리려 하면 할수록 근심이 쌓여가는 것 같았으니까.

썻는 동안 어느새 차려진 밥상 위. 혹여 다른 식구들이 다 먹어 버릴까, 내 몫으로 남겨둔 깨끗한 반찬에 엄마의 사랑은 덤이었다. 갓 지은 밥 그런 건 아니었지만 구내식당 밥보다 단연 맛이 좋았고 속도 편했다.

이제 와 생각해 보면 우리 엄마 가정주부도 아닌데 너무 했지 싶다. 내가 자식이었기에 망정이지, 남편이었다면 아마 평생 구박 받는 신세가 되지 않았을까.

그런데 혼자 저녁을 드시는 엄마의 밥상은 언제 봐도 볼품없었다. 반찬통에 찌꺼기처럼 남은 반찬, 졸아들 대로 졸아든 찌개, 국물만 남은 김치. 이른 퇴근에 예고 없이 나타난 딸을 보면 그제야 프라이팬에 고기를 굽고 상추를 내놓으셨다. 남은 반찬을 버릴 수 없다는 엄마의 말도 틀린 말은 아니었지만, 엄마가 제발 그러지 않았으면 했다.

그래서 나라고 달랐을까. 남은 밥, 미지근한 국, 딱딱해진 생선 토막, 시들해진 나물무침. 전날 만들어 놓은 음식 덕에 점심 차리는 일이 간편해진다. 하지만 그마저도 꺼내 먹지 않고 김치 하나로 때우거나 냉동실에 있던 빵으로 대신하는 일이 허다하다. 신선한 재료는 일찍 퇴근할지 모르는 남편을 위해 쟁여두고, 남편이 좋아하는 반찬은 고이 아껴둔다. 어떤 날은 속이 훤히 보이는 반찬통을 끄집어내 아무렇게나 쓱쓱 비벼 먹기도 하고. 제대로 된 밥상에 얼마큼 정성을 들여야 하는지 알고 나니 나를 위해 요리하는 시간을 아끼게 됐다. 엄마 역시 남은 반찬을 해치우며 가족들을 위해 써야 할 에너지를 비축해야 했을 거다.

대충 차려 놓은 밥상 위에 엄마의 밥상이 자연스레 겹친다.

그래도 나는 엄마보다 사정이 나은 편이다. 가끔 내가 내키는 대로 외식을 하고 시켜 먹기도 하며 한 끼를 건너뛰기도 하니까. 무엇보다 남편은 남은 반찬도, 찌개도, 김칫국물도 무엇이든 남기지 않고 잘 먹어준다. 그럴 때마다 내 입은 쓰레기통이야아아아, 라며 반찬을 입에 털어 넣는데, 그게 뭐 그렇게 싫은 눈치는 아니니, 흠.

가족을 위해 메뉴를 정하고, 영양소에 대해 생각하고, 좋아하는 것과 싫어하는 것, 못 먹는 것을 고르고 거른다. 개중 내가 못 먹는 걸 남편이 좋아하거나 내가 좋아하는 걸 남편이 못 먹거나, 음식을 만드는 이에게 그것만큼 즐겁지 않은 일도 없으니 새삼 잘 먹는 것도 복이라는 말이 떠오른다.

"혼자 있다고 대충 먹지 말고 잘 챙겨 먹어."

통화 끝에 빠지지 않는 엄마와 어머니의 당부다. 이곳 생활이 길어질수록 서로를 향한 걱정 또한 늘어난다. 항상 잘 챙겨 먹고 있다고 말씀드려도 같은 말을 되풀이하시는 건, 자꾸만 당신들 밥상이 아른거려 그러실 테다.

온전히 나를 위한 밥상을 차려본 적이 언제였던가. 문득 이런 생각이 들 때면 나를 위해 요리하는 시간을 가져본다. 가족을 위해 만들던 것처럼. 가끔 화가 나면 가족들 생각은 잠시 미루고 자신이 가장 좋아하는 재료로만 밥상을 채운다는 어느 귀여운 작가님처럼.

팬에 올리브 오일을 두르고 썰어둔 표고버섯을 넣는다. 소금, 후추 뿌려 볶다가 한쪽으로 치운 뒤, 식빵을 올린다. 올리브 오일을 한 번 더 두르고 약불에서 노릇하게 굽는다. 식빵이 구워지는 동안 접시에 샐러드 야채와 토마토를 올리고, 옆에 잘 구워진 토스트를 놓는다. 그 위에 볶아 둔 표고버섯 올리고 파마산 치즈 가루 뿌리면 끝. 오늘은 내가 마실 커피도 정성스레 내린다. 저녁은 남은 재료를 활용한 표고버섯 부추 솥밥이다. 솥에 들기름 두르고 썰어둔 표고버섯 넣고 소금 뿌려 볶는다. 숨이 죽으면 간장, 매실청 넣고 한 번 더 볶는다. 볶은 표고버섯을 그릇에 덜어둔 뒤, 솥에 미리 불려 둔 쌀을 볶는다. 볶아 둔 버섯을 반 정도만 넣어 밥과 섞듯이 볶아준 뒤, 쌀과 동량의 물을 넣고 뚜껑을 연 채로 중불에서 끓인다. 물이 끓기 시작하면 뚜껑을 닫고 약불로 익힌다. 밥이 다 되면 가장자리에 미리 썰어

둔 부추를, 가운데에는 남은 버섯을 올려 완성한다. 주걱으로 섞으면 뜨거운 김에 빳빳했던 부추도 숨이 죽는다. 밥 짓는 동안 끓여 놓은 된장국과 함께 먹으면 딱.

그렇게 요리에 집중하다 보면 쌓였던 스트레스와 걱정이 사라지는 것만 같다. 즐거움도 잠시 혼자 맛있는 음식을 먹었다는 죄책감이 들기도 하지만, 그런 죄책감은 다음 날 가족들을 위한 밥상에 한껏 힘이 들어가는 좋은 자극제가 될 것이다. 나를 위해 집중하는 그 시간이 나를 찾는 일이 될지도 모르고 말이다.

그릇 두 개로도 충분한 삶

요즘 신입들은 인사를 안 해. 라던 팀장 A, 그때 언니가 그랬다.

- 언니가 하면 되잖아, 인사받고 싶으면 먼저 인사해.

결혼하더니 아줌마가 다 됐네? 라던 과장 B, 그때 언니가 그랬다.

- 과장님은 결혼도 안 하셨는데 아저씨 같으세요.

내가 그날 언니에게 몇 번째 반한 거였더라. 셀 수 없다. 직장 생활 중 유일하게 내가 믿고 의지했던 사람. 나는 언니에게 일을 배웠다. 결과가 되기까지 어떤 과정을 거치는지, 그 근거가 어디 있는지 찾아보는 방법부터 알려주던 언니는 내 최고의 사수였다. 일만 잘하는 게 아니었다. 임기응변에도 뛰어났는데, 특히 무리한 지시를 내리는 상사에게 꼼짝없이 당하는 우리와 달리, 지시는 따르되 본인이 원하는 것까지 얻어내는 능력이 대단했다.

부당한 일에도 침착했다. 직원들이 불만을 표할 때 한 발짝 뒤에서 상황을 지켜보다 툭 던지는 질문이 얼마나 날카로운지 다들 말을 잇지 못했다. 날카롭지만 누군가를 겨냥한 독설이 아니었다. 누구도 생각하지 못한 혹은 꺼내지 않길 바랐던 근본적인 질문이었기에 일을 도모한 당사자들은 얼굴이 벌게져도 화를 낼 수 없었다. 언니의 질문은 늘 허를 찔렀고, 대답은 명쾌했다. 그때마다 나는 속이 후련했고, 감탄했고, 닮고 싶었다. 감정의 동요가 심한 나를 이성적으로 잡아 주고, 잘못된 부분은 지적해 주던 언니가 없었다면 힘들었던 시기를 견디기가 어려웠을 것 같다. 물론 스트레스가 극에 달했을 때는 언니 말도 귀에 들어오지 않았지만.

새집으로 이사 가기 전 언니 신혼집에 놀러 간 적이 있다. 그땐 몇 달 뒤 일본에 갈 줄도 모르고 집 꾸미기에만 온통 관심이 쏠려 있었다. 특히 가까운 사람의 공간에 들어간다는 건 그동안 몰랐던 은밀한 취향과 습관까지 엿볼 수 있는 일이라 설레지 않을 수 없었다. 하지만 그런 기대는 언니 집에 들어가는 순간 무너지고 말았다. 언니 집에는 내 관심을 끌 만한 물건이 하나도 없었기 때문이다. 신혼집이라면, 실용적이진 않지만 예쁜 가구나 없어도 사는 데 지장 없는 가전, 소품…. 그러니까 이때 아니면 살 수 없는 물건들이 적어도 한두 개 정도는 있어야 하지 않나.

당황했지만 수긍했다. 내가 구경할 게 없었을 뿐이지, 사실 언니를 닮아 무지하게 합리적인 집이었으니까. 그런데 음식을 덜어주려 찬장을 열었을 때는 나도 모르게 "언니, 그래도 이건 너무한 거 아니야?" 하며 입을 다물지 못했다. 찬장에는 혼자 사용해도 모자랄 것 같은 그릇 몇 개가 전부였기 때문이다. 위 칸은 그나마도 텅 비어 있었다.

키가 작은 언니는 위에 물건을 둬 봐야 꺼내기도 힘들고, 이정도면 둘이 사용하기에 충분할 뿐만 아니라 심지어 전부 사용할 일도 없다고 했다.

이사만 가면 세트로 그릇을 장만하려고 벼르고 있던 나는 머리가 멍해졌다. 정말 저걸로 충분하다고? 에이, 그럴 리가. 언니 말을 또 반대편 귀로 흘려보내며 조금은 궁상맞다고도 생각한 것 같다. 돈은 언니네 부부가 훨씬 많이 버는데 그 앞에서 그런 말도 안 되는 생각을 하고 있었던 거다.

나는 식기에 관심이 많다. 특히 컵을 좋아한다. 결혼해서 내 공간을 갖게 되면 수집하듯 예쁜 접시와 컵을 사다 모으고 싶었다. 폭이 넓으면 네 칸, 좁으면 여섯 칸, 유리문이 달린 나무 찬장에 접시를 쌓아두고 옷을 고르듯 기분과 계절에 어울리는 상차림을 하고 싶었다.

이사 후 식기를 쌓아두고도 남을 만큼의 넓은 주방을 갖게 됐지만, 어쩐지 나는 아무것도 사서 채우지 못했다. 구경할 땐 예쁘기만 했던 그릇이 집는 순간 그저 그런 물건이 되어 버렸고, 마침내 마음을 정했을 땐 어딘가 더 예쁜 그릇이 나를 기다릴 것만 같았다. 잘 사서, 잘 쓰고 싶은 마음이 자꾸만 굳은 결심을 무르게 했던 거다. 명절 선물로 들어 온, 내 취향도 아니었던, 그 알록달록한 식기 세트가 내 차지가 되고서야 구색을 갖추기 시작했다. 결국 이도 저도 아닌 디자인의 그릇들로 찬장을 채운 거나 마찬가지였다. 그마저도 몇 번 쓰지 못한 채 다시 상자로 넣어야 했지만.

일본에 가져갈 짐을 정리하며 식기를 새로 장만하지 않은 걸 운명이라 생각했다. 일본에는 예쁜 주방용품이 많으니까 어쩌면 마음에 쏙 드는 그릇을 찾을 수 있지 않을까 하고는.

한국에서 챙겨온 식기는 모두 쓰던 것들이었다. 결혼 후 마트에서 급하게 샀던 대접 몇 개와 인터넷에서 적당히 주문한 그

룻들. 컵, 밥, 국그릇, 큰 접시와 작은 접시 각각 두 개씩. 사용하는 데 문제는 없지만 조금씩 상처가 나고 오래 써서 질려버린 것들이었다. 그러니까 나는 또 그런 생각이었던 거다. 새 식기를 들이면 그때 저 오래된 그릇들을 과감히 버리겠다는 생각.

그래서 일본 생활 6년째인 지금 어떠냐고? 나는 여전히 세트로 그릇을 장만하지 못했고, 쓰던 그릇도 버리지 못했다. 어쩜 급한 대로 샀던 식기들은 잘 깨지지도 않을까. 오히려 비싸게 주고 사서 몇 번 쓰지도 않은 그릇이 금세 금이 가고 깨져버렸다. 결국 내 손에 닿는 건 항상 쓰던 그릇과 컵이었다. 많을 필요도 없었다. 가져온 대로도 충분했다. 순간 언니의 찬장이 떠올랐다.

두고 온 것과 갖고 싶은 것에만 집착하는 건 현재를 살고 있지 않다는 것, 현실을 부정하는 것과 마찬가지였다. 모든 걸 포기하고 여기까지 왔다지만, 사실 나는 아무것도 포기한 게 없었던 거다.

잘 사서, 잘 쓰고 싶은 마음이 나를 위해서가 아니라 남에게 보여주고 싶었던 욕심이었다는 걸 깨닫는 데 꽤 오랜 시간이 걸린 것 같다. 그 뒤로 예쁜 식기를 사겠다는 마음을 접었다. 완전히 접은 건 아니고, 마음을 바꿨다. 남의 눈을 의식하는 거 말고, 내 눈을 만족시키는 것, 남에게 보여줄 거 말고, 나에게 필요한 것, 그런 것들을 찾았다면 주저하지 않기로.

조금 달라진 게 있다면, 내 찬장은 이제 내가 좋아하는 것들로만 가득 채워져 있다는 거다. 그때그때 필요한 것들을 장만하느라 짝이 맞지 않은 접시도 많지만, 꼭 구색을 갖춰야만 보기 좋은 건 아니었다. 오히려 이 접시에 어울릴 만한 밥그릇과 컵을 고르는 일이 더 즐겁다. 운명의 식기 같은 건 글쎄, 그 순간 마음에 드는 게 있다면 그게 운명이 아닐까 하고 생각한다.

나는 항상 언니에게 배운다. 언니가 어떤 깨달음을 주려고 한 적은 없지만, 돌이켜 보면 내게 가장 영향을 많이 준 사람이었다. 이런 상황이라면 언니는 어떻게 했을까, 라는 생각을 자주 하곤 했으니까. 사회 초년생이던 이십 대 시절, 자리에 멀뚱히 앉아 있는 나에게 서류를 한 아름 안고 다가왔던 것을 시작으로 지금까지 쭉. 그때 언니의 표정이 아직도 생생하다. 호기심 가득한 눈으로 슬그머니 내 옆에 서던 언니를 보는 순간 나는 확신했다. 아, 이 언니 나 마음에 들어 하네. 하고.

이제는 각자의 삶을 살다 보니 몸도 마음도 멀어졌지만, 어쩔 수 없는 일이다. 그런 걸 아쉬워하기보다 다시는 언니 말을 흘려보내지 말아야 할 텐데. 집이 조금씩 넓어지고 공간에 여유가 생기니 또 그만큼 채우기 시작했다. 아무래도 살림이 느는 건 인간의 힘으로 도저히 막을 수 없는 초자연적인 현상이 아닐까 싶다. 아⋯. 아닌가?

  아무튼 예나 지금이나 언니 말은 틀린 게 하나도 없다. 그걸 겪고 나서야 깨닫는 나도 변한 게 하나도 없고.

익숙해지지 않는 한 가지

얼마 전 선물 받은 가쿠타 미츠요의 『행복의 가격』이라는 책을 읽다가 생각보다 내가 이곳 생활에 많이 익숙해졌다는 걸 알게 됐다. 어렴풋한 공감과 상상 대신 떠오르는 장면을 눈앞에 훤히 그릴 수 있게 됐기 때문이다.

서서 먹는 소바집은 대체로 맛이 없다는 평과 지갑에 현금을 얼마나 넣고 다녀야 하는지 모르겠다는 생각에 동의했고, 한국어로 번역되지 않는 식재료 이름과 이곳에서 자주 보는 상점 등장에 반가웠다. 특히 냉장고가 집 복도 모퉁이에 걸려 주방까지 들어가지 못했다는 사연은 아찔해서 책을 덮어버릴 정도였다. 우리 집에 새 냉장고가 배송되던 날이 떠올랐기 때문이다.

일본에서는 큰 짐을 사다리차로 옮기지 않기 때문에 가전이나 가구를 살 때 집안 구조를 함께 설명해야 한다. 최대한 자세하게, 그림까지 그려가면서. 실제로 그랬다. 엘리베이터가 없는 건물은 계단 형태도 확인하는데 나선형 계단은 피하고 싶어 하는 눈치였다. 특이한 구조의 집이 아니라면 대충 그린 도면만으로도 사이즈가 나오는 모양이었다. 아무렴, 전문가들인데.

엘리베이터가 없는 건물 3층 복도 끝에 우리 집이 있다. 나선형 계단도 아니고 폭도 넓어 3층까지 올라오는 데 아무런 문제가 없었다. 무사히 현관 앞에 도착한 냉장고. 설치하기 전 위치를 확인하기 위해 기사님이 먼저 집 안으로 들어오셨다. 그런데 복도와 거실을 나누는 중간 문을 보고 고개를 갸우뚱하시는 게 아닌가. 중간 문. 우리 집에 중간 문이 있었다. 현관문만 통과하면 된다는 생각에 우리는 이 문의 존재를 신경 쓰지 않고 있었다. 폭은 어느 정도 가늠이 됐는데 세로 길이가 문제였다. 냉장고 높이와 얼핏 비슷해 보였기 때문이다. 이리저리 문을 살펴보는 기사님을 보며, 제발 들어간다고 해주세요, 제발⋯. 속으로 간절히 외쳤지만,

"이거 안 들어갈 수도 있겠는데요."

⋯네? 작가의 냉장고가 틱, 하고 걸렸을 때 나도 틱, 하고 숨이 막혀버렸다. 우리 집 냉장고도 결국 집 안으로 들어오지 못

했기 때문이다, 와 같은 결말이어야 이야기가 재미있게 흘러갈 텐데, 역시 작가는 아무나 하는 게 아닌가 보다. 거짓말 조금 보태서 종이 한 장 차이로 문을 통과한 나의 새 냉장고. 언젠가 더 작은 집으로 이사를 해야 한다면 그땐 정말 냉장고를 떠나보내야 할지도 모른다.

그런 슬픈 상상에 빠져 있다 문득 이제는 정말 일본 생활 이야기가 와닿는다는 걸 실감했다. 책을 읽을수록 맞아 맞아, 그런 면이 있지, 어이구 지겨워, 하고 맞장구치는 걸 보면, 나 제법 일본 사람 다 됐는데? 라고 생각해도 괜찮을 것 같았다. 일본어 실력은 영 그렇지 못하지만.

이제 더는 마트나 카페에서 듣는 질문에 당황하지 않고, 거리를 걸을 때도 긴장하지 않는다. 좋아하는 장소가 생겼고, 즐겨 먹는 제품도 생겼다. 고민하지 않고 바로 고를 수 있으니 장보기도 한결 수월해졌다. 처음엔 한국에서 쓰던 제품이 아니면 안 될 것 같았는데 이제는 한국에 돌아가면 아쉬울 것 같은 제품이 넘쳐난다. 나도 모르는 사이 조금씩 적응하고 있었던 거다.

하지만 아무리 해도 익숙해지지 않는 게 있었으니. 주변 사람들에게 자주 받던 질문에서 발견한 그 한 가지는 히라가나도, 가타카나도 아닌, 바로 내 입맛이었다.

일본에서는 어떤 음식을 해서 드세요?

처음엔 뭐 그런 당연한 질문을 하지? 싶었다. 그래서 당당하게 답했다. 한국 음식을 해 먹죠. 그런데 어딘가 이상했다. 질문하는 사람은 매번 바뀌는데 내 대답은 바뀔 줄을 모르는 거다. 특히 한국 음식을 좋아하는 일본인들은 조미료를 어디서 구하는지 묻기도 했다.

요즘에는 동네 마트에서도 한국 식료품을 어렵지 않게 살 수 있지만, 어디까지나 라면, 과자, 술, 레토르트 식품뿐. 한국 요리에 빠질 수 없는 고춧가루, 고추장, 된장, 액젓 같은 조미료는 한인 타운이나 한국 마트를 부러 찾아가지 않으면 구하기 어렵다. 그러니까 나는 그런 수고스러움을 아무렇지 않게 여기며 몇 년째 한국 음식을 고집하고 있었던 거다.

가끔 니쿠쟈가▪, 하루사메 사라다▪, 고야 참프루▪ 같은 일본 가정식 요리를 만들어 먹기도 하지만, 그건 내게 특별한 요리이지 평범한 요리가 아니다. 일본 음식을 좋아해도 한국 음식만큼 밥상에 자주 올리지 않는 건 순전히 내 입맛 때문인 것이다.

일본에서는 계란말이에 주로 설탕을 넣는다지만, 나는 소금을 넣는다. 한 번쯤 설탕을 넣어 볼 만도 한데 좀처럼 손이 가질 않는다. 나는 여전히 미소국보다 된장국이 더 좋고, 간장 양념을 바른 김보다 들기름에 소금을 친 김이 더 좋다. 매운 걸 잘 못 먹어도 청양고추 한두 개는 기본이며, 칼칼한 국물을 마셔야 속이 풀린다. 봄이 오면 향긋한 냉이된장국이 생각나고, 여름이 오면 시원한 평양냉면이 간절하다. 가을이면 등산을 핑계로 해물파전에 막걸리를 먹으러 가야 할 것 같고, 겨울이면 모락모락 바지락 칼국수에 겉절이를 올려 먹어야 할 것 같다. 그래서 냉이와 비슷하게 생긴 채소를 사다가 된장국에 넣고는 냉이 냄새가 난다며 최면을 걸고, 여름이면 인스턴트 냉면으로 아쉬움을 달랜다. 부침가루와 막걸리를 사다가 전을 부치며 명절 기분을 느끼고, 쫄깃한 사누키 우동으로 칼국수 면을 대신한다. 한번은 생닭을 사다가 치킨을 튀기고, 치킨 무까지 만들어 먹었다. 밀가루를 반죽해 팥을 듬뿍 넣은 찐빵을 만들기도…. 이렇게까지 애쓰는 걸 보면, 우리나라 음식이 유독 맛있는 걸까, 내가 유난인 걸까. 아마도 평생 익숙해질 것 같지 않은 내 입맛은 한국인임을 잊지 않으려는 몸부림일지도 모른다.

■ 니쿠쟈가肉じゃが: 고기 감자조림. 고기, 감자는 필수로 넣고, 당근, 양파, 파, 실곤약 등을 기름에 볶은 후 간장, 설탕, 미림 등으로 조린 음식이다.

▌하루사메 사라다春雨サラダ: 당면으로 만든 샐러드. 잡채와 비슷하게 생겼지만, 맛은 전혀 다르다. 고기와 야채, 계란 등을 넣고 새콤달콤 차갑게 무쳐 먹

는 샐러드. 여름에 먹으면 입맛이 돈다.

■■고야 참프루ゴーヤーチャンブルー: 고야(여주)를 사용해 채소, 두부, 햄 등을 넣어
볶은 오키나와 요리다.

엄마와 첫 해외여행

얼마 전 추석을 맞아 엄마가 일본에 오셨다. 딸이 일본에 산 지 5년 만에 첫 방문이니 참 오래도 걸렸다.

이곳 생활에 조금씩 적응해 갈 때쯤 그러니까 일본에 온 그 다음 해에 엄마를 모시고 오려 했다. 한국에 들러 엄마의 여권 을 만들어 드리고, 항공사 사이트에 가입해 티켓도 끊어드렸 다. 아직 직장에 다니시는 엄마는 명절밖에 시간이 나질 않는 다. 그때 조금이라도 싸고, 좋은 시간대의 티켓을 잡으려면 서 둘러 예약해야 한다는 나의 성화에 1년 전부터 준비한 일이었 다. 그럼에도 평소보다 몇 배는 비싼 티켓값을 지불해야 했지 만, 엄마는 그런 돈은 하나도 아깝지 않다며 내년 추석이 오기만을 기다리셨다.

그런데 생각지도 못한 전염병 때문에 계획에 차질이 생기고 말았다. 항공사에서 탑승 시간과 편명을 수시로 바꾸더니 급기야 예약을 취소하라는 안내를 보내온 것이다. 그렇게 허무하게 엄마의 첫 해외여행이 무산되어 버렸다.

그로부터 3년. 그러고도 또 1년이 지나 마스크 없이 자유롭게 해외를 오갈 수 있게 된 2023년. 드디어 엄마를 모시고 일본에 왔다.

그동안 우리에게도 많은 일이 있었다. 오사카에서 후쿠오카로. 두 번의 이사와 한 번의 이직. 점점 더 나은 조건으로 이동하게 되었으니 사는 데 조금은 숨통이 트였달까. 그사이 내 일본어 실력도 조금씩, 아주 조금씩 늘었고, 동네 지리에도 익숙해졌으니. 그렇게 생각하면 흘러버린 시간이 야속하지만은 않은 것 같다.

엄마를 모시고 꼭 가고 싶었던 곳은 료칸이었다. 한국에서 접할 수 없는 일본식 여관 말이다. 나는 료칸을 사랑한다. 그곳에선 모든 게 여유롭다. 서두를 필요도 재촉할 이유도 없다. 아침, 저녁을 챙겨주니 종일 신경 쓸 거라곤 온천에 언제 들어갈까, 하는 것뿐이다. 차를 마시고, 산책을 하고, 뜨끈한 온천에 몸을 담그고 쉬다 보면 저녁 식사가 준비된다.

우리가 묵은 방 이름은 '梅우메(매실)'. 방 이름이 쓰여 있는 팻말을 따라가면 지역 식재료로 만든 카이세키 요리*가 준비되어 있다. 코스 요리이기 때문에 식사 시간은 두 시간 정도 소요된다. 천천히 음식을 즐기고 이야기를 나누기 적당한 시간이다. 그 사이 직원들은 방에 이부자리를 깔아둔다. 남은 저녁 시간은 일찍 잠에 들어도 좋고, 산책을 해도 좋고, 온천에 몸을 담가도 좋다.

결혼 후 한 번도 여유롭게 쉬어 본 적 없고, 매일 끼니 걱정으로 고달픈 엄마에게 료칸보다 더 좋은 곳이 없겠다는 생각이 들었다. 서비스와 요리 종류에 따라 숙박 가격은 천차만별이지만, 비슷한 가격의 호텔보다 가성비가 좋은 게 일본의 료칸이 아닐까. 나는 그렇게 생각한다.

이번 온천 여행은 관광지를 피해 산속으로 정했다. 규슈의 유후인, 벳푸에 비해 더 깊은 산자락에 있는, 전통 료칸으로 가득한 쿠로카와 온천. 후쿠오카 시내에서 차로는 두 시간, 버스로는 세 시간 정도 떨어진 거리에 있는 작은 온천 마을이다. 일본 애니메이션 〈센과 치히로의 행방불명〉의 배경이 되기도 한 곳이라고.

온천 자체로 유명해서 편의점도 없고, 상점도 많지 않다. 덕분에 단체 관광객이 적고 가족이나 개인 관광객이 많이 찾기 때문에 휴식이 목적인 우리에겐 안성맞춤인 곳이었다.

　도착한 다음 날 짐을 가볍게 꾸려 쿠로카와 온천으로 향했다. 갑작스러운 고요함이 무료하게 느껴질까, 책도 몇 권 챙겼다. 엄마를 위한 책은 타라 미치코 작가의 『무미건조한 오트밀에 레몬식초 2큰술을 더한 하루』. 여든이 넘은 나이에 평생 한 번도 해 본 적 없는 일을 시작하면서 새로운 삶을 살고 계신 할머니 이야기인데, 은퇴를 앞두고 계신 엄마가 꼭 읽었으면 하는 책이었다.

　우리는 그곳에서 산책을 하고, 디저트를 먹고, 쇼핑을 했다. 밤도 줍고, 틈틈이 책도 읽었다. 온천을 하고 저녁을 먹으며 가볍게 술도 한잔 했다. 크고 환하게 뜬 보름달 아래서 각자 소원을 빌기도 하고. 이틀째 되던 날 엄마 얼굴에 생기가 도는 게 느껴지자 역시 온천에 모셔 오길 잘했다는 생각이 들었다.

　음식 만드는 일을 업으로 삼고 계신 엄마는 식재료에 관심이 많고 새로운 요리에 도전하는 걸 좋아하신다. 특히 다른 나라 음식이 나오는 방송을 볼 때면 저건 무슨 맛일까. 진짜 맛있을까. 궁금해하곤 하셨는데 그때마다 나는 안타깝고 미안한 마음이 들었다. 내가 누린 많은 행복은 모두 엄마의 희생으로 이루어진 것들이니까. 엄마가 조금 여유로운 세대에 태어났다면 아마도 전 세계를 돌며 미식 여행을 하지 않으셨을까.

엄마에게는 첫 해외여행인 만큼 최대한 다양한 음식을 맛보게 해드리고 싶었다. 첫날엔 이자카야에서 돼지고기, 료칸에서는 말고기, 빨간 소, 닭을 메인으로 먹었으니 이제 해산물을 먹을 차례. 온천에서 집으로 돌아오는 길에 후쿠오카 시내에 있는 유명한 장어덮밥 집에 갔고, 다음 날은 카라토 시장에 가서 신선한 스시를 먹었다. 우리나라에서는 맛보기 힘든 '시소'와 '묘가'라는 채소도 먹었다. 엄마 말대로 '시소'는 화장품(?) 맛이 나고 '묘가'는 알싸한 생강 맛이 난다. 둘 다 향과 맛이 강하고 독특하다.

여행 내내 낯선 것투성이였을 텐데 엄마는 뭐든지 잘 드시고 또 잘 걸으셨다. 힘든 내색 없이 매 순간 즐거워하셨고 미안해하셨다. 그게 얼마나 고마웠는지 모른다. 요즘 온라인에 '부모님 해외여행 금지 15계명'이라는 말이 떠돌지 않나. 음식이 달다, 짜다, 물이 제일 맛있다, 아직 멀었냐 같은 말들. 마음은 알지만, 여행 중 그것만큼 흥을 깨는 일이 없으니까.

아쉬운 건 엄마의 시간이 너무 빠르게 흐른다는 것이었다.

엄마와의 여행은 제주도, 부산에 이어 이번이 세 번째다. 제주도는 결혼 전 엄마와 시간을 보내기 위해, 부산은 결혼 후 집 근처에 SRT가 생긴 기념으로. 부산에 언제 갔었나 헤아려 보니 벌써 7년 전이다. 그때 엄마의 얼굴과 지금 엄마의 얼굴을 번갈아 보았다. 처음으로 엄마의 나이가 느껴지는 것 같았다. 걸음걸이와 자세도, 그러고 보니 청력도 이전과 다르게 느껴졌다.
내 목소리가 조금 작긴 하지만, 말을 한 번에 알아듣지 못하시
고는 가끔 엉뚱한 대답을 하기도 하셨다. 그 때문인지 조용히
대화를 듣던 남편은 둘의 대화가 접점 없는 평행선 같다고 했
다. 예를 들면 이런 식이다.

"바람이 많이 시원해졌네."

"응. 엄마, 하늘 엄청 예쁘다. 노을 봐봐."

"그러니까. 바람이 많이 차가워졌어."

"아니, 하늘을 보라니까…. 엄마?"

계속 이런 식의 대화가 오가다 보니 서로 하고 싶은 말은 그게
아니었다며 실랑이를 벌이기도 했다.

엄마는 료칸에서 자주 방향을 잃으셨고, 에스컬레이터에서
는 몇 번이나 넘어질 뻔하셨다. 길을 가다 얕은 턱을 보지 못하
고 헛발을 디디는 일도 흔하셨고. 빠르게 걷다 앞 사람에게 바
짝 붙고, 땅만 보고 걷다 마주 오는 사람과 부딪히려 하고. 그
때마다 나는 엄마에게, 일본에서 그러면 사람들이 놀라, 일렬
로 서서 걸어, 여긴 좌측통행이야, 조심해, 그러다 넘어지면 어
쩌려고, 앞을 잘 보고 다녀야지, 와 같은 말을 했다. 소리만 지
르지 않았지, 엄마가 아이에게 하는 잔소리와 다른 게 하나도

없었다.

엄마의 말을 곱씹어 보았다. 최근 엄마는 예전에 느끼지 못한 몸의 변화에 대해 자주 이야기하셨다. 전보다 체력이 따라주지 않고, 글씨가 점점 더 보이지 않으며 체형이 변해 거울만 보면 짜증이 난다고. 그때마다 "나이가 들었으니 당연하지"라며 엄마를 다그치곤 했다. 그런데 나 역시 인정하지 않을 수 없었다. 엄마는 확실히 약해졌고, 작아졌으며, 겁이 많아졌다. 무엇보다 눈에 띄게 걸음이 느려지셨다.

누구보다 그 변화를 빠르게 감지했을 엄마는 서글픈 마음에 내게 넋두리를 늘어놓고 싶었을지 모른다. 혼란스러운 감정을 느끼고 계셨을 텐데 공감이라고는 요만큼도 없는 반응을 보였으니.

이번 여행의 가장 큰 수확은 엄마가 노인이 되어간다는 사실을 받아들인 게 아닐까 싶다. 언제나 크고 강한 존재였던 엄마가 아이처럼 두리번거리고 두려운 얼굴이 될 때 자꾸만 슬퍼졌지만, 그럴수록 엄마를 대하는 태도가 달라져야 한다는 걸 알았다. 가끔 엉뚱한 말을 해도 웃어넘기고, 혼잣말에 맞장구쳐 주며, 다정하고 여유롭게. 엄마가 내게 그랬듯 내가 엄마의 보호자가 되어 발맞춰 걸어야 한다는 걸 말이다.

이런 건 꼭 여행이 끝나갈 때쯤 깨닫는다. 조금 더 친절하게 설명해 드릴걸. 재촉하지 말걸. 손잡고 걸을걸.

그렇게 생각하니 '부모님 해외여행 금지 15계명'은 좀 너무하다는 생각도 든다. 개구리 올챙이 적 생각 못 한다고. 자라는 동안 자식들이 몇 배는 더 제멋대로 굴었을 텐데 부모님의 투정을 단 한 순간도 용납할 수 없다는 태도라니. 만약 부모님이 말 안 듣는 어린아이처럼 구신다면 소심한 복수를 하고 계신 건 아닌지 생각해 보자. 그리고 그럴 땐 금지어보다 손을 내밀어 보는 건 어떨까. 다른 건 몰라도 엄마 손은 여전히 크고 따뜻할 테니까.

■ 카이세키 요리会席料理는 작은 그릇에 다양한 음식이 조금씩 순차적으로 담겨 나오는 일본의 연회용 코스 요리이다.

나의 빈티지 믹서기

외할머니에 대한 기억이 많지 않다. 내가 아주 어렸을 때 할아버지와 함께 미국으로 이민을 가셨기 때문이다. 반면 외할아버지에 대한 기억은 있다. 할머니가 교통사고로 돌아가신 후 다시 한국으로 돌아오셨기 때문이다. 그때가 95년도, 내가 초등학교 5학년 때였다.

모두 각자 일로 분주한 아침, 엄마는 한자리에 우두커니 서서 한참 동안 수화기를 붙잡고 계셨다. 어린 나는 수화기 너머의 소식보다 엄마의 눈물에 덜컥 겁이 나 치맛자락을 붙잡고 늘어지기만 했다. 엄마는 조용히 흐느끼며 내 등을 토닥여 주셨고, 그 손길에 정작 위로받은 건 나였다. 그땐 몰랐다. 지금 내 나이보다도 어린 나이에 엄마는 엄마를 잃었던 것이다.

 사고를 내고 달아난 자는 곧 잡혔지만, 부랑자였고 당연하게
도 보상해 줄 돈이 없다고 했다. 그런 사연도 기가 막히는데 시
신이 오는 절차도 복잡해 우리 가족은 할머니가 계시지 않는 장
례를 치러야만 했다.
 대신 미국에서 촬영한 비디오를 틀어 놓고 온종일 집에서 할
머니를 추억했다. 화면 속 할머니는 환하게 웃고 계셨고 밝고
건강해 보이셨다. 당연했다. 지금 생각하면 너무도 이른 나이
에 갑작스럽게 돌아가셨으니까.
 할머니는 나를 무척 예뻐하셨다고 한다. 잠자리가 바뀌면 타
고난 예민한 기질이 더 도드라져 울고불고, 심지어는 할머니를
꼬집고 밀어냈다는데도 그런 손녀가 밉지 않으셨나 보다. 또
할머니는 요리 솜씨가 좋으셨다고 한다. 크고 속이 꽉 찬 이북
식 만두와 겨울에 만들어 주시던 동치미국수, 고수와 청각을 넣
어 담근 시원한 김치는 평생 잊을 수 없는 맛이라며 엄마는 입
이 닳도록 말씀하신다. 손재주도 좋으셔서 도안 없이 스웨터나
조끼를 만들어 입히셨다고.
 내게 할머니에 대한 기억은 그날의 화면 속에서, 엄마의 이야
기 속에서 찾아야 하는 숙제 같은 거였다. 할아버지와 함께했
던 장면에 언제나 할머니는 존재하지 않았지만, 덕분에 뭔지 모

를 따뜻한 기운이 전해지는 것 같았다.

늘 어렴풋하기만 했던 외할머니의 사랑. 그 아련했던 사랑이 이곳에서 선명해질 줄이야.

언젠가 한국에 갔던 날, 엄마 집에 쌓아 놓은 짐을 정리하다가 '일본에 보낼 짐'이라고 써놓은 상자를 발견했다. 일본에 갔어야 할 짐이 여기 있다는 건 실은 처음부터 필요 없었던 물건이 아니었을까.

안에는 일명 도깨비방망이라고도 불리는 핸드 블렌더, 베이킹 하려고 샀던 핸드 믹서, 주스 만들어 먹던 소형 믹서기, 역시나 두고 간 미련이 가득 담겨 있었다.

내 짐을 정리한다는 핑계로 엄마의 주방을 기웃거렸다. 수납장에 핸드 블렌더를 슬쩍 넣어 두고, 오래된 소형 믹서기 자리엔 조금 더 크고 튼튼한 내 믹서기를 두었다. 새로 사서 채워주는 것도 아니면서 새거나 다름없다고 생색을 내며.

제품을 유심히 들여다보던 엄마는 갑자기 무언가 생각난 듯 안방으로 들어가셨다. 그러더니 커다란 상자 하나를 들고나오셨다. 한눈에 보아도 오래돼 보이는 상자에는 낯익은 브랜드명이 적혀 있었다. 내 것과 같은 브랜드의 믹서기였다.

오랫동안 품고 있던 비밀을 털어놓듯 내게 건넨 그 믹서기는 바로 외할머니의 유품이었다.

미국에서 쓰시던 믹서기를 엄마에게 주고 가셨으니 정확히는 엄마의 물건이기도 하지만.

오래전 110V를 사용하던 시절에는 우리나라에서도 미국이나 일본 가전을 사용할 수 있었다. 그런데 전력 수급 문제로 승압 사업이 시작돼 점차 110V 가전은 사용할 수 없게 되었고, 쓰던 가전은 애물단지가 되어버렸다. 아빠는 한동안 변압기를 이용해 드라이기를 사용하셨지만, 엄마는 그렇게까지는 번거로우셨던 거다.

이것 역시 새거나 다름없다고 하셨지만 너무 크고 무거워서 들고 갈 엄두가 나지 않았다. 무엇보다 작동이 되는지 알 수 없는 상황에서 무작정 가져갈 수도 없고. 어영부영하는 사이 믹서기는 꼭 필요한 짐들에 밀렸고 또다시 상자 밖으로 나오지 못한 채 제자리로 돌아가야만 했다.

그렇게 나도 내 자리로 돌아왔는데, 어쩐지 그날부터 믹서기가 아른거리는 거다. 일본에 살지 않았으면 존재조차 모르고 살았을 텐데. 결국 할머니 믹서기를 사용하기 위해 일본에 살게 된 건 아닐까. 그런 생각이 들자, 모든 게 운명처럼 느껴지기 시작했다. 만나야 할 사람은 언젠가 만나게 된다는 말처럼 물건과도 그런 연이 있는 게 분명하다.

오랜 세월을 지나 여러 나라를 거쳐 드디어 나에게 온 믹서기.

상자를 열어보고 나는 또 한 번 울컥했다. 영어로 된 신문지가 아니었다면, 색이 바랜 키친타월이 아니었다면, 당장 어제 했다고 해도 믿어질 만큼 깔끔한 포장 상태 때문이었다.

12-16-93. 신문지 상단에 적힌 날짜를 확인하고서야 지나온 세월을 실감했다.

크리스마스를 앞둔 93년도 겨울, 할머니는 선물처럼 이 믹서기를 엄마에게 보냈을지 모른다. 그 겹겹이 쌓인 손길에 나는 외할머니의 사랑을 확실하게 느낄 수 있었다.

신문을 그만 정리하고 믹서기를 꺼냈다. 본체도 본체지만 무슨 짓을 해도 깨질 거 같지 않은 두꺼운 유리 용기 때문에 무게가 만만치 않았다. 음식이 닿는 용기는 유리여야 안심이 되는 나로서는 그 묵직함이 썩 마음에 들었다.

믹서기 상태는 30년 세월이 믿기지 않을 정도였다. 설명서와 레시피 책자도 그대로, 녹이 슬었을 거로 생각했던 칼날도 멀쩡했다. 교체해야 할 것 같았던 고무링도 이렇게 저렇게 며칠 못살게 굴었더니 원래의 색을 되찾았다. 버튼 사이에 낀 때와 먼지를 닦아냈으니 이제 플러그를 콘센트에 꽂아 볼 시간. 이게 정말 될까?

플러그를 꽂고 버튼을 눌렀더니 요란한 소리를 내며 믹서기가 움직였다. 돌아간다. 칼날이. 아주 힘차게. 성능이야 요즘 제품에 비해 떨어지겠지만 그런 게 뭐가 중요할까.

할머니가 돌아가신 후 엄마에게 남은 사진 중 한 장을 내가 가졌다. 미국에서 할아버지와 함께 찍은 유일한 사진. 두 분이 얼마나 환하게 웃고 계시는지 보고 있으면 나도 따라 미소가 지어진다.

잠시 한국에 오셨다가 미국으로 가시던 날, 그게 마지막 인사가 될 줄 아무도 몰랐던 그날에 우리가 만났다면 이보다 더 환한 얼굴로 손을 흔들어 주지 않으셨을까. 그런 생각이 들 때마다 서랍 속 사진을 꺼내 본다. 그리고 지금 엄마의 웃는 얼굴에서 할머니의 얼굴을 본다. 어느새 할머니만큼 눈가에 주름이 진 엄마를 보며 문득 어디선가 흐뭇하게 나를 지켜보고 계실 거라는 생각이 들었다.

나는 외할머니의 믹서기를 쓴다. 믹서기로 시금치 카레를 만들고, 토마토를 갈며 할머니는 여기에 무엇을 갈아드셨을까 생각한다. 그것만으로도 연결된 느낌이 든다. 믹서기가 작동하는 순간, 멈춰 있던 우리의 시간이 다시 시작된 셈이다.

마법과도 같은 단어
'스미마셍'

　일본에 살면 가장 먼저 익혀야 할 말이 있다. 일본어를 몰라도 한 번쯤 들어봤을 단어, 바로 '스미마셍'이다. 나는 스미마셍을 어떤 상황에서도 먹히는 만능 단어라고 부르는데 그만큼 다양한 상황에서 쓰이기 때문이다. 하루 종일 이 단어를 얼마나 자주 듣는지, 일본인들이 하루 중 가장 많이 하는 말이 무엇이냐 묻는다면 스미마셍이라고 자신 있게 답할 수 있을 정도다.

　'스미마셍'은 일반적으로 많이 알고 있는 '죄송합니다'라는 뜻 외에 식당에서 주문할 때 '저기요', 누군가 엘리베이터 문을 잡아 줄 때 '감사합니다', 또 길을 묻거나 말을 걸 때 '실례합니다', '잠깐만요'라는 의미로도 사용할 수 있다. 그래서 사전적 의미보다 단어가 쓰이는 상황을 이해하는 게 더 중요하다.

처음 일본에 왔을 땐 스미마셍이라고 말하는 게 길거리 간판을 읽는 일보다 어려웠다. 낯선 글자보다 몇 배는 더 익숙한 단어가 입 밖으로 나오기까지 꽤 긴 시간이 걸렸던 거다.

생각해 보면 살면서 죄송하다, 미안하다는 말을 몇 번이나 하고 살았던가. 실수했거나 잘못한 일이 있다면 분명 인정하고 사과했던 것 같은데 일상에서, 그러니까 길을 걷다가 또는 장을 보다가 모르는 사람에게 수시로 사과한 적이 있던가. 그런 말을 입에 달고 살면 지나치다는 소리를 듣거나, 얕잡아 보거나, 의도와 달리 상대방을 불편하게 만들 수 있다는 생각이 만연한 나라에서 온 나는, 별거 아닌 일에도 머리 숙여 사과하는 일본인들이 솔직히 부담스러웠다. 사과를 받았으니 그에 맞는 반응을 해야 하는데 선뜻 그러지 못했다. 이게 이렇게까지 죄송할 일인가? 생각하다 놓치고, 상대가 잘못했을 경우에는 내가 사과할 필요가 없다고 생각해서 놓쳤다. 그런데 내가 잘못한 일에 상대가 먼저 '스미마셍'이라고 했을 때, 무언가 잘못됐다는 생각이 들었다.

방송인 전현무가 일본에서 운전하다 실수로 역주행을 해 반대편에서 오는 차와 마주친 일이 있었는데 본인 잘못이었는데도 불구하고 상대 운전자가 먼저 "스미마셍, 스미마셍"이라고 해 어쩔 줄 몰랐다고 한다. 그거다 그거. 내가 당황했던 포인트가.

용서를 구하기도 전에 잘못을 이해받을 때 내 자신이 얼마나 부끄러워지는지. 그때부터 용기 내 입으로 말하기 시작했다. 스미마셍. 회화에서 더 자연스러운 발음은 '스이마셍'이라는 것도 배웠다. 직접 발음해 보면 스미마셍보다 스이마셍이 더 편하다는 걸 알 수 있다. 물론 일상 회화에서만 그렇게 쓰인다.

스미마셍이 쓰이는 상황을 자세히 들여다보면 남에게 피해 끼치는 걸 극도로 꺼리는 일본의 사회적 분위기를 느낄 수 있는데, 이를 '메이와쿠 문화'라고 한다.

迷惑메이와쿠는 다른 사람에게 폐를 끼치거나 불쾌감을 느끼게 하는 행위 자체를 의미하는 단어다. 타인에게 폐를 끼치는 행동을 삼가고, 사회 질서를 잘 지키는 게 기본이라는 인식이 일본 사회 전반에 깊게 깔려 있는 것이다. 일본인들은 자녀가 초등학교에 들어가기 전부터 메이와쿠를 하지 않도록 주의를 주고, 올바른 습관이 몸에 배도록 철저하게 교육한다.

당장 지하철만 타봐도 알 수 있다. 새치기는커녕 자리에 앉으려고 몸을 날리지 않고, 자리가 있어도 붙어 앉아야 한다면 잘 앉지 않으며 특히 전화 통화. 대중교통을 이용할 때 될 수 있으면 통화를 하지 않는다. 중요한 일이라면 구석으로 가서 조용히 통화하거나, '전철 안입니다. 내려서 전화드리겠습니다' 간단히 말하고 전화를 끊는다. 그때 상대방은 '스미마셍'이라고 답한다.

메이와쿠 문화를 지나치게 강조하다 보면 표현의 자유를 억압받고, 집단에서 조금만 튀어도 왕따(이지메)를 당하거나 아니면 은둔형 외톨이(히키코모리)가 된다든지, 피해자가 목소리를 낼 수 없는 분위기가 형성되는 부정적인 측면이 많다지만, 그럼에도 나는 긍정적인 면이 더 많다고 생각한다.

스미마셍이라는 말을 들을 때마다 나는 이해와 배려를 느낀다. 그것이 거짓 배려라도, 진심이 담겨 있지 않은 습관이라도, 그 한마디에 찡그렸던 인상이 풀어지고 마음이 절로 누그러진다. 특히 어르신에게 먼저 스미마셍이라는 말을 들을 때면 몸 둘 바를 모르겠다. 그 모습을 보며 나도 저렇게 늙어야지, 나도 저런 어른이 되어야지, 라는 다짐을 이곳에서 자주 한다.

이제 조금 알 것도 같다. 내가 누군가의 장바구니를 쳤을 때 들었던 스미마셍은 본인이 그 자리에 있어 폐를 끼쳤다는 의미와 그것 때문에 마음 쓰지 말라는, 상대의 마음까지 배려하는 의미도 포함되어 있었던 게 아닐까.

스미마셍이 여러 상황에 쓰이게 된 이유에 대해서도 생각해 본다. 상황에 따라 죄송합니다, 감사합니다, 실례합니다, 부탁합니다 등, 각기 다른 표현을 사용하는 것보다 한 단어로 말하는 게 효율적이지 않았을까. 사과의 표현은 스미마셍 말고도 많지만, 여러 상황에서 사용할 수 있는 단어는 스미마셍이 유일하기 때문이다.

오랜만에 한국에 갔을 때, 서촌에 있는 스콘 집에 간 적이 있다. 계산하면서 봉투가 필요한지 물으셨고, 나는 필요하다고 대답했다. 그런데 카드만 주시고 봉투는 주지 않으시는 거다. 나는 봉투가 없으면 정말로 빵을 가져갈 수 없었다. 취소하고 다시 계산해야 하는 번거로움을 알았지만 말해야 했다.

저, 봉투 달라고 했는데요. 사장님은 몹시 당황해하셨는데 그때 나도 모르게 이런 말이 튀어나왔다.

"죄송해요. 제가 목소리가 너무 작았나 봐요."

솔직히 지금까지 이런 상황에서는 내가 잘못했다고 생각한 적이 없었다. 나는 분명 대답했고, 사장님은 알겠다고 하셨으니 명백히 상대의 실수가 아닌가. 그런데 나도 모르게 일에 차질을 준 것 같아 미안한 마음이 드는 거다. 이제는 내게도 습관이 된 스미마셍 덕분이었을까. 내가 먼저 죄송하다고 하자,

275

사장님은 더 미안해하시며 봉툿값을 받지 않으셨다는 훈훈한 결말.

우리나라에도 스미마셍과 같은 단어가 있으면 좋겠다. 죄송합니다, 감사합니다, 실례합니다. 번거로우니까 그냥 한 단어로 죄. 감. 실. 죄감실. 어…떤가? 이상한가? 줄임말이라는 게 처음에는 뭐야? 싶다가도 여러 사람 입에 오르내리기 시작하면 원래 있던 단어처럼 자연스러워지는 법이다, 라고 뻔뻔하게 주장해 본다.

나의 언어는 어디에

며칠 전 카페에 갔다가 굴욕을 당했다. 정해진 대답과 행동대신 새로운 요구를 했기 때문이다.

끈질기게 머물던 습도가 사라진 계절. 하늘은 파랗고, 바람은 부드럽고, 잔잔하게 흐르는 저 구름처럼 무슨 일이든 자연스럽게 흘러갈 것 같은 날. 느낌이 좋은 그런 날. 역시 그럴 땐 한 번에 성공하는 경우가 없다.

카페는 이곳에서 내가 가장 자주 찾는 곳이다. 혼자 시간을 보내기에도 좋지만, 좀처럼 누군가와 대화할 일이 없는 내게는 카페만큼 일본어 연습을 할 수 있는 좋은 장소가 없기 때문이다.

하지만 처음엔 집을 나서는 일 자체가 괴로웠다. 무식하면 용감하다고, 무작정 문을 열고 들어갔다가 당황했던 기억 때문에 자꾸만 마음이 쪼그라들었다. 커피 한 잔 시키는데 웬 질문이 그렇게 많고, 표현 방식은 또 어찌나 다양한지.

이곳에 온 지 6개월 정도 됐을까, 남편을 대신해 영사관에 서류를 떼러 갔던 날. 혼자 전철을 타고 멀리까지 나왔다는 사실에 들떠 카페에도 가보기로 했다. 이번엔 반드시 일본어로 주문하리라 다짐하며 속으로 '따뜻한 아메리카노 한 잔 주세요'를 천 번은 외친 것 같다. 그리고 상상했다. 커피를 주문하면 점원이 '여기서 드시고 가시나요?'라고 묻겠지. 그럼 나는 '네'라고만 대답하면 되는 거야.

드디어 내가 주문할 차례. 입을 떼려는데 직원이 먼저 말을 걸었다.

店内でお過ごしですか？

텐나이데오스고시데스까?

아마도 이런 문장이었을 거다. 당황했다. 예상했던 순서가 바뀐 것도 바뀐 거지만, 알아들을 수 있는 단어가 하나도 없었기 때문이다. 그냥 '텐나이'라는 단어를 듣는 순간 붙잡고 있던 정신 줄이 뚝 하고 끊겨버렸다. 텐나이? 내가 아는 건 가게라는

278

뜻의 お店오미세뿐인데, 텐나이? 당시에는 정확히 들었는지도 알 수 없었다.

직원이 두 번이나 물었는데 되묻지도 못하고 어버버하고 있으니 영어로 말을 걸어왔다. Here or to go?

그제야 질문의 뜻을 이해할 수 있었다. 연습한 일본어는 연기처럼 사라졌고, 결국 나는 또 영어로 주문하고 말았다. 아, 대체 내 입에서 일본어는 언제쯤 나올 수 있는 걸까. 그땐 영어가 훨씬 편했다…라고 말하는 것도 우습다.

그날을 계기로 점내, 가게 안을 뜻하는 텐나이라는 단어를 일본에서 얼마나 자주 쓰는지 알게 됐다. 무엇이든 아는 만큼 보이고 들리는 법. 텐나이에 적응되니 '여기서 드시고 가시나요?'라는 말도 다양하게 표현한다는 걸 알게 됐는데, 내가 들었던 '점내에서 시간을 보내시겠습니까?' 외에도, '이용하시겠습니까? ご利用ですか고리요우데스까', '드시겠습니까? お召し上がりですか오메시아가리데스까'와 같은 표현을 사용해 정중하게 말하고 있었다. 심지어 사람마다 사용하는 표현이 어찌나 다양한지 오늘은 또 새로운 문장을 하나 접했다. '오늘, 자리를 이용하시겠습니까? 本日、お席をご利用ですか 혼지쯔、오세키오고리요우데스까?'

다시 말하지만, 나는 히라가나만 덜렁 외우고 왔기 때문에 먹다 '食べる타베루', 마시다 '飲む노무'라는 기초 단어밖에 알지 못

279

했다. 그러니 정중하게 말하는 법 따윈…. 그땐 그런 표현이 마냥 어렵게만 느껴졌는데 생각해 보면 나는 실생활에서 자주 쓰이는 일상적인 표현조차 모르고 있었던 거다.

서당 개 삼 년이면 풍월을 읊는다고, 일본에 산 지 6년. 아직도 풍월을 읊지 못하는 걸 보면 개만도 못하다는 생각이 들지만, 나에게는 눈치라는 게 있다. 그건 개보다 낫다고 자부한다. 이제는 예상과 다른 질문을 받아도 당황하지 않고, 영어로 주문하는 일도 없다. 그러니 가끔은 다른 말을 해 볼까, 용기가 나기도 하는 거다.

얼마 전 하카타역 근처에 새로 생긴 카페에 들렀다. 위치상 외국인 관광객이 자주 드나들다 보니 점원들은 손님의 인상착의만으로도 국적을 파악할 수 있는 것 같았다. 내가 다가가자 영어로 주문할 줄 알고 비장한 표정을 짓는 점원. 하지만 나는 당당하게 그리고 자연스럽게 일본어로 주문했다. 커피와 함께 도넛까지 시키고는 쟁반을 받아 들었는데, 어라? 이 지점은 포크가 필요한지 묻지 않는다. 일단 자리로 가 앉았다. 바로 달라고 하면 됐을 텐데 내가 주춤주춤 망설였던 건 포크의 발음 때문이었다. 포크는 영어이기 때문에 가타카나로 쓰고 발음하는데, 또 그놈의 가타카나가 문제인 것이다.

フォーク훠크. 사전에서 발음 듣기를 해 보았다. 들리는 대로

만 발음하면 되는데 쉽지 않다. 장음까지 있으니 괴로움 두 배. 손에 묻든 말든 그냥 먹을까? 아니야. 오늘은 어쩐지 느낌이 좋은 날이니까. 연습 후 실전에 나섰다.

그럼 그렇지. 못 알아듣는다. 다시 한번 말씀해 주시겠냐는 점원의 말에, 훠크? 훠어크? 훠오쿠? 최선을 다했다. 또 못 알아듣는다. 그렇다면 어쩔 수 없지. 최대한 혀를 굴려 발음해 보았다. 폴크. 퓔크. 못 알아듣는다. 결국 필요도 없는 나이프까지 언급하고 나서야 상황이 종료됐다.

그렇게 얻어낸 포크와 나이프를 들고 자리로 가는데 헛웃음이 나왔다. 고작 한 단어 때문에 몇 개의 언어를 사용해야 하는가. 이런 상황에서는 내 발음이 문제인지, 억양이 문제인지, 목소리가 문제인지, 아니면 점원의 귀가 문제인지, 뭐가 어디서부터 잘못됐는지 알 수도 없다. 내 나라가 아니니 내 탓을 하는 수밖에. 이럴 땐 어김없이 바보가 된 기분이다. 동시에 내 언어를 잃어버린 기분. 그냥 한국어로 포크요! 포크! 포크 달라고요! 외쳐버릴걸.

그런데 가만 보니 일본어만 문제가 아니었다. 며칠 전엔 Body Shampoo를 Body Lotion으로 보고 집어 온 것이다. 흡수가 잘 안되는 것 같았지만 유분기가 많은 제품이라며, 제형이 조금 독특했지만 유명한 제품은 달라도 뭐가 다르다며, 그날따라 참 꼼꼼히도 발랐는데.

좋은 향과 질감의 보디로션이 몸에 착 달라붙을 때 기분이 좋다. 종일 내 향기에 취해 향기로운 오후를 보내고 양치를 하러 세면대 앞에 섰는데, 그제야 눈에 들어오는 꼬부랑글자. Body Shampoo. 응?

또 어느 날에는 인터넷 서점에서 책을 구경하다가 나탈리아 긴츠부르그 작가의 『작은 미덕들』을 '작은 미더덕'으로, 이화열 작가의 『서재 이혼 시키기』를 '처재 이혼 시키기'로 읽고는 깜짝 놀라 눈을 비비기도 했다.

외국에 오래 살다 보면 그 나라의 언어도, 모국어도 잘 안 나오는 시기가 온다던데, 그건 외국어를 잘하는 사람에게만 해당하는 말이 아니었던가. 나처럼 외국어 실력이 처참해도 한 번쯤 그런 시기가 오긴 오는가 보다. 아니면 모든 언어를 어설프게 알다 보니 머릿속에서 이도 저도 아닌 채 사라지는 지경에 이르렀을지도 모르겠다. 그렇다면 나의 언어는 어디에…. 아, 어쩌면 언어의 문제는 아닌가 싶지만.

여행자의 시선

평범한 일상이라도 그 배경이 해외라면 달리 보이는 게 있었다. 낡은 건물, 오래된 자동차, 아무렇게나 널어 둔 빨래 심지어 쓰레기통까지. 비슷한 듯 다른 풍경에 매료되어 어떤 날은 관광지를 벗어나 보기도 하고, 종일 카페에 앉아 지나가는 사람을 구경하기도 했다. 호기심 가득한 눈으로 이곳저곳 살피며 짧은 시간 동안 최대한 많이 보고 느끼려 애썼다. 열린 마음으로 받아들이니 별거 아닌 것도 소중하고 놓치고 싶지 않은 장면이 되었다. 그러다 보면 어딘지 모를 골목길, 누군가의 화단, 뜻도 모르는 표지판이 여행 사진의 반 이상을 차지하게 된다. 반복되는 삶이 지겨워 떠나온 여행지에서 다시 일상을 찾아다

FIRE HYDRANT

消火栓

赤坂とも内科

← 9:30〜15:00 昼休憩なし

니는 꼴이라니. 어딘가 아이러니하지만 결국 사람 사는 모습에서 힘을 얻었던 거다.

그런데 지금은 어떤가. 처음 느꼈던 설렘과 환상은 사라진 지오래. 나를 둘러싼 글자가 더는 외계어처럼 느껴지지 않게 된 순간 모든 것들이 시들해졌다. 무엇이든 한 발짝 떨어져서 볼때 아름답게 보이는 법. 특별해 보이던 장면에 발을 담그니 삶이 반복되는 건 마찬가지인 것이다. 가끔은 내가 어디 있는지도 잊은 채 이런 말을 하기도 한다.

청록색 벽돌로 지어진 이 건물의 외관을 좋아한다. 1층에 카페가 있는 것도 좋다. 이렇게 좋은 자리는 늘 대형 카페 차지인게 아쉽지만. 아치형 창문과 나무 창틀. 그 아래 앉아 지나가는 사람들을 구경하다 보면 어디 외국 카페에 앉아 있는 기분이든…. 아, 여기도 외국이지.

살면서 겪는 모든 일들이 매번 처음처럼 새롭고 짜릿하다면 얼마나 좋을까. 좋을까? 생각해 보면 그건 너무도 피곤한 일인 것 같다. 항상 긴장하고 붕 뜬 기분으로 살아야 할 테니, 평온한 나날을 보내고 싶은 나에게는 어울리지 않는다. 낯설고 특별한 경험도 반복되면 적응되고 익숙해지기 마련이며, 그래야만 안정적인 일상을 살아갈 수 있지 않을까.

문제는 익숙해지는 게 아니라 무뎌지는 데 있다. 언젠가는 어떠한 일에도 동요하지 않는 무덤덤한 사람이 되고 싶었는데 그렇게 되고 보니 끔찍하다는 생각이 들었다. 반짝이던 눈이 사라지고, 어제와 다르지 않은 풍경에 시큰둥해져서는 더는 다른 길로 들어서지 않는 나를 발견한 것이다.

거기 가 봐야 사람만 많지. 그거 먹어 봐야 아는 맛이잖아.

입 밖으로 내는 말에는 보이진 않지만, 강한 힘이 있는 것 같다. 나는 이런 사람이다, 라고 말하면 그런 사람이 되는 것과 같은. 그런 말을 할수록 나는 점점 무기력해졌고 어떤 것에도 흥미를 느끼지 못했다.

까만 냉장고에 반했던 날, 우연히 카페를 발견했던 날, 더듬거리지 않고 글자를 읽게 됐던 날, 모든 게 신기하고 즐겁기만 했던 그날의 나는 어디로 간 걸까.

하늘길이 열리고 해외 여행객으로 북적이는 요즘, 도시는 예전처럼 활기를 되찾았다.

바람에 촛불이 꺼지듯 한순간에 죽어버린 도시를 보았던 나는 조금씩 거리가 살아나는 모습이 반갑지 않을 수 없었는데, 특히 공항에 가면 알 수 없는 감정에 가슴이 먹먹해질 정도였다. 국가 간의 이동이 자유롭게 허용되지 않던 시기에 공항을 봤다면 누구나 그런 감정이 들었을 테다. 문 닫은 면세점과 불꺼진 체크인 카운터, 필요한 말 외에는 어떤 말도 오가지 않던 공항은 쓸쓸함을 넘어 충격 그 자체였기 때문이다. 드문드문 켜진 조명과 탑승구 불빛만이 이곳이 공항이었음을 일깨워 줄 뿐이었다. 누구보다 빠르게 그 변화를 느끼며 하루빨리 제자리를 찾길 바랐던 나는 바뀌는 장면 하나하나에 감격할 수밖에 없었던 거다.

그런데 그렇게 벅차오르던 감정도 잠시. 여기가 한국인지, 일본인지 분간이 되지 않을 정도가 되자 삐뚠 마음이 고개를 들기 시작했다. '그때가 좋았지' 하는 간사한 마음은 어떻고.

도대체 저기서 왜 사진을 찍는 거야. 저 음식점 줄 설 정도로 맛있는 곳은 아니지 않아? 저런 건 뭐 하러 사간데?

안타까운 시선으로 바라보다 문득 그런 시선을 가진 내가 더 안타까운 게 아닌가 싶어졌다. 익숙해졌다고 하지만 여전히 모르는 것투성인데, 더는 알려 하지 않고, 보려 하지 않는다면 지금 이 순간 놓쳐버리는 게 얼마나 많을까.

여행자들의 눈빛과 행동에서 나의 처음을 떠올려 본다. 호기심 가득한 눈과 한껏 높아진 목소리로 여기저기 살피는 모습. 길을 잃어도, 생각보다 맛집이 아니어도, 쓸모없는 물건을 샀어도, 더위에 지쳐 백화점 구경만 했어도, 얼굴에서 웃음이 사라질 줄 모르던, 저 모습이 나의 모습이기도 했다. 그리고 이곳에 처음 왔을 때 우리의 모습이기도 했다.

상점가 지붕 때문에 집에 햇빛이 들지 않았어도, 방에 침대 하나 놓을 자리 없었어도, 싸구려 가구를 사면서도, 지하철역까지 이십 분이나 걸었어도 즐겁기만 했던. 시간이 갈수록 상황이 나아지는 건 분명 행복한 일이지만 그때만큼 순수하게 즐거웠나 생각해 보면 꼭 그렇지만은 않은 것 같다.

관광객으로 인해 질서가 무너지고 일상이 흐트러진 건 여전히 불편하지만, 덕분에 그동안 잊고 있던 사실을 하나 깨달았다. 중요한 건 내가 있는 장소가 아니라 내가 가진 마음이었다는 걸. 어디를 가서 무엇을 보고 느끼느냐는 모두 나의 마음에 달려 있다는 걸 말이다.

익숙해지는 건 어쩔 수 없지만, 무뎌지지 말아야겠다. 늘 설렐 수는 없지만, 무감각해지지 말아야겠다. 무뚝뚝한 표정이 될지언정, 여행자와 같은 시선은 잃지 말아야겠다.

당연하게 여겼던 것들

몇 달 만에 다시 한국에 왔다. 언제 그랬냐는 듯 코로나19는 우리 일상에서 멀어졌고, 과거의 일이 되어버렸다. 가장 민감했던 해외 입국자에 대한 규제가 완전히 풀리고 나니 그때의 일이 더 까마득하게 느껴졌는데, 한국의 큰 병원에서는 여전히 마스크 착용을 의무화하고 있다는 사실에 그게 불과 몇 년 전의 일이었음을 깨달았다. 그럼에도 마스크 챙겨 나오는 걸 깜빡하고는 약국에 들러 급하게 마스크를 샀다.

정신없이 볼일을 마치고 나왔는데 아까보다 비가 더 많이 내린다. 빨리 집에 가고 싶은데 길 건너 김이 모락모락 나는 가게를 그냥 지나칠 수 없었다. 결국 만두와 찹쌀 꽈배기를 손에 쥐고 버스에 올랐다. 짐도 많은데 그 와중에 먹고 싶었던 음식은 포기할 수 없었나 보다.

방금 찐 만두는 코끝에서 '내가 바로 고기 만두다아아'를 외쳐 댔는데(유독 고기만두가 그런 경향이 있다), 누가 눈치라도 챌까 얼른 봉지를 묶어버렸다.

습한 날씨와 달리 버스 안은 쾌적했다. 승객은 나 포함 다섯 명. 친절한 버스 기사님 얼굴 한 번 보고, 큰 소리로 통화하는 아저씨 뒤통수를 노려보다가 머리 위에 있던 TV 화면에 시선 이 멈췄다.

당연해서 소중함을 잊고 살지 않았나요?

정확하진 않지만 대강 이런 문장으로 시작하는 영상이었다. 영상에서는 해외에 거주하고 있는 한국인이 현지에서 버스를 이용하며 느꼈던 불편함을 이야기하고 있었는데, 길게 설명하 지 않아도 전달하고 싶은 내용이 무엇인지 단번에 알 수 있었 다. 그래, 그거 깨달으려면 해외 생활만 한 게 없지. 나도 모르 게 고개를 끄덕였던 것이다.

당연한 것들의 소중함을 깨닫는 순간은 당연했던 일이 더 이 상 당연하지 않을 때 또는 내가 누렸던 당연함이 누군가의 배려와 희생으로 인해 이루어진 것이었음을 알게 될 때다.

해외 생활은 매 순간 그러했다. 아무 생각 없이 탔던 지하철, 지도 없이 다니던 길, 단골 미용실, 다니던 병원, 언제든 시켜 먹을 수 있는 치킨, 24시간 감자탕. 당연해서 당연한 줄도 몰랐던 모든 것들이 사라졌다. 특히 빠르고 저렴하게 이용했던 서비스가 복잡하고 비싸게 느껴질 땐 한국만큼 편한 나라가 없다는 생각이 절로 든다. 은행 수수료가 왜 이렇게 비싼지, 집에서 클릭 하나로 해결할 수 있는 공인인증서 같은 건 없는지, 서류를 꼭 우편으로 주고받아야만 하는지.

낯선 것에 적응하는 것만큼 어려운 게 익숙함을 떨쳐내는 것이었다는 걸 이곳에 와서 절감하는 중이다. 그런데 그때마다 불만을 토로해봐야 좋을 게 뭐가 있을까. 침 튀겨 가며 설명해봐야 공감할 사람도 없을뿐더러 그럴 거면 '네 나라로 돌아가라'라는 소리나 듣지 않을까.

눈 뜨면 차려져 있던 아침밥과 침대 위에 가지런히 놓여 있던 옷, 반짝거리던 화장실. 빨래는 세탁기가 하지만 저절로 되는 게 아니고, 바닥에 떨어진 머리카락도 갑자기 치워지는 게 아니라는 건 진작에 깨달았다. 그런데 냉장고 안, 늘 꽉 차 있던 엄마 반찬과 김치의 부재는 또 다른 감정을 불러일으켰다. 엄마 없이 사는 삶을 실감하게 했기 때문이다. 이렇게 오랫동안 냉장고가 비어 있었던 적은 없었다. 냉장고 불빛이 이만큼 환한 줄도 몰랐다. 그동안 거절했던 김치와 반찬들이 마구 떠오른다.

가족의 소중함은 말할 것도 없다. 항상 그 자리에서 나를 지켜주고 반겨주던 가족이 없다는 건 여기 낯선 땅에 혼자라는 사실을 자꾸만 상기시켜 준다. 무슨 일이 있을 때마다 기쁨과 슬픔을 함께 나눌 수 없다는 것 역시. 그래서 그런가, 언제부턴가 명절이 되면 조금 쓸쓸해지기도 한다.

평생 모르고 지나쳤을 당연함도 있다. 해외에 살지 않았다면 느끼지 못했을 모국어의 소중함이다.

모국어는 내 몸의 일부와도 같아서 떼려야 뗄 수 없고, 잊고 싶다고 해서 잊을 수 있는 게 아니다. 그러니 말이 통하지 않는, 모국어가 사라진 세상은 나를 한없이 움츠러들게 했다.

길을 걷다 누가 말을 걸까 고개를 숙였고, 예상치 못한 질문을 받을까 혼자 마트에 가지 못했다. 집을 나서는 일 자체가 모험이 된 것이다. 행동 하나하나 조심스럽게 버벅거리다 결국 당황스러운 상황을 맞닥뜨리면 내 존재 자체에 문제가 있는 게 아닐까, 하는 생각마저 들었다.

대화 중 머릿속으로 외워둔 단어를 찾다가, 그 단어가 이 상황에 알맞은지 생각하다가, 말 한마디 제대로 못 했던 적이 얼마나 많았던가. 게다가 머릿속에서는 완벽했던 문장이 입 밖으로 나오면 왜 엉뚱한 문장이 되는지.

모국어의 소중함을 깨닫게 되면 자연스레 내 나라의 소중함도 알게 된다. 모국어를 자유롭게 사용할 수 있는, 언제든 돌아갈 수 있는 내 나라가 있다는 것. 문득 내가 이렇게 편하게 이 나라에 살아도 되는 건가, 죄스러운 마음이 들기도 하고, 요즘 들어 달라진 한국의 위상에 우쭐하기도 하고, 그러다 큰 지진이라도 나면 어쩔 수 없이 관동 대지진 때 있었던 조선인 학살 사건이 떠오르기도 하며⋯. 일본에서 한국인으로 살아갈 때 느끼는 이 감정은 가끔 말로 설명할 수 없을 만큼 묘하다.

만두와 찹쌀 꽈배기를 손에 꼭 쥐고 영상을 곱씹으며 창밖을 바라보다 여기까지 생각이 미쳤다.

곁에 있던 당연함을 잃어보기 전까지 우리는 쉽게 그리고 자주 소중함을 잊고 사는 것 같다. 싸고 맛 좋은 김밥과 내가 좋아하는 떡볶이집, 깻잎, 청양고추, 애호박이 널려 있는 곳. 익숙한 도로를 지나며 의식하지 않아도 절로 들어오는 내 나라의 언어를 흘려보내다 다시 한번 마음을 다잡았다. 일본에 돌아갈 날이 얼마 남지 않았는데, 아직 먹지 못한 음식이 많다. 내일은 반드시, 꼭, 떡볶이를 먹고 말 테다.

인생은 가끔 예상치 못한 방향으로

이곳에 온 지 2년쯤 됐을 때 블로그를 시작했다. 그게 뭐 대단한 일이냐 할 수 있겠지만, 내게는 아주 큰 결심이 필요한 일이었다.

평소 온라인상에서 모르는 사람과 대화하는 행위 자체를 이해할 수 없었던 나는 불특정 다수에게 일상을 공유하는 일 역시 있을 수 없는 일이라 여겼다. 어떻게 얼굴 한 번 보지 않고 나를 이해하고, 내게 공감해 줄 수 있을까. 가끔은 가장 가까이에 있는 사람도 알기가 어려운데 말이다. 그러니 주고받는 댓글이 전부 가식으로 느껴졌고, 온라인에서 알게 된 사람을 실제로 만난다는 건 상상도 할 수 없었다. 한마디로 진정성이 없고 위험한 곳이 온라인 세상이라고 확신했던 거다.

긴 시간은 아니지만 살면서 깨달은 사실이 하나 있는데, '절대'라는 말은 될 수 있으면 하지 않는 게 좋다는 거다.

호불호가 확실하고 아닌 건 아니라는 성격 탓에 어렸을 땐 자주 단언을 내리곤 했다. 특히 나에 대해 이야기할 때, 나는 절대 안 해, 절대 싫어, 절대 못 먹어, 절대로 그렇게 살지 않을 거야.

이렇게 힘주어 말했던 많은 것 중 지켜진 게 하나라도 있을까. 나는 없다. 나이가 들면 입맛도 바뀌고, 취향도 바뀌고, 받아들일 수 없던 일도 그러려니 하게 된다는 걸, '절대'가 얼마나 쉽게 무너질 수 있는 다짐인지 알게 된 후로 슬그머니 꼬리를 내린다. '절대'는 빼고, 딱 잘라 말하는 거 말고, '나라면 안 할 거 같아'라고. 나이를 먹을수록 소심해진다는 게 이런 건가. 아무튼 가장 충격적이었던 건 절대 이해할 수 없었던 행동을 내가 하고 있을 때였다. 그러니까 온라인에서 친구를 사귀는 일 같은 것.

일본에 온 뒤로 나는 무엇을 해야 하고 무엇이 하고 싶은지, 고민하는 나날을 보냈다. 사실 이곳에 오기 전부터 한 고민이지만 뚜렷한 답을 찾지 못하고 왔다. 무엇을 하든 언어가 우선이지만, 무엇보다 모임이나 동아리 활동 같은 걸 좋아하지 않는 나는 혼자서 할 수 있는 일을 찾는 게 우선이었다. 그때 떠오른 게 블로그였다. 그럼에도 선뜻 시작하지 못했던 건 그동안 가지고 있었던 편견과 내 나름의 신념 때문이었다. 그러다 닥친 코로나19. 갑자기 고립된 나는 그제야 내가 살아가야 할 곳이 이곳이라는 걸 깨달았다.

남편을 챙기고 살림을 돌보는 것 외에 나를 찾는 일 또한 게을리하면 안 됐다. 남편도 그걸 바랐다. 천천히 내가 좋아하는 일을 찾는 것.

작은 오븐을 사서 유튜브를 보며 베이킹을 시작했다. 그동안 큰 집으로 이사만 가면, 내 집이 생기면, 하고 미루던 일이었다. 그렇게 따지면 일본에서는 더욱 할 수 없는 일이었다. 언젠가 이사를 할 수도 있으니, 한국에 돌아갈지도 모르니⋯. 아, 이러다 평생 오븐 하나 못 사보고 죽겠구나 싶었다.

한동안 시간 가는 줄 모르고 쿠키와 빵을 구웠다. 한국에 살 때 문화센터에서 들었던 제빵 수업이 많은 도움이 되었다. 완성된 빵이 늘어날수록 혼자서도 무언가 할 수 있다는 자신감이 생겼다. 내친김에 뜨개질도 시작했다. 하다 보니 욕심이 생겨 본격적으로 스웨터 만드는 법을 배웠다. 마침 코로나19 때문에 온라인 강의 플랫폼이 활성화되던 시기였다. 수업 자료를 직접 받을 수 없어 엄마 집을 거쳐 오는 수고를 들여야 했지만 멀리서라도 배울 수 있다면, 그런 건 일도 아니었다.

정해진 순서처럼 하나씩 해나가다 보니 드디어 메일함에도 손이 뻗쳤다. 2년 전, 그러니까 일본에 오기 전에 썼던 글에는 미래에 대한 걱정과 불안만 가득한 게 아니었다. 새로운 생활에 대한 기대와 설렘도 담겨 있었다. 그때의 감정과 마주하고 있으니 하고 싶은 이야기와 남겨야 할 이야기가 있을 것 같았다. 그리고 당장 만날 수 없는 엄마에게 나의 안부를 전하고 싶어졌다. 그렇게 블로그를 시작했다.

처음에는 이웃을 늘리기가 쉽지 않았다. 아무나 사귀고 싶지 않았고 친해지고 싶은 이웃이 생겨도 먼저 다가가지 않았으니까. 이건 지금도 지키고 있는 나만의 규칙이다. 블로그에서 이웃을 만드는 방법은 두 가지인데, 서로의 글을 읽을 수 있게 '서로 이웃'을 신청하는 법과 내 글이 상대방에게 보이지 않아도 나는 당신의 글을 읽겠다는 뜻의, 구독자와 비슷한 '이웃'으로 추가하는 법이 있다. 나는 처음부터 서로 이웃을 신청하지 않고, 몰래 이웃 추가를 하고는 슬쩍 공감을 남긴다. 상업 블로거의 이웃 신청은 받지 않는다. 그렇게 하면 블로그 지수가 떨어지고, 노출에 영향이 있다고 하던데 그런 건 모르겠고, 그냥 내가 하고 싶은 대로 마음 맞는 사람들과 내 공간을 만들어 가는 중이다. 재밌는 건 온라인상에서 친구를 만드는 과정이 좁아도 깊은 관계를 유지하고 싶은 나의 인간관계와 똑 닮았다는 거다.

천천히 들여다보니 정신없는 이 세계에도 진심이 담긴 글이 반짝거리고 있었다. 시간이 걸려도 언젠가 진심은 전해진다고 믿는 편이다. 내가 이웃들을 알아봤던 것처럼 이웃들도 나를 알아봐 주기 시작했고, 내가 누군가의 블로그를 구독했던 것처럼 조용히 내 글을 읽어주는 분들이 생기기 시작했다. 그리고 나는 알게 됐다. 얼굴 한 번 본 적 없는 사람에게 속마음을 털어놓을 수 있다는걸. 오히려 가까운 사이보다 간단해서 솔직해질 수 있다는 걸 말이다.

이웃들을 통해 새로운 정보를 얻고, 모르던 세계를 배우고, 때로는 질투심이 생기도 하며 그로 인해 자극을 받기도 한다. 적당히 선을 지키는 관계라 부담 없기도 하지만, 그 선 때문에 언젠가 인연이 끊어져도 이상할 게 없는 관계이기도 하다. 그럼에도 나는 이웃 세 분을 실제로 만나 뵈었다. 블로그를 시작한 지 2년 만에 이루어진 만남이었다. 어떻게 그럴 수 있었느냐 묻는다면, 그건 내가 해외에 살기 때문에 누린 혜택이었다고 말하고 싶다. 가까이 있는 사람보다 멀리 있는 사람을 만날 때 외려 다른 생각이 들지 않는 법이니까.

고립된 세상에서 아이러니하게도 나는 다양한 사람과 연결되었다. 블로그를 시작하고 글쓰기 플랫폼에 글을 올리면서 출판사와도 인연이 닿았다. 블로그가 이 모든 걸 가능하게 했지만,

이곳에 오지 않았더라면 시작하지 않았을지도 모를 일이다.

인생은 가끔 예상치 못한 방향으로 흐르는 것 같다. 매번 엉뚱한 곳으로 방향을 튼다면 당황스럽겠지만, 정말 가끔이니까 그래서 재밌는 게 인생이 아닐까. 그 덕에 내 생에 절대 있을 수 없다고 생각했던 일을 지금도 열심히 하는 중이다.

부재不在와 존재存在

　빈 반찬통이 하나둘 늘어나면 나는 슬퍼진다. 얼마 없던 엄마 반찬이 동나고 있다는 뜻이기 때문이다. 나도 벌써 주부가 된 지 10년이 다 되어가는데 엄마는 여전히 반찬을 만들어 보내주신다. 그것도 여기 일본까지.

　생각해 보면 한국에서는 집에서 밥을 먹은 적이 별로 없는 것 같다. 평일에는 둘 다 퇴근이 늦다 보니 외식을 하거나 야식으로 저녁을 대신했고, 주말에는 외출하거나 부모님 댁에 갔기 때문에 집에서 요리를 할 기회도 거의 없었다. 둘이 1년에 쌀 20 킬로그램도 다 먹지 못했고, 김장철이 다가올 때까지 김치통 하나 깨끗이 비우지 못했다. 애써 만들어주신 반찬도 결국 상해서 몇 번이나 버렸는지 모른다.

그땐 몰랐다. 일에 쫓기느라, 남은 반찬 처리하느라, 냉장고 가득했던 엄마의 흔적이 이토록 그리워질 줄은.

이제는 안다. 쌀이 얼만지, 잡곡은 또 얼마나 비싼지, 하루 최소 두 끼, 쌀 20킬로그램이면 둘이 몇 달을 먹을 수 있는지, 반찬 하나 만드는 데 정성이 얼마나 들어가는지. 주부가 된 지 10년이 다 되어간다고 했지만, 나는 일본에 와서야 진짜 주부가 되었는지도 모르겠다.

음식 솜씨 좋은 엄마 덕에 어릴 적부터 바깥 음식 맛있는 줄 모르고 자랐다. 일을 하시면서도 매일 아침 압력밥솥에 밥을 지으셨고, 소풍 날엔 단 한 번도 김밥 싸는 일을 거르신 적 없다. 돈가스 하나를 튀기더라도 돼지고기를 두드리는 일부터 소스를 만드는 일까지 직접 하셨다. 무엇이든 손수 만들어 주셨던 엄마의 냉장고는 늘 다양한 식재료로 가득했다. 나는 그런 엄마를 보고 자랐고, 그 맛을 아직도 생생히 기억한다. 그래서 나역시 외식보다는 집밥을 좋아하고, 뭐든 직접 만들어 먹는 걸 즐긴다. 사서 고생일 때도 있지만, 내가 먹을 음식의 재료를 알고, 눈으로 보고, 원산지를 택하는 일은 잘 챙겨 먹는 것만큼이나 중요한 일이라 생각하기 때문이다.

처음엔 한인타운까지 가서 재료를 구해오기도 했지만, 이제는 가까운 마트에서 대체할 수 있는 식재료를 찾는다. 있으면 있는 대로, 없으면 없는 대로, 상황에 맞춰 사는 방법을 터득했달까. 하지만 그럼에도 포기할 수 없는 반찬이 하나 있다. 그건 바로 엄마표 김치.

김치에 주가 되는 재료는 비교적 쉽게 구할 수 있지만, 양념에 들어가는 젓갈, 고춧가루, 천일염 같은 것들은 구하기도 어렵고 있어도 비싼 가격 때문에 망설여진다. 문제는 어찌어찌 재료를 구해 만든다 해도 그 맛을 내기가 쉽지 않다는 거다. 엄마가 보내준 양념으로 김치를 담가도 맛이 다른데, 사다 먹는 김치는 어떻겠는가. 일본인 입맛에 맞춘 김치는 너무 달고, 끈적하고, 무언가 중요한 재료가 빠진 것만 같다.

엄마는 우리 집 반찬통이 비어가는 걸 어떻게 아시는지 '김치 새로 담갔으니 보내줄게' 하신다. 그럼 나는 마음이 바빠진다. 택배 맞을 준비를 해야 하기 때문이다. 아껴먹던 반찬 꺼내 먹고, 남아 있던 김치 정리하고, 반찬통 한데 모아 깨끗이 씻어 물기 말리고.

주방 한쪽에 쌓여 있는 빈 반찬통을 보고 있으면 여러 가지 마음이 겹친다. 언제까지 엄마 반찬을 얻어먹을 것인가. 언제까지 엄마 반찬을 먹을 수 있을까. 이제 힘든 일은 그만하시라 하면서도 멈추지 않았으면 하는 마음. 미안하면서도 모른 척하고 싶은 마음. 언젠가 내가 해야 할 일이라는 걸 알지만 그런 날이 영영 오지 않았으면 하는 마음.

기다리던 택배가 도착했다. 묵은지 반포기, 새로 담근 배추김치, 오이김치, 무김치, 엄마 어렸을 때 외할머니가 자주 해주셨다던 간장 양념 무말랭이, 세상 귀한 명이나물, 아빠가 사고 엄마가 무친 감말랭이, 딸이 좋아하는 달래 무침, 사위가 좋아하는 꽈리고추 멸치볶음.

매번 한두 번 먹으면 없어질, 한 주먹도 안 되는 양의 반찬을 보냈다고 하시는데, 그때마다 엄마 주먹은 참 크다는 생각이 든다.

그런가 하면 우리 어머니의 스케일은 또 어떤가. 나는 음식 못하니까 사서 보내줄게, 필요한 거 문자로 찍어, 라고 하시는 멋쟁이 우리 어머니.

미역, 황태채, 떡볶이 떡, 방앗간에서 갓 짠 참기름, 들기름에 특별히 부탁드린 들깻가루와 미숫가루, 인스턴트 하면 빠질 수 없는 라면까지.

가족이 아니면 누가 이렇게 해줄 수 있을까. 재룟값에, 물건값에, 택배비까지. 돈도 돈이지만 들어가는 시간과 정성을 생각하면, 정말 쉽지 않은 일이다.

나는 이곳에서 가족에 대해 생각하는 시간이 늘었다. 내가 가족에게 어떤 의미인지도, 가족을 위해 할 수 있는 역할이 무엇인지도 생각한다.

한국에 가면 남편 없이 시댁에 가서 며칠 잠도 자고 어머니랑 단둘이 술도 한잔 한다. 그때마다 친구들은 어떻게 혼자 시댁에 가서 잠까지 자고 올 수 있냐고 묻는다. 그러게 말이다. 나도 내가 이럴 수 있는 사람인 줄 몰랐다. 이게 다 편하게 대해주시는 어머니 덕분에 가능한 일이겠지만, 그렇다 해도 한국에 계속 살았더라면 평생 하지 못했을 경험이 아니었을까.

어떤 관계로도 채워지지 않는 가족의 부재를 느낄 때면 헛헛한 마음이 들기도 하지만, 그 부재가 가족의 존재를 더 또렷하게 채워주고 있다.

택배 하나에도 다른 성향을 느끼며, 우리는 서로에게 해줄 수 있는 최선을 다하고 있다는걸, 이렇게 또 한 번 가족이 되어간다는 걸 깨닫는다.

힛코시빈보와 제로화

일본에는 '引越し貧乏힛코시빈보'라는 말이 있다. 직역하자면 이사 가난. 풀어보자면 '이사를 할수록 거지가 된다'는 뜻이다. 그만큼 이사할 때 돈이 많이 들기 때문에 생긴 웃기면서도 슬픈 이야기랄까. 특히 부동산 계약 시 드는 초기 비용이 상당히 많이 들어가는 편이다. 보통 월세의 3배에서 많게는 5배까지 들어간다고 하는데, 그래서 초기 비용이 얼마나 들어가는지 따져보기 전에 부동산 용어부터 설명해 보자면,

야칭, 우리나라 말로 월세. 월세는 당연히 집의 구조와 형태, 지역 등에 따라 차이가 크다. 참고로 2023년 기준 도쿄 23구

지역 1R(원룸) 평균 월세는 7만 엔에서 13만 엔* 정도라고 한다. 23구 안에서도 도심부로 갈수록 비싸지는 건 당연하다. 그런데 물가가 비슷한 것 같다고 해서 우리나라와 같은 수준의 원룸을 생각하면 안 된다. 일본에는 가전제품이 갖춰져 있는 풀옵션 형태의 집이 거의 없고, 생각보다 많이 좁기 때문이다.

공익비, 우리나라 말로 관리비. 공익비는 건물에서 공용으로 사용하는 부분에 대한 요금이다. 개인이 사용하는 전기, 수도, 가스 요금은 별도. 공익비 역시 집의 형태나 지역에 따라 차이가 있다.

시키킹, 우리나라 말로 보증금. 개념도 비슷하다. 만일의 경우를 대비해서 맡겨둔 담보. 계약 종료 시 월세가 밀렸거나 파손에 의한 복구 비용이 들어갈 경우 차감 후 반환된다. 시키킹은 일반적으로 돌려받을 수 있는 돈이라고 하는데 그렇지 않은 경우도 많다고 하니 계약서에 명시된 부분을 잘 살펴봐야 한다.

레이킹, 우리나라 말로 사례금. 일본 이사 문화의 가장 독특한 부분인 레이킹은 집 주인에게 '집을 빌려주셔서 감사합니다'라는 의미로 내는 돈이다. 의미 자체를 이해하기도 어려운데 돌려받을 수 없는 돈이라는 사실에 받아들이기까지 시간이 걸렸다. 감사하긴 한데, 그만큼 월세를 내잖아? 내가 공짜로 살겠다는 것도 아니고, 라는 생각을 떨칠 수 없었으니까.

레이킹이 생겨난 배경에는 지진이나 화재로 집을 잃은 사람이 많았던 시절, 집을 빌려준 집주인에게 감사의 의미로 전했던 돈이라는 설과 대학 진학이나 취직으로 독립한 자녀를 위해 정성의 의미로 전했던 돈이라는 설 등 다양한 설이 존재하는데 이제는 어떤 의미가 있다기보다는 관습만 남아 있다고 한다.

그 외에 부동산에 지불하는 중개 수수료, 보증인이 없으면 이용해야 하는 보증 회사 이용료, 필수로 가입해야 하는 주택화재보험, 퇴실 시 청소 비용인 하우스 클리닝비, 입주자가 바뀔 때마다 바꿔야 하는 열쇠 교환비까지.

물론 이 모든 비용이 전부 들어가는 건 아니다. 초기 비용 중 가장 큰 비중을 차지하는 시키킹과 레이킹이 없는 집도 있다. 특히 레이킹은 시대가 변함에 따라 점점 사라지는 추세라고 한다. 그렇다고는 하는데, 실제로 체감하기 어렵다. 지금까지 마음에 들었던 집 중 레이킹 없는 집을 본 적이 없으니까. 아니라고는 하지만 레이킹 있는 집이 살기 좋은 집이라는 인식이 여전히 자리 잡고 있고, 그런 집일수록 금액도 올라간다고 한다.

그래서 월세 100만 원(우리나라 돈으로) 짜리 원룸으로 이사한다는 가정하에 계산을 해 보자.

월세는 선불이니 한 달 치 월세가 먼저 들어갈 테고, 공익비는 최소 5만 원. 시키킹과 레이킹은 보통 한 달에서 많으면 두 달

치 월세만큼. 중개 수수료는 대부분 한 달 치 월세. 보증 회사 이용료는 상황에 따라 큰 차이가 나는 것 같은데 월세의 30퍼센트에서 120퍼센트까지도 지불한다고 한다. 주택화재보험은 2년 계약에 20만 원 정도. 열쇠 교환비도 대략 20만 원. 도어록이 설치되어 있는 경우 열쇠 교환비가 들어가지 않지만, 일본에는 도어록보다 열쇠를 사용하는 집이 훨씬 많다. 분실 시에는 그보다 더 큰 돈이 들어가기 때문에 잃어버리지 않도록 주의하라는 말을 계약 시 꼭 듣는 편이다. 하우스 클리닝 비도 차이가 있지만, 최소 30만 원이라고 치고. 이제 초기 비용이 얼마나 들어갈지 대충 감이 오리라 믿는다.

　모두 각자의 사정에 맞춰 집을 구하겠지만, 초기 비용은 고정적이고 돌려받을 수 있는 돈이 거의 없기 때문에 자주 이사하면 할수록 부담되는 게 사실이다. 여기에 짐을 옮기는 비용까지 더하면 어떻게 될까. 이 비용 역시 상황에 따라 차이가 크지만, 짐이 많으면 많을수록, 거리가 멀면 멀수록 금액이 크게 올라간다는 사실을 간과할 수 없다. 인건비에, 교통비까지 비싼 나라가 일본 아니던가.

　그러니까 힛코시빈보의 핵심은 짧은 기간에 자주 그리고 얼마나 멀리 이사 하냐는 거다.

5년 동안 우리는 총 세 번의 이사를 했다. 첫 번째는 바로 옆 집으로, 두 번째는 오사카에서 후쿠오카로, 세 번째는 후쿠오카에서 도쿄 근교로. 해외 거주자치고는 이사를 적게 했는지도 모른다. 하지만 짧은 기간에 이렇게 멀리 이동하는 경우는 드물지 않을까.

오사카에서 후쿠오카는 자동차로 여덟 시간, 신칸센으로는 세 시간, 후쿠오카에서 도쿄는 자동차로 열세 시간, 신칸센으로는 다섯 시간 정도 걸리는 거리다. 이럴 경우 하루 만에 이사하는 건 불가능하다. 오사카에서 후쿠오카로 이사하는 데 1박 2일, 후쿠오카에서 도쿄까지는 2박 3일이 걸렸으니, 짐을 옮기는 비용과 보관하는 비용 그리고 교통비와 숙박비까지. 정말로 거지가 되는 건 시간 문제 아닌가.

그래서 우리가 이사 가난의 상태냐면, 반은 그렇고 반은 아니다. 첫 번째 이사는 우리 의지였고, 두 번째와 세 번째 이사는 남편의 의지였지만, 이직으로 인한 이사였기 때문이다.

일본 회사에서는 직원을 채용할 때 이주 비용을 지원해 주는 편이다. 신입 직원이라면 그만한 돈이 없을 테고 경력 직원이라면 가족 단위가 움직여야 할 테니, 이러나저러나 부담된다는 걸 아는 것이다. 회사마다 사택 제도도 잘 갖춰져 있고, 상황에 따라 기숙사 이용도 가능하다. 어디까지나 큰 회사에서나 가능한 이야기다. 첫 회사에서는 이주 비용은커녕 주택 지원도 받지 못했으니까.

　처음 후쿠오카에 있는 회사로 이직을 고민했을 때, 나는 남편
에게 조건 하나를 내밀었다. 이주 비용을 지원해 주지 않으면
갈 수 없다고. 아니면 소름 끼치는 연봉을 제안하든가. 뭐, 소름
끼치는 연봉은 아니었지만, 이주 비용 전액과 사택을 지정해 준
덕분에 편하게 이사할 수 있었다.

　후쿠오카에서 도쿄 근교에 있는 회사로 이직할 때는 조금 달
랐다. 회사 규모가 더 커진 만큼 지원금이나 사택 제도가 복
잡하고 세분화되어 있었다. 이삿짐센터에 들어가는 비용은 전
액 지원이었지만, 교통비나 숙박비는 일부 지원이었고, 부동
산에 들어가는 초기 비용과 월세는 지역마다 지원해 주는 금
액이 달랐다.

　세 번째 이사한 지역은 아무래도 도쿄 근교이다 보니 지금까
지 중 초기 비용이 가장 많이 들어갔다. 후쿠오카에 비하면 월
세도 두 배, 관리비도 두 배. 레이킹은 무려 월세 두 달 치 금액
을 요구했다. 시키킹은 한 번도 내본 적 없지만, 레이킹은 한 번
도 내지 않은 적이 없는데 두 달 치 레이킹은 처음이었다.

　회사에서 지원해 주는 금액에는 한계가 있다 보니 첫 월급
에서 반 이상이 초기 비용으로만 나갔다. 그것도 부담스러운
데 이삿짐센터에 들어가는 비용까지 모두 우리가 내야 했다면,

역시 다른 지역으로 두 번이나 이사하는 건 어렵지 않았을까.

　그런데 어디 이사가 돈이 많이 드는 것만 문제인가. 전입신고, 주소 변경과 같은 잡다한 일부터 내게 맞는 병원, 미용실을 다시 찾아봐야 하는 일까지. 생각만 해도 번거롭고 귀찮은 일투성이지 않은가. 마트를 찾는 일도 그렇다. 일본은 지역마다 내세우는 마트가 다르다 보니 새로운 지역으로 갈 때마다 집 주변 마트를 돌며 주력 상품이 무엇인지 확인하고 같은 물건이라도 어디가 더 저렴한지 파악해서 마음에 드는 마트를 골라 다시 포인트 카드를 만드는 번거로운 일을 반복해야 하는 것이다. 그렇게 만든 포인트 카드만 벌써 다섯 개. 거기다 지역마다 쓰레기 버리는 방법이 다른 건 웬 말인지.

　남편이 노력해서 더 좋은 직장으로 옮기는 거니까 기쁘면서도 심란한 마음이 드는 건 어쩔 수 없다. 집 꾸미기를 좋아하는 내가 오래 쓸 가구보다 망가져도 아깝지 않을 가구만 고르고, 집마다 다른 창문 크기에 들쭉날쭉한 커튼을 달며, 식물 하나 들이는 일에도 생각이 많아진다. 저 집에는 없고 이 집에는 있는 옵션 때문에 가스레인지가 필요했다가 필요 없어졌다가, 전등이 하나만 필요했다가 세 개가 필요했다가. 그러다 다시 쓸모없어질 때면 이게 무슨 짓인가 싶기도 하고.

　해외에서 금방 정착해 살 수 있을 거라고는 생각하지 않았지만, 이렇게 짧은 기간에 여러 지역을 옮겨가며 살게 될 줄은 몰랐다. 그렇게 생각하면 정말이지 순진하게 시작한 생활이 아닐까 싶다. 해외 생활 자체가 정착과 안정이라는 단어와는 쉽게 어울릴 수 있는 게 아닌데. 변화를 극도로 싫어하는 내가 이곳에서 몇 번이나 큰 변화를 겪었다. 어느 곳이든 낯선 건 마찬가지이지만, 그 낯선 곳도 적응이 될 만하면, 정을 붙일 만하면 떠나야 했던 것이다.

하지만, 이 모든 걸 특별한 경험이라고 생각하면 이야기가 달라진다. 다른 나라에 사는 것도 그러한데 우리는 그 안에서도 여러 도시를 거쳐 가며 살고 있다. 간혹 현지인도 잘 알지 못하는 그들의 세상을 우리는 피부로 느끼며 그야말로 다양한 경험을 하는 중이다. 집도 마찬가지다. 이집 저집 살다 보니 어떤 구조와 형태가 좋은지 알게 됐고, 벌써 마음에 드는 건설사도 정해졌다. 이사 후 해야 하는 복잡한 일은 반대로 생각해 보면 이사 전에 모두 정리해야만 하는 일이다. 그러니까 이사는 찝찝한 관계, 억울했던 일, 이를테면 처음 도착했던 날 이후로 쭉 느껴야 했던 시선, 사쿠란보 사건, 위층 남자의 발소리 같은 것들, 에서 탈출할 기회이기도 한 것이다.

생각해 보면 한국에서 떠나올 때도 그랬다. 묵은 짐과 불편한 상황 그리고 성가신 인간관계에서 벗어나는 데 이사만큼 좋은 핑계가 없었다.

무라카미 하루키 역시 이사의 미덕은 모든 것을 '제로화'시킬 수 있다는 점이라고 하지 않았나. 모든 일이 한순간에 소멸해버릴 때 느꼈던 그 쾌감은 한 번 익히면 절대 잊을 수 없다고. 내가 비행기에 올라탔던 순간 느꼈던 복잡한 감정 중 후련함이 그런 종류의 감각이 아니었을까.

그리고 이곳에서 내가 느끼는 더 큰 쾌감이 있다.

어디를 가도 나를 아는 사람이 없다는 것. 그건 한국에서 다른 지역으로 이동했을 때와는 차원이 다른 느낌이다. 말이 완전히 통하지 않는 곳, 생김새와 행동이 묘하게 다른 곳에 있다 보면 철저히 혼자 된 느낌을 받을 때가 많다. 처음엔 그 사실이 두려웠지만 어느 순간부터 뭔지 모를 짜릿한 기분이 드는 거다. 새로운 곳에 도착해 '훗, 여기도 나를 아는 사람이 없군' 이제 나는 내가 원하는 대로 나의 이미지를 새롭게 만들 수 있다. 이렇게 생각하면 꽤 재밌다.

그러고 보니 힛코시빈보와 제로화. 이사를 하면서 통장 잔액이 '0'에 가까워지고, 다시 '0'부터 시작해야 한다는 점에서 같다고 보아야 하나. 물론 쾌감을 맛보자고 거지가 되고 싶진 않다.

그나저나 앞으로 몇 번이나 이사를 더 다녀야 할까. 아무리 좋게 생각해도 이사는 힘든 법. 내가 무서운 건 남편이 예전부터 살고 싶다고 했던 곳으로만 이동한다는 점이다. 일본에 살고 싶다고 노래를 부르더니 일본에 왔고, 후쿠오카는 언제 꼭한번 살아보고 싶은 도시라더니 후쿠오카에 갔고, 그래도 역시도쿄에 살아야지 하더니 도쿄 근교까지 왔고. 그럼, 다음엔 도쿄 내로 들어가는 건가. 하지만 남편은 자꾸 이탈리아를 언급하며 나를 불안에 떨게 하고 있다. 거기에 현재 이직한 회사는주재원으로 갈 수 있는 나라가 미국, 인도, 중국, 북유럽…. 그입, 입을 다물라. 남편 입부터 단속해야겠다.

■ LIFULL HOME'S 不動産投資, 〈2023最新賃貸相場特集〉 東京23区別·人気沿線別 1人暮らしの「家賃」最新情報 참고

그렇게 애국자가 된다

살면서 병원 갔던 일을 세어 보라면 다섯 손가락도 다 필요 없다며 큰소리를 쳐댔는데, 한국에 다녀온 6개월 사이에 열 손가락도 모자라 발가락까지 들게 생겼다. 그만 가고 싶은데 자꾸 또 보잔다.

그러다 일본에서 잡힌 병원 일정을 두 번 미루게 됐다. 작년 여름에 한 번, 올 초에 한 번. 검사 결과 예약도 다시 잡았으니 결국 네 번이나 미룬 셈이다. 약속 먼저 미루는 거, 그 때문에 아쉬운 소리 하는 거 정말 싫은데, 어쩔 수 없는 상황이래도 스트레스가 이만저만이 아니었다. 그런데 그보다 더 신경 쓰이는 건, 이런 내 행동이 한국인 전체의 이미지에 좋지 않은 영향을 끼치진 않을까 하는 점이다.

약속을 미룬 건 '나'인데, 내가 한국인이라는 이유로, '한국인
은 약속을 잘 지키지 않아'라는 생각을 갖게 되진 않을까 하는.
이렇게 생각이 많고 소심한 내가 외국에 살다 보니 늘어가는 건
눈치뿐이다. 늘라는 언어는 안 늘고.

이렇게까지 생각하는 게 과하다 싶을 수도 있겠다. 하지만 기
억 속에 조금씩 새겨지는 나쁜 인상은 자신도 모르는 사이 고정
된 이미지를 만들고 어떤 집단에 대한 선입견을 품게 할 수도
있다. 나 역시 그렇게 특정 외국인에 대한 선입견을 품고 있지
않았던가. 질서를 지키지 않거나 공공장소에서 큰 소리로 통화
하는 종류의 것들은 말할 것도 없고, 일상에서 발견하는 사소한
것들에서도 말이다.

가령, 쓰레기를 버릴 때 그렇다. 평소 아무 생각 없이 버리던
과자 봉지에 한글이 쓰여 있으면 순간 멈칫하게 된다. 분리수거
는 제대로 했겠지. 쓰레기임에도 너무 지저분한 건 아닌가. 그
러다 쓰레기봉투에 비친 한글을 보고 여기 한국인이 산다고 생
각하면 어쩌지? 라는 생각에까지 이른다. 아무래도 상관은 없
지만, 괜히 과자 봉지를 봉투 저 밑으로 밀어 넣게 되는 것이다.

한국에서 오는 택배를 정리할 때도 마찬가지. 엄마는 주로 김

치나 반찬을 아이스박스에 담아 택배 상자에 넣어 보내주시는데, 날씨가 덥거나 도착이 늦어지면 택배 상자까지 젖는 경우가 있어서 상자 전체를 테이프로 감아 보내주신다.

처음에는 상자를 납작하게 펼쳐서 내놓기만 했다. 그런데 테이프가 붙어 있는 종이 상자는 재활용이 어렵겠다는 생각이 들자 '우체국 택배'라는 큼지막한 한글이 눈에 들어오는 거다. 솔직히 환경을 생각하는 마음보다 부끄러운 마음이 먼저 들었다. 나 때문에 한국 사람들이 욕을 먹었으면 어쩌지.

그때부터 상자에 붙은 테이프를 떼어내기 시작했는데, 전면을 모두 제거해야 해서 시간도 걸리고 손가락도 아프다. 음식을 소분하고 통에 담아 치우는데 짧으면 한 시간, 길면 두 시간이나 걸리는 작업을 끝내고 남아 있는 상자를 보는 순간, 이걸 해? 말아? 하지만 모른 척하기엔 너무도 눈에 띄는 한글. 나는 다시 팔을 걷어붙이게 되는 것이다.

한국에서는 귀찮다는 이유로, 시간이 없다는 핑계로 은근슬쩍 넘어갔을지도 모를 일이다. 하지만 이곳에서는 그럴 수가 없다. 후의 일들을 상상하다 보면 정신이 번쩍 들기 때문이다. 이를테면 내 상상은 이렇다. 만약 쓰레기를 수거하시는 분이 한국에 대한 적대심이 있다면? 그분은 한글 자체만 보아도 화가 날 수 있다. 그런데 엉망으로 버려진 쓰레기까지 본다면, 마음속에 있던 분노가 혐오가 되진 않을까. 오사카에 살 때 우익 단체의 혐한 시위를 종종 목격했는데 이해할 수 없는 말을 하는 사람도 많았지만, 그중 이러한 일들이 계기가 되어 시위에 참가하게 된 사람이 있을지도 모른다. 또 만약 한국에 대해 잘 모르는 분이라면? 몇 번은 넘어갈 수 있지만 반복해서 좋지 않은 광경을 목격한다면, 한국을 제대로 경험해 보기도 전에 몸서리치게 될지도 모른다.

여기까지 생각하다 보면 피곤이 몰려온다. 쓰레기 하나 버리는 일이 이렇게 힘든 일이었던가.

2010년 도쿄에 잠시 살았던 남편은 라멘 가게에서 아르바이트를 하며 학업을 병행했는데, 그때 인연이 된 일본 분이 언젠가 이런 말씀을 하셨다고 한다.

"나는 한국에 특별히 관심이 없는 사람이었는데, 네가 했던 말 한마디 때문에 한국을 다시 보게 됐다."

"무슨 말이요?"

"언젠가 네가 나한테 '제가 여기서 잘못하면 한국인 전체가 욕을 먹을 수도 있으니까요'라고 했는데, 기억 안 나?"

"네? 제가요? 그때 저 좀 멋있었네요."

매일 출근 시간 삼십 분 전에 나와 청소와 재료 준비를 끝내 놓는 남편을 보고, 보는 사람도 없는데 왜 그렇게까지 일을 하냐는 질문을 하셨는데, 그때 남편이 했던 대답이라고 한다.

길을 걷다 "아르바이트 모집 중"이라는 종이가 붙은 허름한 라멘집을 발견하면서 남편의 도쿄 생활이 시작됐는데, 사장 포함 직원들 모두 외국인과 일해 본 적도, 해외여행을 경험한 적도 없는 사람들이었다고 한다. 그러니 더 잘해야겠다는 생각이 들었다고. 누구나 하는 생각일지도 모르지만, 평생 모국에서만 살았던 사십 대 아저씨에게 이십 대 한국 청년이 던진 말은 꽤 신선한 충격이었나 보다. 여전히 그 이야기를 안줏거리 삼아 꺼내시는 걸 보면.

집 떠나면 집이 그립듯, 내 나라를 떠나면 내 나라가 그립기도 하다. 분명 지겨웠는데, 나도 한국이 싫을 때가 있었는데, 이유 없이 욕을 하거나 오해하는 사람이 있으면 왠지 속이 상한다. 그럴 때마다 따져 물을 수는 없으니 평소 행동을 조심할 수밖에 없는 거다.

일종의 사명감 같은 걸까. 누가 시킨 건 아니지만, 어린 시절의 남편도 지금의 나도 한국을 대표한다는 생각으로 최대한 좋은 인상을 심어주려는 마음가짐 말이다.

대단한 사람인 양 구는 게 우습게 보일지 몰라도 세상은 대다

수의 평범한 사람들에 의해 굴러가는 거니까. 그 안에서 우리는 알게 모르게 누군가와 영향을 주고받으며 살고 있으니까. 그리고 어쩌면 그 사람들에 의해 세상이 바뀌기도 하는 거니까.

　그렇다고 내가 정의롭다거나, 나라 사랑하는 마음이 각별한 사람이라 생각하면 곤란하다. 외국에 살다 보면 누구나 갖게 되는 자연스러운 마음일 뿐. 곁에 있을 땐 소중함을 모르다 멀리 떨어져 살면 애틋해지는 가족 관계처럼, 그렇게 애국심이 생겨나기도 하는 것이다.

몇 번의 안녕

작년 6월부터 지금까지 몇 번의 만남과 헤어짐을 했는지 모르겠다. 3년 동안 그러지 못한 한이라도 풀듯, 사실 내 의지는 아니었지만, 공항 문 닳도록 들락날락하고 있으니 그럴 수밖에.

'안녕'이란 단어를 좋아한다. 완전히 반대되는 의미를 품고 있기도 하고, 때에 따라서는 기약 없는 약속 같기도 해서 애틋하다고나 할까. 재밌는 건 존댓말로 '안녕'이란 단어를 활용할 경우 이러한 매력이 사라진다는 점이다. 특히 '안녕히 계세요'는 우리 사이에 어떠한 여지도 없는 것 같다. 언젠가 다시 만날지 모르지만, 웬만하면 그럴 일은 없을 것 같으니 알아서 잘 지내시라는 인사 같아서 말이다. 내가 이렇게까지 생각하는 건 반말과 존댓말의 경계만큼이나 친근함을 표현하는 방식이 분명해서일지도 모른다. 그러니까 아무에게나 '안녕'이라는 말을 쓰지 않는다는 뜻이다.

'안녕의 순간'을 가장 많이 볼 수 있는 곳은 공항이다. 공항은 출발 층과 도착 층이 분리되어 있어 서로 다른 '안녕'을 실감하기 좋은 장소다. 하지만 출발할 때는 도착 층을 둘러볼 여유가 없고 도착할 때는 출발 층을 올라갈 이유가 없으니, 내가 어느 상황에 놓여 있느냐에 따라 한 장면의 '안녕'만 볼 수 있다.

입국 심사를 마치고 짐을 찾고 세관 신고서를 제출하면 굳게 닫혀 있던 문이 열린다. 서서히 열리는 문틈으로 까치발을 든 사람, 목을 길게 뺀 사람, 종이를 들고 있는 사람, 꽃다발을 안고 있는 사람이 보인다. 행동은 제각각이지만, 눈빛 하나는 같다.

가끔 마중 나올 사람이 없을 땐 이런 광경이 부담스럽기도 하다. 기다리던 사람이 내가 아닐 테니 괜스레 미안해지고 마는 것이다. 어쩌다 선두로 나가게 되면 한순간에 죄인이 된 기분마저 든다. 왜 네가 나왔냐는 마음의 소리가 여기저기서 들리는 것 같아서. 빛나던 눈빛이 한순간에 꺼지거나, 고개를 돌리거나, 들고 있던 종이를 내려놓거나, 모두 실망에서 비롯된 광경이기에 최대한 고개를 숙이고 지나가게 된다. 기대하게 만들려던 건 아닌데, 마음대로 기대해 놓고는 그런 표정을 지으면 나더러 어쩌란 말이냐 싶어 억울하기도 하다.

나는 다시 떠나기 위해 공항에 왔다. 공항에 가까워지자 벌써부터 애틋한 장면이 펼쳐진다. 차에서 내려 악수를 하고 있는 두 남자. 저 중에 떠나는 사람은 누구고 남는 사람은 누구일까. 아마도 한 손으로 맞은편 남자의 어깨를 감싸는 저 사람이 남는 사람이겠지. 돌아가서 건강하게 잘 지내라는 토닥임이 아니었을까. 그 반대일지도 모르지만. 공항에 들어가지 않고 밖에서 인사를 나누는 걸 보니 그들은 '안녕히 계세요' 정도의 사이일지도 모른다.

도착 층에서보다 길어지는 출발 층의 안녕은 눈물 없이는 볼수가 없다. 꼭 안고 서로를 놓을 줄 모르는 연인의 애정행각도 이곳에서만큼은 보기 흉하지 않다. 가벼운 키스라면 모른 척 응원해 주고 싶을 정도다. 부모 자식 간의 헤어짐은 어떻고.

사실 이런 장면이 눈에 들어오기 시작한 건 내가 떠나는 사람이 되고부터다. 주로 여행을 다닐 때 공항은 신나고 들뜨는 장소였는데.

흔히들 입장 바꿔 생각해 보라지만 실제로 그 입장이 되지 않고서는 알 수 없는 감정들이 많은 것 같다.

한참을 의자에 앉아 마치 남의 일인 양 구경하다 내게도 '안녕의 순간'이 다가왔음을 깨달았다. 가까운 게이트가 쓰여 있는 불투명한 칸막이. 여기서부터 떠나는 사람과 남는 사람의 구분이 확실해진다. 그런데 왜 이곳에서야 엄마 아빠 얼굴을 자세히 보게 될까. 부쩍 늘어난 엄마의 흰머리와 급격하게 왜소해진 아빠의 체구가 눈에 들어왔다. 있는 동안 한 번이라도 더 눈을 맞추고 이야기할걸, 조금 더 다정하게 대해 드릴 걸 하는 후회가 밀려오는 순간이다. 늘 그렇듯 나는 같은 실수를 반복하는 중이다.

내가 사라질 때까지 서 계시던 엄마 아빠와 마지막으로 손을 흔들고 보안 검색대 줄로 들어섰다. 이제 더는 나갈 수도 멈출수도 없다. 그 순간 가장 울컥한다. 나는 다시 혼자가 됐고 보고 싶은 얼굴을 마음껏 볼 수 없다. 무엇보다 한동안 허전해하실 엄마가 걱정됐다. 그러다 문득, 떠나는 사람과 남는 사람 중 누가 더 쓸쓸할까, 하는 생각이 들었다. '든 자리는 몰라도 난 자리는 안다'는 말이 있는 걸로 보아 남은 사람이 느끼는 허전함이 더 큰 걸까. 떠나는 것과 남는 것을 비교하는 말은 아니지만, 어쩐지 반기를 들고 싶었다. 떠나는 나도 몹시 쓸쓸하거든요.

떠나는 날이 가까워지면 이런저런 생각이 든다. 글로는 전하지 못할 이야기가 있는데, 표정을 보고 나눠야 할 대화가 있는데, 그렇게 말을 아끼다 오해가 쌓이고 결국 멀어지는 건 아닐까. 누군가는 내가 있던 자리를 그리워할 수도 있겠다. 하지만 곧 무뎌질 테고 조금씩 잊히고 말 거라는 생각이 들면 서글퍼지는 것이다. 그래서 만남과 동시에 헤어짐을 떠올린다. 뭐든 영원한 건 없지만, 그렇기에 이 순간을 붙잡고 싶다. 커피를 사이에 두고 수다를 떨거나, 맛있는 음식을 먹거나, 술잔을 부딪치는, 별거 아닌 일에 '마지막'이란 단어를 얹으면 소중하지 않은 순간이 없다.

출국 심사를 마치고 곧바로 게이트로 향했다. 이륙 준비를 하는 비행기 앞에서 이번엔 몇 번의 안녕을 했는지 세어 보았다. 헤어질 때 슬며시 손을 잡던, 지하철 개찰구까지 배웅해 주던 친구들, 미안한 마음에 어묵이라도 먹고 가자던 사람, 출국장에서 손을 흔들던 엄마 아빠. 그것도 모자라 전화와 메시지로도 안녕을 말했으니 수십 번은 되려나. 아무리 해도 헤어짐은 익숙해지지 않지만, 우리가 나눈 '안녕' 뒤엔 또 보자는 약속이 담겨 있을 테니 조금만 슬퍼지기로 했다.

다시 도착이다. 그곳에서 나는 또 다른 '안녕'을 나눴다. 그렇게 서서히 일상으로 돌아오는 중이다.

에필로그

2022년은 여름은 저에게 잊을 수 없는 계절입니다. 그해 여름, 3년 만에 한국에 갈 수 있었거든요.

돌아보면 시간은 늘 빠르게 흘렀지만, 이곳에서의 날들이 유독 빠르게 느껴지는 건 코로나19로 멈췄던 시간 때문일까요. 저희에게는 그 시간이 '격리'나 마찬가지였습니다. 어쩔 수 없는 상황이었지만 내 나라에 가서 내 가족을 만나는 일이 양쪽 나라의 허가가 필요한 일이 되고 보니 가만히 있어도 힘든 해외 생활에 서러움까지 더해지더군요.

하지만 그 덕에 익숙하고 당연했던 것들의 소중함을 절감할 수 있었습니다. 고요히 저를 돌아보는 시간도 가졌고요. 그때 시작한 블로그가 저를 다양한 사람들과 연결해 주었고, 글을 쓰게도 해주었어요. 언젠가 하고 싶은 이야기가 더 많아지면 책을 내보고 싶다는 꿈도 갖게 해주었습니다.

사실 글을 쓰고, 책을 만드는 일에 무지했지만 그럼에도 마음속에는 이미 정해 둔 출판사가 있었습니다. 어느 날 그 출판사에서 올리는 〈출판 일기〉를 읽게 되었거든요.

이제 와 고백하지만 제가 어느 글에서 크게 공감하고 감동했냐면요. 집에서 일을 하시는 대표님이 출근할 때 잠옷에서 일상복으로 갈아입기 시작했다는 글에서였어요. 황당하신가요? 이 부분을 언급하는 독자는 아마도 제가 처음일 것 같아서요.

집에서 일을 한다는 건, 누군가에게는 부럽고 꿈같은 일이겠지만, 사실 끝없는 외로움과 싸워야 하는 일일지도 모릅니다. 대표님이 계신 작은 방과 지금 제가 있는 곳이 크게 다르지 않다는 생각이 들었어요. 그러고는 제가 입고 있는 옷을 보았지요. 나는 어떤 마음가짐으로 새로운 일을 시작했는가. 저만큼의 열정이 내게도 있는가.

제멋대로 느낀 유대감이지만 어쩐지 통할 것 같다는 느낌도 들었습니다. 글이 모이면 가장 먼저 이곳에 투고해야지 마음먹었을 무렵, 말도 안 되게 대표님께서 먼저 연락을 주셨어요. 그리고 만났습니다. 2022년 여름, 보고싶던 가족과 친구들을 만

날 수 있게 된 것도 기뻤지만 마누스 출판사 대표님과 편집장님을 만나기로 한 일도 큰 기쁨이었으니, 제가 그 계절을 잊지 못하는 건 당연합니다.

7월의 어느 날, 해바라기꽃을 들고나오셨던 두 분의 모습이 아직도 생생합니다. 그날로부터 2년이 다 되어가는 오늘, 이 책의 마지막 글인 에필로그를 쓰고 있네요. 감회가 새롭습니다. 그동안 저에게도, 마누스 출판사에도 참 많은 일이 있었거든요.

저를 믿어주시고 묵묵히 기다려주신 대표님과 편집장님께 가장 먼저 감사하다는 말을 하고 싶었어요. 아무것도 없는 저에게 용기를 주시고 먼저 손 내밀어 주셔서 정말 감사합니다.

그리고 이 책의 시작을 말할 때 빼놓을 수 없는 이경 작가님께도 감사하다는 말을 전하고 싶습니다. 제가 망설일 때, 독자에서 동료 작가가 되자는 말씀에 힘을 낼 수 있었거든요. 감사합니다.

남편은 늘 저에게 마음의 빚이 있다고 말합니다. 언어가 통하지 않는, 친구도, 가족도 없는 곳에 자신만 믿고 따라온 제게 미안한 마음뿐이라고요. 아, 가끔 제 처참한 일본어를 듣고는, 내가 너였다면 말이지⋯, 너 일본에 온 지 몇 년 됐지? 라며 한심하게 쳐다보기도 하지만요. 고생스러울 때도 있지만 일본에 온 뒤로 좋아하는 일을 찾고, 이렇게 책까지 내게 되었으니 오히려 제가 남편에게 고맙다는 말을 해야겠어요. 아는지 모르겠지만 남편은 늘 저를 변화시키고 성장시키는 사람입니다. 그런 남편이 없었다면 저의 해외 생활도 없었겠지요.

이곳에서 저희는 바닥부터 시작했습니다. 한국에 있는 남편 동기들의 직책이 올라갈 때 남편은 다시 신입사원이었지요. 마흔이 가까워지는 나이에 정말 쉽지 않은 결정이었습니다. 그리고 지금 남편은 일본 최고 자동차 회사 중 하나인 어느 기업의 디자이너가 되었습니다. 일본에서 살고 싶다던 남편의 간절한 꿈을 이루어 주셨던 첫 회사 사장님께서 그 소식을 들으시고는 그동안 몰라봐서 미안하다고 하셨다는데, 몰라보시긴요. 사장님께서 알아봐 주신 덕분에 저희가 이곳에 올 수 있었고, 무엇이든 시작할 수 있었습니다. 감사합니다.

그리고 늘 뒤에서 힘이 되어주는 가족과 친구들, 제 책을 저보다 더 많이 기다려주신 일본 지인들과 블로그 이웃분들께도 감사하다는 말을 전하고 싶습니다. 일일이 언급하지 않아도 아시죠? 혹시 난가? 라는 생각이 드신다면 네, 맞습니다.

해외 생활은 그 나라의 문화와 현지인들의 삶의 방식을 이해하고 받아들이는 것부터가 시작인 것 같습니다.

아직도 현금을 많이 사용하고, 무겁게 집 열쇠를 들고 다녀야 한다는 사실이 처음엔 놀랍고 불편하기만 했는데요. 그게 다 지진 때문이라면 백 번, 천 번 이해가 가고도 남습니다. 집에 온돌이 없는 것도, 베란다에 창문이 없는 것도, 길거리에 자판기가 많은 것도 모두 지진을 대비하기 위한 이들의 생활 방식이었던 거죠.

일본은 아날로그를 고집하느라 변화가 느리고 시대에 뒤처지지 않냐는 질문을 자주 받습니다. 그런 면이 있긴 해도 그 때문에 불편함을 느꼈던 적은 없었던 것 같아요. 뭐, 조금 느리긴 합니다. 그게 금융 거래와 관련된 일이거나 신분을 확인해야 하는 일이라면요. 저는 그때마다 개인 정보를 함부로 다루지 않는다는 인상을 받습니다. 무엇보다 노인 인구가 많은 일본은 급격한 변화를 시도하지 않습니다. 느린 변화는 저도 찬성입니다. 이제는 저도 키오스크 주문이 어렵거든요.

아는 만큼 보인다는 말처럼, 이곳의 문화와 이들의 삶에 스며들수록 제가 보는 세상도 달라지고 있다는 걸 느낍니다.

물론 보이는 세상이 전부 아름답지만은 않습니다. 쉽지만도 않고요. 해외 생활은 지금껏 차곡차곡 쌓아 올렸던 일, 관계, 내게 맞춰진 생활 환경을 한순간에 무너뜨리고 다시 처음부터 하나하나 쌓아야만 하는, 현실이니까요. 내 나라가 아니기에 그 과정은 더디고 복잡할 수밖에 없지요. 하지만 그 번잡스러운 과정을 인생을 '리셋'하고 새로 시작하는 기회라고 생각하면, 괴로우면서도 즐겁습니다. 괴로움과 즐거움. 둘 중 어느 것에 집중하느냐에 따라 삶의 질이 달라지는 건 당연하고요.

아마도 저는 즐거움을 택한 것 같아요. 제 이야기가 읽으시는 분들께 어떻게 전해질지 모르겠지만, 조금이라도 그런 느낌이 드신다면 좋겠습니다.

살다 보면 어느 곳이든 익숙해지고 평범해지며 결국엔 지겨워지기 마련입니다. 그곳이 꿈에 그리던 장소라도 말이지요. 중요한 건 내 마음이 어디를 향하고 있냐는 것. 그 마음을 잃지 않기 위해 저는 오늘도 일상을 여행하는 중입니다.

나는 일상을 여행하기로 했다

초판 1쇄 발행	2024년 7월 22일
지은이	리밍
펴낸곳	마누스
출판등록	2020년 8월 19일 제348-25100-2020-000002호
팩스	0504-064-7414
이메일	manus2020@naver.com

ⓒ 리밍, 2024

ISBN   979-11-94176-02-2